Veritas

Er cof annwyl am Dad a Mam
a 'nhad yng nghyfraith

Veritas

MARI LISA

y Lolfa

Argraffiad cyntaf: 2015
© Hawlfraint Mari Lisa a'r Lolfa Cyf., 2015

Cynllun y clawr: Sion Ilar

Rhif Llyfr Rhyngwladol: 978 1 78461 202 3

Dymuna'r cyhoeddwyr gydnabod cymorth ariannol
Cyngor Llyfrau Cymru

Cyhoeddwyd ac argraffwyd yng Nghymru ar ran
Llys Eisteddfod Genedlaethol Cymru gan
Y Lolfa Cyf., Talybont, Ceredigion SY24 5HE
e-bost ylolfa@ylolfa.com
gwefan www.ylolfa.com
ffôn 01970 832 304
ffacs 01970 832 782

Yn y tawelwch bydd i'r petalau
eu llond o siarad lle nid oes eiriau.

'Ynys', Einion Evans, 1983

1

Margaret

SGRECHIODD MARGARET. TAFLWYD y sgrech yn glep yn ôl i'w hwyneb gan y waliau noeth o gerrig nadd o'i chwmpas. Roedd hi'n mygu. Ciciodd y garthen ymaith â'i thraed, a hwylio i godi, i ddianc. Dianc i rywle. Petai hi ond yn gallu codi, fe allai orwedd yn rhywle. Gorwedd ar ei hochr fel y babi yn ei chroth, yn lle hofran ac eistedd am yn ail ar gadair galed fel iâr yn gori. Ond lloriwyd hi gan don arall o boen arteithiol, a daeth rhywun ati i'w gwthio'n ôl ar y gadair ac i sychu'r chwys oddi ar ei thalcen. Gwyliodd darth ei hanadl yn yr oerfel yn cydsymud ag anadl y merched yma ac acw yng nghorneli'r ystafell, fel petai yno lond stabal o ferlod blith. Clywai hwy'n sibrwd eu rhythmau Cymreig ac er na ddeallai air, gwelai eu hysh... shh... shh yn nawns fflam y canhwyllau ac yn y cysgodion ar y muriau. Daliodd rhywun ffiol wrth ei gwefusau gan ei hannog i yfed ohoni, a throdd hithau ei phen ymaith. Ofer y bu hynny oblegid arllwyswyd peth o'r cynnwys i'w cheg a theimlodd ei wres yn ei llwnc, a'i ddiferion gwaedlyd yn glafoeri i lawr ei gên.

Yna roedd hi yn yr afon, yn ymchwydd y llanw o gwmpas y castell, ymhell, bell o dan y tonnau. Symudai popeth yn araf, araf yn y glaslwyd annelwig o'i chwmpas. Mor ddiymdrech y cynhaliai'r dŵr hi! Ymddangosodd wyneb wrth ei hymyl a hwnnw wedi'i ystumio ac yn fawr ac yn hyll fel rwden wedi'i sodro ar frigyn... fel y pen a welodd unwaith ar gatiau Llundain. Teimlai'r gwres yn codi ynddi, a thon arall, y fwyaf eto, yn tynnu ati'i hun yn ei chrombil, yn sugno'i pherfedd, yn llyncu'i holl nerth. Atseiniodd ei sgrechian drwy'r holltau main yn y twr nes achosi i galon pob mam ar dir y castell golli curiad, ac i'r gwarchodlu ar y rhodfeydd uchel golli hanner cam. Sgrechiodd a sgrechiodd a sgrechiodd nes roedd muriau'r castell yn diasbedain a holl gŵn Penfro'n cynddeiriogi.

Ac aeth popeth yn ddu.

2

Martha

B LYDI HEL! YN ei thymer, hyrddiodd Martha'r ffôn ar sedd y
teithiwr. Roedd y diwrnod yn mynd o ddrwg i waeth. Ar y
cyfrifiadur roedd y bai. Roedd hwnnw wedi cael y farwol ddiwedd
pnawn, a hithau efo llond côl o waith i'w wneud, ac roedd hi fwy
na thebyg wedi colli popeth a oedd arno, fel a ddigwyddodd y tro
diwethaf. A'r tro diwethaf roedd y dyn clên yn PC World wedi
dweud wrthi am gadw copi o bopeth ar yriant caled allanol, ac
roedd hi wedi gwrando. Am ryw hyd. Wel, doedd dim amdani
ond llyncu'i siom, rhoi twr y cyfrifiadur yn y car a'i hanelu hi
am Aberystwyth cyn i'r siop gau. Diolch byth ei bod hi'n un o'r
siopau hynny a oedd ar agor yn hwyr. Wedi iddi gael gair efo'r
technegydd – nid yr un boi â chynt – dyma ddeall na fedren nhw
wneud dim yn y siop ac y byddai'n rhaid anfon popeth i ryw
weithdy yn rhywle. Doedd dim gobaith cael y cyfrifiadur 'nôl
am bythefnos o leiaf. Damia. Dyma bledio efo'r boi a dweud
bod ganddi waith wythnosau ar ei hanner ar y bali peth, 32,000
o eiriau a bod yn fanwl gywir, a phlis, plis, plis allai o ddweud
wrthi a oedd hi'n debygol o gael y ffeil yn ôl. "I'll see what I can
do," meddai yntau. Rywsut neu'i gilydd mi lwyddodd i ddeffro'r
cyfrifiadur a chael gafael ar y ffeil. Haleliwia. Prynodd hithau
gofbin yn y siop, rhoi'r ffeil ar y cofbin, a dyna greisis arall
drosodd. Gallai weithio ar ei laptop hyd nes byddai'r cyfrifiadur
wedi'i drwsio.

Gan ei bod hi eisoes yn y dre, penderfynodd ladd dau dderyn
a siopa tipyn yn Morrisons. Doedd dim angen llwyth o fwyd
arni; wedi'r cyfan, nid oedd ganddi deulu i'w fwydo, a doedd

hithau ddim yn fytwraig fawr. Picied i Marks fyddai hi fel arfer ar ei ffordd o'r gwaith. Ond doedd hynny ddim yn bosib ers iddi ddod adre i fyw. Yn Amwythig yr oedd y Marks agosaf bellach. Buan yr oedd hi wedi dysgu bod rhaid achub ar bob cyfle a gâi i brynu bwyd ac roedd hi hefyd wedi buddsoddi mewn rhewgell – un o'r pethau hanfodol hynny yng nghefn gwlad, heblaw car wrth gwrs.

Roedd hi'n stelcian wrth y cownter cacennau hufen, ei stumog a'i chalon yn gweiddi "Ie! Ie! Ie!", a'i phen a Mrs Coes Rhaca o Weight Watchers yn gweiddi "Na! Na! Na!", pan ganodd y ffôn lôn. Kosraka oedd enw iawn Mrs Coes Rhaca. Cymraes oedd hi, a briododd ddyn o Dwrci, ac roedd yna si ar led ar y pryd ei fod o wedi talu iddi am y fraint er mwyn cael pasbort. Yn ffodus, nid Coes Rhaca oedd ar ben draw'r ffôn ond Heulwen.

"Ffansi picied drew nes 'mlaen? Dwi isio trafod rwbeth efo ti."

Roedd Martha wedi cytuno ar unwaith, yn rhannol am ei bod hi wrth ei bodd yng nghwmni Heulwen ac yn rhannol am y byddai'n pasio'i chartre ar ei ffordd adre. Handi iawn. Bachodd bedair o'r cacennau i'w rhannu â Heulwen a gwthio'i ffordd tuag at y tils. "Any bags, madam?" Drapia, doedd ganddi ddim un. 20c yn ychwanegol am bedwar bag felly. "Help with your packing, madam?" "No, thank you." "Store card, madam?" "No." "Cashback, madam?" "No." "Saver stamps, madam?" "No." Erbyn hynny roedd Martha yn barod i stwffio'r 'madam' i lawr corn gwddw'r sbrigyn sbotiog wrth y til. Doedden nhw ddim yn meddwl bod pobol yn ddigon 'tebol i ofyn drostyn nhw eu hunain? At hynny, roedd hi'n stido bwrw pan aeth allan, ac roedd hi'n wlyb at ei chroen wedi iddi ddadlwytho'r troli a'i roi'n ôl i glwydo am y nos.

Erbyn iddi gyrraedd y Wern roedd hi'n edrych ymlaen yn arw at baned a sgwrs efo Heulwen dros gacen gwstard. Yn rhyfedd iawn, doedd car Heulwen ddim ar y ffalt. Eifion atebodd y drws.

"Ty'd i fewn o'r glew 'na a thynna dy gôt."

Estynnodd Martha gadair iddi'i hun wrth fwrdd y gegin. Erbyn deall, roedd Heulwen wedi trio'i ffonio wedyn a hithau heb signal, debyg. Roedd y mab ieuengaf wedi cymryd un naid yn ormod ar y trampolîn yn yr helm, ac wedi disgyn dros yr ymyl gan sigo'i figwrn. Doedden nhw ddim yn meddwl ei fod o wedi torri dim byd, ond roedd Heulwen wedi mynd â fo i Ysbyty Bronglais, rhag ofn.

"Ffoniodd Heuls jest cyn iti gyrredd," meddai Eifion. "Dal i aros i weld rhywun oedden nhw. Roedd hi isio fi ddeud wrthot ti ei bod hi'n ddrwg iawn ganddi am hyn."

Damia. Roedd Martha wedi edrych ymlaen gymaint at gwmni Heulwen, a châi hi ddim gwybod bellach beth roedd hi am ei drafod. Yna, ar yr un gwynt, ceryddodd ei hun. Druan â Gruff bech. Fo oedd yn bwysig rŵan.

"Mi basioch chi'ch gilydd yn rhywle, debyg," meddai Eifion wedi i Martha esbonio'i hanes hithau.

"Ffor' mae dy ded erbyn hyn, Eifion?" holodd.

"Mae o'n reit sbriws iti. Dal i gymryd diddordeb yn y lle. Fuodd o yma i ginio ddoe."

Bu'n malu awyr efo Eifion dros baned a chacen, er nad oedd hynny mo'r peth hawsaf. Dyn hael ei galon oedd Eifion, ond prin ei eiriau. Ffarmio oedd ei fywyd, rhywbeth na wyddai Martha'r nesaf peth i ddim amdano.

Roedd Martha wedi dechrau teimlo'n ddigon dioglyd yng ngwres y gegin a chwmni tic-tocian y cloc mawr. Yn sydyn, tarfwyd ar ei myfyrdodau wrth i'r cŵn gyfarth yn wyllt, a neidiodd hithau. Cododd Eifion at y drws, a daeth chwa o awel anghynnes yn ei sgil.

"Doedd 'na'm byd yna," meddai pan ddychwelodd. "Llwynog, siŵr reit. Mi ddalith y cŵn hela fo un o'r dyddie 'ma."

Roedd Martha wedi gobeithio y byddai Heulwen yn ei hôl bellach, ond roedd hi'n hwyrhau a dim golwg ohoni. Gwelodd ei chyfle a chododd i adael.

"Gobeithio fydd Gruff yn o lew, a chofia fi at Heuls. Mi wela i hi cyn bo hir."

"Watsia di dy hun ar y ffor' 'na. Lot o ddŵr o gwmpas."

"Siŵr o neud iti. Ta-ra."

Ac i ffwrdd â Martha. Roedd Eifion yn dweud y gwir. Roedd 'na byllau mawr o ddŵr yma ac acw, a doedden nhw ddim yn hawdd eu gweld yn y tywyllwch. Mi gafodd ei dal ganddyn nhw unwaith neu ddwy, ton fawr yn sgubo dros y winsgrin, hithau'n hollol ddall am y ddegfed ran o eiliad, y car yn colli gafael a'i chalon yn colli curiad. Pwyllo wedyn. Byddai'n hwyrach arni'n cyrraedd adre, ond siawns na chyrhaeddai yno yn un pishyn o leiaf. Yn sydyn, aeth y llyw yn chwithig dan ei dwylo, a dechreuodd y car ryw lusgo'n rhyfedd. Tynnodd i mewn orau y gallai, rhoddodd y goleuadau perygl ymlaen a diffoddodd yr injan. Mentrodd wlychiad i gael cip sydyn ar y car. Roedd un o'r olwynion ôl yn fflat fel crempog. Rhoddodd gic egr i'r teiar a neidio'n ôl i glydwch sedd y gyrrwr. Lwcus iddi arafu. Gallai newid olwyn yn iawn. Roedd ei thaid wedi dangos iddi sut roedd gwneud pan oedd hi'n dysgu dreifio. Erbyn hyn, y broblem fwyaf oedd datod y nyts. Roedden nhw'n cael eu cau mor dynn gan fecanwaith y garej fel na allai eu dadsgriwio. Ond roedd y glaw yn broblem hefyd. Doedd hi ddim yn ffansïo'r jobyn yn y tywyllwch, ac roedd hi'n wlyb at ei chroen. At hynny, roedd yr olwyn sbâr dan garped y bŵt, a chyn y gallai ei chyrraedd byddai'n rhaid iddi symud pob math o anialwch, gan gynnwys ei neges o Morrisons.

Cydiodd yn ei ffôn i alw'r AA. Wedi'r cyfan, roedd hi'n aelod ers sawl blwyddyn a byth braidd yn eu defnyddio. Mi gawn nhw ganu am eu bwyd rŵan 'te, meddyliodd Martha. A dyna pryd yr oedd hi wedi sylweddoli nad oedd ganddi signal, ac wedi taflu'r ffôn ar sedd y teithiwr. Be nesaf? Eifion? Tacsi? Ond cofiodd nad oedd ganddi signal i ffonio'r rheini chwaith. Arhosodd yno am ychydig yn y gobaith y byddai rhyw Samariad yn pasio, ond dim ond un car welodd hi mewn hanner awr, ac o'r tu arall heibio yr aeth hwnnw. Doedd 'na neb am fentro rhoi help llaw ar y fath noson. Welai hi ddim bai arnyn nhw chwaith. Doedd dim amdani, felly, ond cerdded. Roedd hi ryw filltir a hanner o'i chartre. Byddai yno mewn hanner awr – deugain munud ar y mwyaf – a gallai gario'r nwyddau mwyaf hanfodol gyda hi mewn dau fag. Yn y diwedd, penderfynodd fynd â dim byd ond ei bag llaw a'r cofbin yn saff ynddo. Gallai wneud rhywbeth ynghylch y car a'r nwyddau wedi iddi gyrraedd y tŷ.

Caeodd ei chôt at ei gên, codi'r hwd a 'mestyn am ei hymbarél.

Dyna pryd y gwelodd hi o.

3

Roedd y car yn dod o'r un cyfeiriad â hi. Mi welodd Martha'r golau a chlywed ei sŵn cyn iddi weld y cerbyd ei hun. Arafodd i'w phasio, a gwelodd mai car lliw golau oedd o. *Estate* o ryw fath. Doedd hi ddim yn gwybod digon am geir i ddweud beth yn union oedd o, ac allai hi ddim gweld y lliw yn iawn i roi cynnig ar nabod ei berchennog. Ta waeth, nabod neu beidio, yn ei flaen yr aeth y car, a goleuadau'i ben ôl llydan yn wincio arni. Er ei bod hi'n flin bod y car heb stopio, roedd hi'n teimlo rhyddhad hefyd. Roedd hi wedi clywed digon gan ei nain pan oedd hi'n fach i fod yn ofalus rhag pobol ddiarth, ac i beidio â mynd yn agos at gar neb nad oedd hi'n ei nabod, hyd yn oed os oedden nhw'n dweud eu bod nhw eisiau rhywbeth. Twyllo oedden nhw, meddai ei nain, a bydden nhw'n ei llusgo i mewn cyn y gallai hi ddweud 'mint imperials'. Roedd ei nain yn meddwl bod pawb oedd yn mynd i'r môr yn siŵr o foddi hefyd. Ond roedd hi wedi gwrando arni. Yn ystod y mis cyntaf yn y coleg yn Aberystwyth, a hithau'n stryffaglio'n chwys pys i fyny rhiw Penglais o'r dre, llyfrau o Galloways yn un llaw a dau boster o'r Don yn y llaw arall a oedd yn clecian yn erbyn ei gilydd ac yn erbyn ei braich ac yn blwmin niwsans, arhosodd car yn ei hymyl, a gofynnodd dyn diarth iddi a oedd hi eisiau lifft. Yn lle gwrthod yn ddeche a mynd yn ei blaen, arthiodd Martha arno, "Do you think I'm stupid? Go away. I'll phone the police if I see you again." A do, fe welodd hi'r dyn lawer gwaith wedyn. Roedd o ar yr un cwrs Saesneg â hi.

Cerdded fyddai'n rhaid iddi'i wneud rŵan hefyd. Yna, gwelodd y car a oedd newydd ei phasio yn brecio ac yn dod wysg ei gefn

yn araf bach, bach tuag ati. Tynnodd i mewn o'i blaen a gwelodd
Martha gysgod yn y car, yn estyn rhywbeth du o'r sedd gefn. Cyn
pen munud neu ddwy daeth dyn allan yn gwthio'i freichiau i gôt
law dywyll a cherdded tuag ati gan gau sip y gôt a chodi'r hwd
rhag y dilyw. Gwasgodd Martha'r botwm ar y goriad i'w chloi ei
hun yn ei char. Agorodd y mymryn lleiaf ar y ffenest.

"Are you OK?"

Am ddiawl o gwestiwn twp, meddyliodd Martha. Fel petai
hi'n eistedd fan'no'n sbio ar yr olygfa!

"Puncture," atebodd Martha'n swta. "But I'm OK. I'll manage,
thank you."

Symudodd i gau'r ffenest, gan ddisgwyl y byddai'r dyn yn
gadael, ond wnaeth o ddim.

"Pardon me, but you look like someone I used to know."

Chat-up line hyna'r byd, myn diain i, meddyliodd Martha.
Roedd hi'n stido bwrw, roedd ganddi bynctsiar, roedd hi'n
fferru ac roedd y pen dafad 'ma'n trio'i lwc. Hilêriys.

"Martha ydych chi, ie?"

Ystyriodd Martha a ddylai ddweud celwydd, a gwadu, ond
aeth ei chwilfrydedd yn drech na hi.

"Ie. Pam? Pwy ydech chi?"

"Josh. Chi'n cofio fi? Joshua Chambers?"

Doedd gan Martha fawr o gof am wynebau. Lawer gwaith
yr oedd hi wedi mân-siarad efo rhywun nad oedd ganddi'r
syniad lleiaf pwy ydoedd, ond a oedd yn amlwg yn ei hadnabod
hi. Gydol y sgwrs mi fyddai'n cribo'i chof yn trio paru enw ac
wyneb, a dim yn tycio. A'r gwaethaf o'r cwbwl oedd y rheini –
pobol hŷn fel arfer – efo'r cwestiwn bondigrybwyll: "Rwyt ti'n
fy nabod i'n iawn, yn dwyt?" Be oedd rhywun i fod i'w wneud?
Dweud nad oedd ganddi'r syniad lleiaf pwy oedd hi a mentro
pechu'r greadures, a oedd yn amlwg yn disgwyl ateb cadarnhaol,
ynte cogio ei bod hi yn ei nabod hi'n iawn, wrth gwrs, ha, ha, ha,
a threulio'r deng munud nesaf yn chwilio am rywbeth – unrhyw

beth – yn y sgwrs a allai awgrymu â phwy yr oedd hi'n siarad? Hunllef. Ond y tro hwn, wrth i'r cwestiwn 'Pwy? Pwy? Pwy?' ddrybowndio o gornel i gornel ym mhellafion tywyllaf ei chof, mi fachodd ar lun o fachgen crwn efo cyrls melyn.

"Josh? O Gorris? Oeddech chi ar y bỳs ysgol efo fi?"

"Oeddwn! I never forget a face! Ocê, gad y car fan'na, roia i lifft adre i ti. Ti'n dal i fyw yn yr un lle?"

A dyna sut y cafodd Martha ei hun hanner awr yn ddiweddarach yn anwesu paned o flaen yr Aga.

4

Y Brawd

CERDDODD Y DYN a alwai ei hun yn TL drwy borth yr eglwys ac
aroglau melys porfa newydd-ei-lladd yn ei ffroenau. Roedd
y prynhawn yn tynnu tua'i derfyn, a'r cysgodion yn ymestyn. Ar
ôl oedi am ennyd i dynnu'i het, aeth yn ei flaen i lawr corff yr
eglwys tua'r allor, ac yna i'r chwith tua'r capel bach a'i nenfwd
glas. Ymbalfalodd yn ei boced am arian sychion, a gollyngodd
hwy fesul darn i'r bocs pren pwrpasol ar y bwrdd bach derw o
dan y ffenest. Roedd sŵn y darnau'n disgyn ar ben darnau eraill
bron yn gableddus yn y tawelwch trwchus. Cymerodd gannwyll
fechan, a daliodd y wic wrth fflam un o'r canhwyllau eraill a
oedd ynghyn. Safodd yno am funud neu ddwy yn gwylio'r fflam
yn tyfu ac yn sefydlogi. Pe digwyddai rhywun arall ddod i mewn,
dichon na welai neb ond un o'r dyrnaid o ymwelwyr a ddeuai
yno o dro i dro i offrymu gweddi fach ac i gofio am hwn a'r
llall. Ond yn hytrach na gosod y gannwyll gyda'r lleill, cariodd
hi o'i flaen, a chledr ei law chwith yn gwarchod y fflam rhag
trengi'n rhy fuan. Trodd i'r dde i encil arall, a safodd am funud i
edmygu'r gofeb i Robert Recorde, y meddyg a'r mathemategydd
o'r unfed ganrif ar bymtheg a ddyfeisiodd yr hafalnod.

Gwyddai TL ei hanes yn dda; yn wir, gwyddai fwy nag
a gofnodwyd ar fur yr eglwys, ac unig ddiben esgus darllen y
geiriau o'i flaen oedd gwneud yn siŵr nad oedd neb arall ar ei
gyfyl. Wedi iddo'i fodloni'i hun fod yr eglwys yn wag, cefnodd ar
Robert Recorde, brasgamodd yr ychydig lathenni at ddrws derw
ac aeth drwyddo. Arhosodd am eiliad yn y cyntedd carreg i gael
ei wynt ato. Roedd hi'n dywyll yn y cyntedd, ac roedd ei gannwyll
yn darfod. Gwyddai nad oedd ganddo lawer o amser. Cyfrodd i

fyny dri maen i ffwrdd o'r drws a dau arall i'r chwith, a phwysodd yn drwm ar ochr y maen a ddewiswyd ganddo. Dechreuodd hwnnw symud tuag allan, gan ddatgelu croes brydferth. Pe digwyddai i rywun agor y maen yn ddamweiniol, dyna'r cyfan a welai. Byseddodd TL y mannau priodol, a dechreuodd rhan o'r wal agor tuag i mewn. Camodd drwy'r wal, gan gofio cau'r maen i guddio'r groes, a gwthiodd y wal hithau'n gaead o'i ôl. Yr oedd dwy lusern fechan yn ei ddisgwyl ar silff nadd yn ei ymyl. Cyneuodd un ohonynt â'i gannwyll, a diffoddodd honno rhwng bys a bawd.

Wrth iddo gerdded yn ei flaen, gallai deimlo'r awel oer yn cyrlio amdano ac yn gwthio'i chrafangau drwy'i ddillad at fêr ei esgyrn. Teimlai'r llawr dan ei draed yn gogwyddo'n raddol tuag i lawr, yn anwastad a charegog. Roedd sŵn crensian ei esgidiau ar y gro mân fel taran yn y lle cyfyng, distaw o'i gwmpas, a dawnsiai'r cysgodion fel ellyll meddw o boptu iddo. Cyn hir, daeth at gyfres o risiau serth, a thro ynddynt, tebyg i risiau tŵr, a bu raid iddo'i sadio'i hun â'i law ar y wal laith rhag iddo gwympo.

Ni allodd erioed gyfarwyddo â'r lle. Bob tro y deuai, teimlai'r un mor anghyfforddus â'r tro cyntaf y bu yma, yn ddyn ifanc yn ei dridegau cynnar. Bryd hynny, roedd mwgwd am ei lygaid a châi ei arwain gerfydd ei ddwylo gan wŷr na wyddai mo'u henwau. Er na wyddai ychwaith i ble yr âi, gwyddai beth oedd o'i flaen, a chofiodd fel y corddai ei stumog, er nad oedd yno ddim i'w gorddi oherwydd y saith niwrnod o newynu a orfodwyd arno. Yn ei anesmwythyd, ac efallai oherwydd ei wendid, baglodd ar y gris olaf un, a chael ei ddal mewn dwy fraich gref o boptu iddo. Nid nerth bôn braich yn unig oedd y nerth hwnnw, ond nerth hyderus, tawel, nerth paid-â-phoeni-dim, a chiliodd yr ofnau'n raddol. Esboniwyd iddo eisoes y byddai disgwyl iddo ateb cyfres o gwestiynau yn seiliedig ar ei fyfyrdodau.

"A dderbynni di, frawd, fod yr hyn sydd islaw fel yr hyn sydd uwchlaw, a bod yr hyn sydd uwchlaw fel yr hyn sydd islaw?" gofynnodd llais dwfn, awdurdodol.

"Derbyniaf."

"A dderbynni di hefyd fod Tad i bopeth perffaith yn y byd?"

"Derbyniaf."

"Ac o gael ei nawdd, bod nerth mewn nawdd, a deall mewn nerth, a gwybod mewn deall?"

"Derbyniaf."

Yna, dechreuodd y rhestrau.

"Seithgwaith," meddai'r llais dwfn.

"Saith metel," atebodd yntau.

"Saith dinas."

"Saith porth."

"Saith llythyren."

"Saith gair."

"Mae'r Un yn Llawer, a'r Llawer yn Un."

"In Vitriol."

Yn sydyn, codwyd ef gan y breichiau cryfion, a chydiodd eraill yn ei goesau, nes ei fod ar ei hyd, ac yn uchel, dybiai ef, oddi ar y llawr. Roedd hyn yn gwbwl annisgwyl. Dychrynodd, ond cadwodd ei deimladau dan reolaeth. Yr oedd ei ffydd yn dal yn gryf hyd nes y tywalltwyd dŵr oer ar ei wyneb, ac wedyn nid oedd mor siŵr o'i bethau. Yn ei banig, gwylltiodd a cheisiodd gicio, ond roedd yn gaeth yn y dwylo nerthol. Daliwyd ef am amser maith, neu felly y tybiai ef, er mai munudau yn unig a aethai heibio. Curai ei galon fel gordd fawr. Ni symudai neb. Yr oedd y tawelwch yn llethol, a bron nad oedd hynny'n waeth na dim. Dechreuodd igian crio.

Yna, rhoddwyd ef yn dyner ar ei draed, a gollyngodd y dwylo eu gafael arno. Safodd yno'n llipa, gan na wyddai beth arall i'w wneud. Nid oedd wedi teimlo mor unig yn ei fyw. Clywodd y llais dwfn unwaith eto.

"Oblegid i ti gael dy godi o'r ddaear i'r nefoedd, ac yna dy aileni i'r ddaear eto, ac y cadwer dy ysbryd, dy enaid a'th gorff, dyma ddatgan y bydd y byd yn ei ogoniant yn eiddo i ti a bydd pob tywyllwch yn cilio oddi wrthyt. Dy enw, o hyn allan, fydd y Brawd in Tenebris Lux, y golau yn y tywyllwch."

Ac ar y datganiad hwnnw, tynnwyd y mwgwd.

Dros bedwar degawd yn ddiweddarach, teimlodd TL ei ffordd yn ofalus â'i draed. Er nad oedd ei stumog yn corddi bellach, yr un oedd y teimlad o anesmwythyd. Gallai weld golau pŵl, symudliw yn y tywyllwch o'i flaen, ac wrth iddo ddynesu âi'r golau'n gliriach gyda phob cam. Cymerodd fwy o ofal dros y gris olaf, ac yna roedd yn sefyll ar drothwy ogof weddol fawr. Roedd y nenfwd crwm ac anwastad yn eithaf isel, er nad yn eithriadol felly, oherwydd roedd digon o le i berson o gorffolaeth arferol sefyll yn gyfforddus. Tyfai pibau main o'r nenfwd, rhai â blaen sgwâr lle'r oedd y pig wedi'i dorri am ei fod yn peri rhwystr. Nid ogof naturiol mohoni, a bu ymgais amlwg rywbryd i geisio gwastatáu'r llawr. Ym mhen pellaf yr ogof roedd adwy dywyll, lle'r oedd y twnnel yn parhau ar ei siwrnai danddaearol, ac yn ei chanol, yn y man mwyaf gwastad, roedd bwrdd carreg a darn cyfan o lechen yn wyneb iddo. O boptu'r bwrdd safai dau gysgod byw. Gallai deimlo gwres eu cyrff a chlywed eu hanadl yn codi a disgyn yn y llonyddwch dwfn, er nad oedd neb yn symud nac yn siarad.

Ar y bwrdd roedd blwch aur sgwâr. Yr oedd yn gwbwl ddiaddurn, heblaw am rosyn coch ac aur ynghanol y clawr. Edrychodd y tri dyn ar ei gilydd. Ar arwydd na fyddai'n hysbys i neb arall, datododd pob un fotwm cyntaf ei grys, ac yna'r ail a'r trydydd, mewn cytgord perffaith. O amgylch gyddfau pob un ohonynt crogai cadwyn fain ac arni groes aur. Ar bob croes roedd symbolau bychain a gynrychiolai halen, mercwri a sylffwr, ac oddi tanynt roedd y geiriau 'ffydd', 'gobaith', 'cariad' ac 'amynedd' yn yr iaith Ladin. Cydiodd pob un yn ochrau eu cadwyni a'u codi ymaith, gan ddal eu gafael yn y groes aur. Camodd y tri ymlaen at y bwrdd a gosod eu croesau o gwmpas y blwch, nes bod y llechen yn sgleinio yng ngolau'r lanterni.

TL oedd yr hynaf, a chyda'r awdurdod a ddeuai gyda'r hynafedd hwnnw, amneidiodd ar y ddau arall, cydiodd yn ei groes ei hun a gwthiodd y pen isaf yn bwyllog i hollt yng ngwaelod y blwch. Clywodd y tri fecanwaith y blwch yn gweithio a chlic glir wrth i'r clawr ddatgloi. Gyda'r llacio hwnnw, llacio hefyd wnaeth yr awyrgylch yn yr ogof, a gallai'r tri ohonynt anadlu'n llawer rhwyddach. Estynnodd TL ei ddwy law am y blwch, a chodi'r clawr.

Gwelwodd. Gwyddai'r ddau arall ar unwaith fod rhywbeth o'i le. Rhoddwyd y gorau i bob seremoni, ac ymbalfalodd y tri yn wyllt yn y blwch, fel petaent yn chwilio am rywbeth nad oedd yno, ond a ddylai fod yno.

Ond nid oedd dim oll yn y blwch.

5

Tricsi Maud

"O MEI GOD!" sgrechiodd Gwenllian Sgodyn. "Wnest ti ddim?!"

Roedd gan Martha lond tŷ o ferched swnllyd. Roedd Emma, un o'i ffrindiau bore oes, yn priodi, a doedd hi ddim am gael ei pharti ieir mewn clwb, felly roedd Martha wedi trefnu'r parti yn ei thŷ, gan mai hi oedd y brif forwyn briodas. Wel, a dweud y gwir, hi oedd yr unig forwyn briodas. Plantos bach oedd y lleill. Fuodd hi erioed yn forwyn i neb o'r blaen, ac roedd hi'n edrych ymlaen yn arw. Roedd o'n gyfle i gefnu ar ei jîns, ac i gael ychydig o sbort yn y fargen.

Ar ôl i bawb gyrraedd a gwisgo Emma efo platiau 'D' a phenwisg anaddas, roedd Heulwen wedi cyhoeddi bod gan bawb enw newydd, sef eu henw porn, ac mai'r ffordd o ganfod yr enw hwnnw oedd defnyddio eu hail enw ac enw eu hanifail anwes cyntaf erioed.

"Er enghraifft," meddai Heulwen, "fy ail enw i 'di Eleri, ac enw fy nghi cynta oedd Mot. Felly, fy enw i o hyn 'mlaen 'di Eleri Mot.

"Rhaid i chi gadw at yr enwe porn 'ma drwy'r nos a rhaid i chi iwsio'r ddau enw," gorchmynnodd. "Os 'dech chi'n methu bydd rhaid i chi yfed siot o fodca. Bydd rhaid i chi hefyd giêl eich cosbi a'r gosb fydd cymryd darn o bapur o'r bag 'ma a gwneud beth bynnag fydd arno. Iawn? Reit 'te, Emma. Be 'di dy ail enw di?"

"Wyn."

"Be oedd enw dy anifail anwes cynta 'rioed?"

22

"Pwsi."

Chwarddodd pawb dros y lle.

"Mae hyn yn briliant!" sgrechiodd Lowri.

"Ond cwrcath 'di Wyn Pwsi, siŵr!" mynnodd Beca. "Be am ei newid o rownd?"

"Ie," cytunodd Martha. "Mae Pwsi Wyn yn swnio'n lot gwell!"

"Pwsi Wyn amdani!" meddai Eleri Mot. "Martha, be amdanat ti?"

"Maud, ac mi roedd gen i ddaeargi bach gwyn o'r enw Tricsi."

"Gei di ddilyn yr un drefn â fi, felly. Tricsi Maud amdani!" gorchmynnodd Pwsi Wyn. "Reit, pwy sy' nesa? Lowri?"

"Wel, Gwenllian 'di fy ail enw i, ac mi roedd gen i bysgodyn aur a'i enw fo oedd Sgodyn."

"Gwenllian Sgodyn! Ha, ha!"

Ar ôl i bawb gael eu henwau porn, a gwneud pethau gwirion fel pasio balŵns hir rhwng coesau ei gilydd, ac yfed lot o fodca (oherwydd eu bod nhw'n anghofio'u henwau) a sgrechian lot (oherwydd eu bod nhw'n gorfod sugno bananas a thynnu'u bras heb dynnu'u dillad fel cosb), roedd Sara Sgipi, gan dybio bod pethau'n mynd dros ben llestri braidd, wedi awgrymu eu bod nhw'n chwarae gêm.

"Rhaid i chi ddechre brawddeg drwy ddeud 'Dwi 'rioed wedi…'," meddai Sara Sgipi, "ac wedyn rhaid i chi enwi rhwbeth nad ydech chi 'rioed wedi'i neud. Os oes rhywun arall wedi'i neud o mae'n gorfod cymryd llymed o ddiod a deud yr hanes. Ocê? Awn ni rownd yn ein tro ac mi wna i ddechre. Dwi 'rioed wedi bod mewn balŵn."

Doedd neb arall chwaith. Pwsi Wyn oedd nesaf.

"Dwi 'rioed wedi… bod dramor."

Cymerodd pob un ohonyn nhw lymaid.

"Yffach," ebychodd Sara Sgipi'n flin, "allwn ni ddim gwrando ar hanes pawb sy' wedi bod dramor. Fyddwn ni yma am fis. Meddylia am rwbeth arall, Emma."

"Cosb! Siot o fodca!" gwaeddodd pawb.

Erbyn iddyn nhw gyrraedd Jên Wisgars, roedd gwirioneddau mawr yn cael eu datgelu, a phan ddywedodd honno, "Dwi 'rioed wedi cysgu efo mwy nag un dyn ar y tro," cymerodd Lisabeth Modlen, y dawelaf o'r criw, lymaid o'i diod. Roedd wynebau pawb yn bictiwr.

"O mei god!" sgrechiodd Gwenllian Sgodyn. "Ti 'rioed wedi?"

Cochodd Lisabeth Modlen at ei chlustiau a moelodd clustiau pawb arall yn barod i glywed yr hanes. Ond yn y distawrwydd a ddilynodd y datganiad syfrdanol hwn, dyma sylweddoli bod rhywun yn cnocio ar y drws, ac yn cnocio'n eithaf egr.

"Os 'dech chi 'di trefnu stripogram, mi ladda i chi!" sgrechiodd Pwsi Wyn.

Ciledrychodd y merched yn ddireidus ar ei gilydd.

"Ty'd 'laen, yfa'r gwin 'na, mi fyddi di isio fo toc!" cynghorodd Eleri Mot gyda winc fawr.

"Lawr, lawr, lawr!" canodd pawb a chlapio i guriad y llowcio.

Dilynodd y rhialtwch gamre sigledig Martha bob cam at y drws ffrynt. Wedi iddi ei agor, a oedd yn dipyn o gamp gyda glasied o Pinot Grigio yn un llaw, gwelodd ddyn yn sefyll yno mewn het dywyll. Tynnodd honno pan welodd Martha. Os ydi hwn yn stripogram, cilwenodd Martha wrthi'i hun, mi gymerith drwy'r nos iddo dynnu gweddill ei ddillad. Gwisgai gôt frethyn, a oedd ychydig bach yn rhy fawr iddo, a siwt lwyd dridarn o dan honno. Uwchben ei wasgod gallai Martha weld llygedyn o grys lliw hufen a thei streipiog llwyd a gwyn. Roedd o'n reit olygus, a rhyw olwg dadol arno. Mae'r stripograms 'ma'n mynd yn hŷn, meddyliodd Martha, ond dyna ni, pawb at y peth y bo, yndê? Roedd o'n weddol dal, ac yn cario'i daldra ag awdurdod.

"Miss Martha Brennan?" holodd.

Bu bron i Martha ddweud, "Na, Tricsi Maud ydw i", ond cofiodd mai gêm oedd honno.

"Ie, fi 'di Martha," cadarnhaodd yn chwilfrydig.

"Mae gyda fi rywbeth i'w ofyn i chi, ar fater… ym… ychydig bach yn ddelicet," ac edrychodd o'i gwmpas.

Deallodd Martha'r awgrym, ac er nad oedd hi'n arfer gwahodd dynion diarth i mewn ar chwarae bach, tybiodd na allai fawr o ddim ddigwydd â chymaint yn y tŷ, meddw neu beidio.

"Mae'n ddrwg gen i. Dowch i mewn," meddai Martha'n fonheddig a dilynodd y dyn diarth hi i'r parlwr.

"Steddwch."

"Na, mi wna i sefyll os nad oes gwahaniaeth gennych chi," atebodd yntau.

Safodd Martha hithau.

"James Wright ydw i, ac roeddwn i'n adnabod eich tad-cu," gwenodd yn fain. "Rwy'n siŵr eich bod chi'n gweld bwlch mawr ar ei ôl. Roedd e'n ŵr bonheddig."

Sylweddolodd Martha fod y gwydr gwin ganddi o hyd a rhoddodd ef o'r neilltu.

"Ydi, mae hi'n chwith heb Taid," atebodd Martha, gan bwysleisio'r 'Taid'. "Sut oeddech chi'n ei nabod o?"

"Doeddwn i ddim yn ei adnabod yn dda. Roedden ni'n rhannu'r un diddordebau, dyna i gyd, ac yn gweld ein gilydd o dro i dro."

Daliai ei het wrth ei chantel gan ei throi wrth siarad â Martha. Roedd ei acen yn ddiarth iddi. Am ryw reswm, teimlai Martha'n anghyfforddus yn y parlwr oer. Deuai ambell chwerthiniad uchel o gyfeiriad y lolfa. Tarodd ei llygaid ar y llun du a gwyn o briodas ei thaid a'i nain ymhlith y lluniau teuluol eraill ar y piano. Roedd yr holl beth yn swreal, fel petai hi wedi camu i fyd arall. Sobrodd yn sydyn a phenderfynodd gymryd yr awenau a hel y dyn oddi yno cyn gynted fyth ag y gallai.

"Sut alla i'ch helpu chi?" gofynnodd.

"Wna i ddim gwastraffu gormod o'ch amser chi," atebodd, gan daflu cipolwg i gyfeiriad y lolfa. "Eisiau gofyn i chi yr oeddwn i, tybed a gawsoch chi rywbeth ar ôl eich taid?"

"Wela i ddim bod hynny'n fusnes —"

Cododd y dyn ei law.

"Maddeuwch i mi. Roedd hynna braidd yn fyrbwyll. Peidiwch â chamddeall. Dydw i ddim yn gweithio i'r awdurdodau na dim felly, a dydw i ddim am fynd â dim byd oddi arnoch chi. Dim ond eisiau gwybod a adawodd e rywbeth i chi oeddwn i."

Gwylltiodd Martha. Roedd ffordd ffug-gwrtais y dyn yn codi pwys arni.

"Wela i ddim pam fod rhaid i mi ddeud dim wrthoch chi na neb arall chwaith am unrhyw bethe'n ymwneud â Taid. Dewch 'laen. Allan â chi."

Safodd y dyn yn ei unfan am eiliad, fel petai'n rhyfeddu at ei hanghwrteisi. Yn y man, aeth allan o'r parlwr tua'r drws ffrynt, ond cyn i Martha lwyddo i'w gau ar ei ôl, rhoddodd ei law rhwng y drws a'r postyn.

"Ylwch…" meddai ac estynnodd gerdyn bychan iddi. "Ffoniwch fi ar y rhif yna ar unwaith os byddwch chi'n cofio rhywbeth neu eisiau help." Edrychodd i fyw ei llygaid. "Byddwch yn ofalus."

Cydiodd Martha yn y cerdyn a chau'r drws. Pwysodd arno am eiliad, yna gollyngodd y cerdyn i'r ddysgl ar y bwrdd bach yn y cyntedd heb edrych arno, aeth i ymorol am ei gwydr gwin a dychwelodd i'r parti.

"Wel, be wyt ti wedi'i neud efo fo?" holodd Sara Sgipi.

"Efo be?" meddai Martha.

"Y stripogram, y bat!"

"Ti 'di bachu fo i ti dy hun, 'dwyt, a ti 'di ciêl dy wiced we efo fo tra oedden ni fan hyn!" meddai Jên Wisgars.

Doedd gan Martha ddim amynedd i esbonio. Fydden nhw'n cofio dim drannoeth beth bynnag.

"O, rhyw Jehovah's Witness oedd yna," meddai. "Mwy o win, ferched?"

Rywbryd yn yr oriau mân, cafodd Martha ei deffro gan sŵn Emma'n taflu i fyny yn y tŷ bach. Cododd, ac wedi iddi wneud yn siŵr ei bod yn iawn aeth yn ôl i'r gwely. Chwaraeai digwyddiadau'r noson yn ei phen. Cofiodd yn sydyn am y dyn rhyfedd ac am y cerdyn. Od iawn. Ond doedd hi ddim yn mynd i boeni am y peth. Roedd bywyd yn rhy fyr, yn doedd? Roedd Lisabeth Modlen wedi'i deall hi. Gwenodd. Pwy fyddai'n meddwl? Hi o bawb. Cŵn tawel. Rhaid iddi stopio meddwl am bobol wrth eu henwau porn. Mi oedden nhw'n dda hefyd. Pwsi Wyn! Fuodd yna'r un stripogram wedi'r cyfan. Diolchodd nad oedd yr hen foi yna'n un ohonyn nhw.

6

Geraint

WRTH DEITHIO AR hyd ffyrdd troellog Sir Gâr teimlai Geraint yn ddiflas. Roedd o newydd ddychwelyd i'r gwaith ar ôl wythnos o wyliau yn Tenerife, a dyma fo, ar ei ddiwrnod cyntaf yn ôl, yn cael ei sgubo yn y car i Gastellnewydd Emlyn. Heblaw hynny, y Ditectif Sarjant Ken O'Brien oedd yn gyrru, a doedd o mo'r gyrrwr mwyaf pwyllog, yn enwedig ar hyd ffyrdd troellog cefn gwlad. Dyn y traffyrdd llydan oedd o.

"Had a good holiday, then?" gofynnodd mewn ffordd a'i gwnaeth yn glir nad oedd ganddo ronyn o ddiddordeb yn ateb Geraint.

"Yeah, thanks."

"Bit of a strange one today by all accounts. Some fetishist if you ask me. One of those whatchacall 'em… erotic gaspers… God, these fuckin' roads!"

Breciodd Ken yn sydyn a throdd i'r chwith ac yna i'r dde yn fuan wedyn, nes canfu'r ddau eu hunain yn teithio ar hyd lôn gul, a serth mewn mannau, a oedd yn dirywio po bellaf yr aent. Âi'r clwt glas ynghanol y ffordd yn fwy trwchus gyda phob canllath.

Mwydrodd Geraint am amheuon Ken fod yr achos yr oedden nhw'n ymchwilio iddo yn ymwneud â'r bobol hynny a oedd yn ymylu ar ladd eu hunain, naill ai drwy osod bag plastig am y pen neu raff am y gwddf, er mwyn cael y profiad rhywiol eithaf. Weithiau, bydden nhw'n mynd yn rhy bell a byddai'r canlyniad yn drychinebus. Gwyddai Geraint am nifer o rai tebyg dros y blynyddoedd, rhai ohonyn nhw'n bobol adnabyddus, ond mewn gwirionedd roedd yr arfer yn mynd yn ôl mor bell â dechrau'r ail ganrif ar bymtheg, pan oedd yn cael ei ddefnyddio i drin dynion na allent gael codiad. Roedd rhyw gwac wedi sylwi bod dihirod a gâi eu crogi – ac roedd llawer ohonyn nhw y dyddiau hynny – yn cael codiad ar y foment dyngedfennol. Datblygodd 'driniaeth' o hynny – a chodi crocbris amdani hefyd, mae'n siŵr. Y ddamcaniaeth oedd bod yr ymennydd, pan fydd yn brin o ocsigen, yn creu penysgafnder a phleser, a bod y teimlad, medden nhw, mor bwerus ag unrhyw gyffur, a'r un mor gaethiwus. Roedd Geraint braidd yn amheus o'r cynnydd yn nifer y bobol a oedd wedi lladd eu hunain yn 'ddamweiniol' yn y ddau ddegawd diwethaf wrth fodloni'u chwantau fel hyn. Byddai'n dda ganddo wybod pa ganran ohonyn nhw oedd â chysylltiad â'r gwasanaethau cudd, GCHQ ac MI6, a'u tebyg. Ymddangosai i Geraint, er nad oedd ganddo brawf o unrhyw fath, fel petai'r gwasanaethau cudd yn defnyddio sefyllfaoedd rhywiol i bardduo rhywun ac i guddio'r gwir reswm am y farwolaeth. Gwyddai fod eraill yn teimlo'r un fath.

Pan gyrhaeddodd y ddau'r hen feudy, roedd y swyddogion ymchwilio i droseddau, y SOCOs, yno'n barod, oll yn eu gynau gwynion. Camodd Geraint allan o'r car ac edrychodd o'i gwmpas. Roedd olion goruchafiaeth natur ar bopeth a welai. Arferai'r beudy fod yn rhan o dyddyn, ond y beudy'n unig oedd yn weddill, a doedd hwnnw'n ddim ond pedair wal a tho. Roedd pentyrrau o gerrig yma a thraw, yn fwswgl i gyd, lle'r oedd yr hen ffermdy wedi dadfeilio, ac roedd pob math o ddeiliach a rhedyn wedi ymwreiddio ym mondo'r beudy. Er hynny, roedd ei do mewn cyflwr reit dda, meddyliodd Geraint, ac awgrymai hynny iddo gael ei ail-doi rywbryd yn y deng mlynedd diwethaf. Digon posib bod y tyddyn bellach yn rhan o fferm fwy a bod y tirfeddiannwr presennol, nad oedd efallai'n byw o fewn cyrraedd cyfleus, yn defnyddio'r beudy fel lloches neu i gadw porthiant wrth law. Roedd y gwynt yn fain ond roedd y bryniau o amgylch yn odidog yn eu gwisgoedd Mai. Gwisgodd yntau'r menig latecs a'r gorchudd esgidiau a chwifiwyd o dan ei drwyn, a bwriodd ei hun drwy'r llafn o lwch euraid a grogai yn y drws.

Trawyd Geraint gan oglau mws hen ddwst gwellt a baw defaid a phinsiodd ei drwyn i fygu'r awydd i disian. Pan gynefinodd ei lygaid â'r llwydnos, gwelodd res o stalau carreg o'i flaen a llwybr rhyngddo ef a'r stalau. Roedd gwe pry cop ddegawdau oed yn ymestyn o'r trawstiau hynafol fel brych buwch, ac yma ac acw roedd cynffonnau o raffau pinc ac oren, ambell un yn fwy diweddar na'i gilydd, yn gymysg â photeli brown pitw, a photeli gwyrdd tywyll ychydig yn fwy, rhai ar eu traed a rhai ar eu hochrau. Dyn a ŵyr pa wenwyn oedd yn 'rheina, meddyliodd Geraint. Cofiodd ei dad yn sôn yr arferai ffermwyr erstalwm droi at bob math o driniaethau gan filfeddygon bôn clawdd i geisio gwella'u hanifeiliaid. Ond doedd dim gwella i fod heddiw, meddai wrtho'i hun.

Cerddodd draw at dalcen gorllewinol y beudy lle'r oedd dau goler ceffyl a'u lledr tywyll wedi sychu'n grimp ac yn graciau mân. Oddi tanyn nhw roedd hen iau. Roedd darn o fetel siâp 'U' bob pen i'r iau er mwyn ei osod am yddfau'r ychen, a gellid symud y darn metel i fyny ac i lawr drwy dyllau pwrpasol yn yr iau i ffitio maint gwddf yr anifail. Ym mreichiau'r ddau 'U' roedd tyllau a byddai pinnau'n cael eu gwthio drwyddyn nhw i ddal y metel yn ei le. Nid oedd yr iau'n llorweddol fel y byddid yn ei ddisgwyl, ond yn fertigol. Roedd yr 'U' uchaf wedi'i lapio wrth fachyn yn y wal, ac roedd yr 'U' isaf wedi'i lapio am ben dyn.

Nid oedd yr un dilledyn am y corff. Dyn gwyn oedd o, a hwnnw wedi arfer torchi ei lewys yn yr haf, a barnu oddi wrth yr ychydig liw haul oedd ar rannau isaf ei freichiau. Doedd o ddim wedi gwisgo trowsus cwta yn ei fyw, o leiaf nid fel oedolyn beth bynnag, oherwydd roedd ei goesau cyn wynned â'i fol, a oedd, er nad yn helaeth, fel blymónj. Fflachiodd camera yn ei wyneb wrth i'r SOCOs wneud eu gwaith.

"Pryd fuodd e farw?" gofynnodd i'r patholegydd.

"Alla i ddim gweud yn fanwl ar hyn o bryd, wrth gwrs," atebodd hithau, "ond mae *rigor mortis* wedi dechre gadael y corff, felly bysen i'n tybio iddo fe farw rhwng dau a thri diwrnod yn ôl. Mae'n ddigon posib ei fod e wedi cael ei symud," ychwanegodd. "Dishgwl ar y lliw du yma ar ei fraich dde. Gwa'd yn cronni yw hwnna. Mae hynna'n awgrymu ei fod e wedi gorwedd ar ei fraich dde rywbryd, cyn iddo fe gael ei roi i ishte man hyn."

Plygodd Geraint yn nes at y man lle pwyntiai'r patholegydd. Daeth aroglau afiach i'w ffroenau. Gwyddai'n iawn beth ydoedd; fe'i gwyntodd droeon cyn hyn: wrin a charthion a ollyngwyd ar yr anadl olaf.

"Sa i'n credu taw'r darn metel 'na laddodd e," meddai'r patholegydd. "Mae rhywun wedi ceisio'i dagu fe. Take a photo of this, please," meddai wrth y dyn camera.

Camodd Geraint yn ôl i wneud lle i'r ffotograffydd.

"Sut wyt ti'n gwybod bod rhywun arall wedi ceisio'i dagu fe?"

"Dishgwl ar y lein 'na."

O dan y darn metel o gwmpas gwddf y corff nadreddai llinell goch glir.

"Mae'r lein goch yn mynd reit rownd y gwddw, yn dyw hi? 'Se fe wedi crogi'i hunan 'sen i'n dishgwl gweld bwlch yn y lein 'na."

Dyna ddiwedd ar ddamcaniaeth Ken felly, meddyliodd Geraint.

"Hefyd, doedd y peth gafodd ei iwso i'w dagu fe ddim yn llyfn. Galla i weld ôl gwead yn y croen. Rhaff, falle?"

Cofiodd Geraint am y cynffonnau pinc ac oren, ac addunedodd y byddai'n edrych yn fanylach arnyn nhw.

"Diddorol," meddai'r patholegydd.

"Be?"

"Mae 'na lein arall ar 'i war e. Mae i'w gweld yn glir yn y cefen ond mae hi lot mwy gwelw o gwmpas yr ysgwydde, ac yn stopio'n sydyn wedyn."

Edrychodd Geraint arni'n chwilfrydig.

"Sa i'n siŵr, ond weden i ei fod e'n gwisgo rhwbeth am ei wddw, a bod rhywun wedi'i rwygo fe bant."

7

Martha

SAFAI MARTHA AR ochr y ffordd. Roedd hi'n noson ddu ac yn codi'n wynt. Crynai godre ei ffrog forwyn. Damia! Roedd yna fwd ar ei hymylon. Plygodd i'w rwbio ymaith a disgynnodd ei bag oddi ar ei hysgwydd i blygiad ei braich. Cododd ef yn ei ôl. Wrth gael gwared â'r baw ar y ffrog gwelodd ragor ar hyd ei hochr, a mwy fyth ar y cefn. Allai hi ddim mynd i'r briodas fel hyn!

Gwelodd ddwy ddynes mewn ffrogiau blodeuog llachar am y ffordd â hi ac amneidiodd arnyn nhw i ddod i'w helpu, ond welson nhw mohoni. Gwaeddodd, ond chlywson nhw ddim. Edrychodd ar y tusw o rosod cochion yn ei llaw. Roedd hi'n ymwybodol bod amser yn cerdded a bod ganddi briodas i fynd iddi. Ymrôdd eto i lanhau'r ffrog. Disgynnodd ei bag i blygiad ei braich. Cododd ef yn ei ôl. Daeth y gwynt â glaw yn ei sgil, a daliodd Martha ei hances allan i'w gwlychu, er mwyn ei defnyddio i lanhau'r baw. Roedd y les yn wyn ac yn lân ac yn smicio yn y gwynt. Yn y pellter, tarodd ei llygad ar rywbeth yn y clawdd. Chwipiodd cyrlen wleb o flaen ei llygaid. Pan edrychodd eto ar y clawdd, doedd dim oll yno, ond roedd yna gysgod du i'r dde iddi, ac yn nesu. Fferrodd. Ceisiodd symud, ond roedd sodlau pigfain ei hesgidiau yn ddwfn mewn mwd. Roedd y cysgod yn dynesu. Tynnodd ei hesgidiau. Byddai'n rhaid iddi fynd i'r briodas yn droednoeth. Dechreuodd redeg at ei char, a'r dŵr yn tasgu'n ddafnau mawr arian o'i chwmpas. Feiddiai hi ddim edrych dros ei hysgwydd. Doedd dim angen iddi. Gwyddai ym mêr ei hesgyrn ei fod o yno, a'i wynt yn gwasgu arni. Yna, roedd goriad y car yn ei llaw. Pwysodd y botwm yn grynedig i agor drws y gyrrwr, ac i mewn â hi fel sachaid o datws, a chau'r drws yn flêr ar odre'i ffrog.

Roedd anrheg ar sedd y teithiwr ac arni ruban coch anferth. Ceisiodd beidio â gwlychu'r papur. Cofleidiodd y llyw am eiliad fel petai wedi cael gwaredigaeth, ond mynnai pob gewyn ac asgwrn yn ei chorff ei bod hi'n ei heglu hi oddi yna… rŵan! Fedrai hi ddim cael y goriad i'w le, gymaint yr oedd ei llaw'n crynu. Pan lwyddodd yn y diwedd i roi'r goriad i mewn a'i droi, hercio i stop wnaeth y car. Roedd hi wedi anghofio ei roi mewn gêr, a rŵan doedd o ddim yn tanio. Taflodd gipolwg yn y drych, a gweld cysgod du yn ffenest gefn y car. Ei greddf oedd sgrechian, ond fedrai hi ddim, dim ond anadlu fel pysgodyn ar dir sych. Roedd ei hanadl yn dod yn fyr ac yn fuan, a feis yn cau am ei hysgyfaint. Rhoddodd gynnig arall ar danio'r car. Y tro hwn fe gydiodd, a sgrialodd i ffwrdd.

Mentrodd gipolwg arall yn y drych. Doedd o ddim yno. Dim cysgod, dim dyn. Ond roedd yna rywbeth yno – darn o bapur yn sownd yn weipars y ffenest gefn, ac yn fflip-fflapian yn y glaw. Hoeliwyd ei sylw gan hwnnw am funud, wrth iddi drio dyfalu beth yn union oedd o, yn saff ei meddwl nad oedd hi am stopio eto am bris yn y byd. Yn ôl ac ymlaen yr âi'r papur, yn ôl ac ymlaen, fflip a fflap, fflip a fflap, ac amser yn arafu ac yn arafu, fflip, fflap, fflip… fflap. Yna, cofiodd fod rhaid iddi edrych i ble'r oedd hi'n mynd a llusgodd ei golygon o'r drych at y ffenest flaen. Sgrechiodd. Roedd y cysgod du yn union o'i blaen, ar ganol y ffordd, ei freichiau ar led, a hithau'n gyrru tuag ato gan milltir yr awr. Gwasgodd y brêcs hyd yr eithaf… ond doedd y car ddim yn stopio. Gwasgodd a gwasgodd a gwasgodd…

Deffrodd Martha'n laddar o chwys a chynfas y gwely wedi'i lapio'i hun yn dynn am ei thraed. Wyddai hi ddim ble'r oedd hi am funud ac roedd ei chalon yn curo fel drymiau rhyfel. Arhosodd yno am funud neu ddwy, rhwng dau fyd, ac yna rhoddodd y lamp fach wrth ei gwely ymlaen. Cafodd gysur o weld dodrefn cyfarwydd ei hystafell. Chwarter wedi dau. Cododd i hwylio paned iddi'i hun. Roedd hi'n amau a gysgai hi eto'r noson honno.

Cyn hir roedd hi'n mwynhau paned yn y gegin a chysgodion olaf yr hunllef wedi diflannu yn nharth y tegell. Porodd drwy'r rhaglenni teledu. *Y Dydd yn y Cynulliad*? Na. *Crime and Punishment*? Na, yn bendant. Trodd yn hytrach at fwletinau newyddion y BBC, ond wedi iddi glywed – a hynny o leiaf deirgwaith – am hanes milwr a gafodd ei saethu yn Affganistan a llofruddiaeth yn ne Cymru, a'r naill ddyn na'r llall wedi ei enwi eto, diflasodd ar y rhaglen honno hefyd. Cododd wadnau'i thraed sliperog ar reilen yr Aga, a gwelodd ysgwydd a braich y gadair dderw yn y gwyll wrth ymyl y cloc mawr. Cadair farddol Eisteddfod Trawsfynydd oedd hi, ac fe'i henillwyd gan ei hen daid yn 1895. Roedd hi'n gadair hardd, yn dyddio o gyfnod pan oedd cadeiriau barddol yn ddarn o gelfyddyd yng ngwir ystyr y gair. O'r holl bethau a etifeddodd, y gadair hon a drysorai fwyaf. Yn ail agos roedd yr hen chwaraeydd tapiau sbŵl-i-sbŵl Grundig. Daethai bocsaid o sbwliau gydag ef, ond nid oedd eto wedi cael cyfle i wrando arnyn nhw. Roedd ganddi frith gof iddi gael ei recordio yn adrodd rhyw bennill neu'i gilydd pan oedd tua phedair neu bump oed. Rhywbeth am 'hogiau drwg iawn, yn boddi Miss Pwsi ym mhwll du y mawn'. Dylai chwilio am y tâp. Gobeithio'r nefoedd na ddaru neb ei recordio yn canu! Mi fyddai tâp felly'n cael mynd i'r bìn ar ei ben. Roedd hi hefyd wedi cael desg fach eboni a hen focs gwnïo ei nain.

Cofiodd am y dyn diarth a dorrodd ar draws y parti ieir. Pam, tybed, yr oedd o wedi gofyn a gafodd hi rywbeth ar ôl ei thaid? Am gwestiwn od. Roedd o hefyd wedi ei rhybuddio wrth adael. Symudodd rhywbeth yn ei hymyl a neidiodd hithau. Ond dim ond gwyfyn bach oedd yno, yn gysgod i gyd. 'Byddwch yn ofalus.' Pam? A rhag pwy neu beth? Am a wyddai, roedd cerdyn y dyn yn dal yn y ddysgl yn y cyntedd ers y parti, wythnos yn ôl.

Penderfynodd ei ffonio y cyfle cyntaf a gâi. Roedd hi'n haeddu cael gwybod mwy. Ond nid fory. Fory, roedd ganddi briodas i fynd iddi. Fory wir! ceryddodd ei hun. Heddiw oedd hi bellach, ac roedd ei ffrog forwyn yn las fel y dydd ac yn gwbwl lân yn y bag plastig ar ddrws y wardrob.

8

Daeth awr y briodas yn llawer rhy gyflym. Rywbryd yn yr oriau mân aethai yn ei hôl i'r gwely i gipio awr neu ddwy o gwsg, ac o ganlyniad cael a chael oedd hi i gyrraedd Bron-haul, cartre Emma, erbyn brecwast, a bu bron iddi anghofio pacio'i hesgidiau yn y fargen. Ond buan y dechreuodd ymlacio dan ddylanwad y gwydraid o siampên a roddwyd yn ei llaw yn syth wedi iddi hwylio drwy'r drws gan Dilys, mam Emma, a ffysiai o gwmpas mewn gŵn blodeuog a chanddi gyrlers mawr glas yn ei gwallt. Eisteddai Emma o flaen y drych yn ei hystafell wely, yn cael ei gwallt hithau wedi'i drin. Ynghanol y potiau colur o'i chwmpas roedd hanner llond mŵg o goffi oer, a phlât ac arno weddillion brechdan facwn. Roedd Emma'n dal yn dynn yn ei gwydraid o siampên. Yn ôl lliw ei bochau, nid dyna wydraid cyntaf y dydd chwaith, sylwodd Martha.

"Dim rhagor o ddiod i ti, 'ngeneth i," meddai Martha, gan ei ffug-geryddu a mynd â'r gwydr oddi arni. "Neu fydd 'na fawr o siêp arnat ti am ddeg!"

Aeth i hwylio paned ffres iddi, a bachodd fanana a darn o dost oddi ar fwrdd y gegin. Chwarddodd Emma pan welodd y fanana.

"Rhaid i ti fyta rwbeth," cynghorodd Martha.

"Fedra i ddim," atebodd Emma, "mae fy stumog i'n troi."

"Dwi ddim isio dy weld ti'n llewygu o 'mlaen i hanner ffor' i lawr yr eil 'na, felly ty'd yn dy flaen, tria fyta rwbeth."

"Ocê, ocê, Miss Tricsi Maud." Daliodd y ddwy lygaid ei gilydd a chwerthin dros y lle. Edrychodd y ddynes trin gwallt arnyn nhw mewn dryswch llwyr.

Rhyw fore felly gafodd Martha. Bore o geisio tawelu nerfau

Emma, a oedd, fel llawer merch arall ar drothwy'i phriodas, yn gybolfa i gyd. Roedd Wil ac Emma'n cyd-fyw ers blynyddoedd, ond doedd hynny'n lliniaru dim ar ei nerfau. Poenai a oedd hi'n gwneud peth call, poenai am y gwesteion, poenai a fyddai Wil yn cyrraedd mewn pryd, ac am hanner dwsin o bethau eraill. Gwyddai Martha wrth reddf mai gofid arwynebol oedd y cyfan.

Anghofiai Martha fyth yr olwg gariadus ar wyneb Wil pan drodd i dderbyn Emma am ddeg y bore hwnnw yn eglwys hynafol Llanwrin. Edrychai Emma'n brydferth yn ei ffrog wen syml, a gwenai rhosynnau gwynion y ffenest liw yn dyner arni. Clywsai Martha rywdro fod y ffenest yn hanu o gyfnod Rhyfel y Rhosynnau yn y bymthegfed ganrif. Os felly, synnai fod ei chyflwr cystal. Wrth iddi edrych arni tywynnodd pelydryn euraid drwyddi a bendithio'r pâr priod. Rhoi 'haul ar y fodrwy' go iawn, meddyliodd. Pob lwc iddyn nhw.

Er bod Wil yn hen hogyn iawn, doedd ganddi fawr o feddwl o Rhodri, y gwas priodas. Os hwnnw oedd y 'best man', Duw a helpo'r lleill! O'r ffordd yr oedd o wedi cilwenu arni ar ôl y seremoni, roedd hi'n amlwg ei fod am drio'i lwc yn nes ymlaen. Roedd hi wedi ei anwybyddu. Pan gododd Rhodri i ddatgan ei araith yn y brecwast, roedd Martha'n disgwyl y gwaethaf. Doedd yna fawr o olwg arno pan oedd o'n sobor ac erbyn hynny roedd o wedi llowcio sawl peint.

"Mae'n bleser gen i heddiw," meddai gan edrych ar Wil, "eich cyflwyno chi i ddyn caredig a hael, dyn sy'n fêt i bawb, dyn y mae pawb yn troi ato am gyngor… sef fi!" Chwarddodd am ben ei jôc ei hun, a chwarddodd yr ystafell gydag o, o ran cwrteisi yn anad dim.

"Dwi ddim wedi priodi," dechreuodd eto, gan anelu winc fawr at Martha. Gwenodd hithau drwy'i dannedd. "Bob priodas yr oeddwn i'n mynd iddi, roedd yr hen ferched, y *blue rinse brigade*, i gyd yn deud, 'Chi fydd nesa, chi fydd nesa!' Ddaru nhw stopio ar ôl i fi ddechre deud yr un peth wrthyn nhw mewn angladde!"

Un bwrdd yn unig a fentrodd chwerthin, ac roedd hwnnw'n llawn mêts Rhodri a Wil a oedd wedi diosg eu siacedi a llacio'u coleri a'u teis yn barod am sesiwn dda. Edrychodd Martha ar Emma. Roedd honno'n chwarae efo cornel ei napcyn. Roedd Rhodri yn amlwg yn meddwl ei fod o'n un o stand-yps gorau'r ganrif ac aeth pethau o ddrwg i waeth.

"Be 'di diffiniad dyn o noson ramantus? Rhyw!"

Ceisiodd Martha dynnu sylw Wil, er mwyn i hwnnw roi stop arno fo, ond roedd Wil yn gwenu fel giât.

"Sut ti'n gallu deud bod dyn wedi marw? Mae o'n stiff am fwy na dau funud!"

Roedd wyneb Dilys yn bictiwr, a dagrau'n cronni yn llygaid Emma.

"Sut ti'n gwbod y gwahaniaeth rhwng banana a —"

Cododd Martha.

"Ryden ni yma heddiw," meddai, "i ddathlu priodas hen lodes iawn, ac un o fy ffrindie gore. Mae'n fraint gen i felly ofyn ichi estyn am eich gwydre i ddymuno hir oes a phob hapusrwydd i Emma a Wil!"

Atseiniodd y waliau i gorws o "Emma a Wil!" ac eisteddodd pawb i fwynhau gweddill y pryd, ond nid cyn i Rhodri daflu cipolwg mileinig ati. Anwybyddodd o. Diwrnod Emma a Wil oedd hi heddiw, a neb arall. Câi Rhodri fynd i grafu. Gwasgodd Emma'i llaw o dan y bwrdd, a gwenodd hithau'n ôl.

Er gwaethaf nonsens Rhodri, roedd Martha, ar y cyfan, wedi mwynhau ei hun. Cawsai gyfle i gyfarfod â phobol nad oedd wedi'u gweld ers tro byd, rhai'n hen gydnabod o'i dyddiau ysgol, eraill, yn ôl y sôn, yn perthyn iddi o bell. Rhyfeddai bob amser at allu'r Cymry, ni waeth ble'r oedden nhw, i ddod o hyd i ryw gysylltiad teuluol. Fyddai hynny fyth yn digwydd yn Llundain. Dychmygodd yr ymateb a gâi petai hi'n cwrdd â rhywun am y tro cyntaf yn nhafarn chwaethus y Woolpack yn Southwark ac yn dechrau olrhain ei achau. "Yes, yes, I think I know you. You are related to my second cousin's wife, on her mother's side." Gwenodd. Llusgwyd hi'n ddisymwth o'r Woolpack i Ddolguog gan Cêt, *aka* Lisabeth Modlen.

"Hei, mae'n amlwg be ti'n meddwl amdano!" meddai, gan hyrddio'i hun i'r sedd agosaf a chodi'i haeliau'n awgrymog i gyfeiriad y bar, lle safai Maldwyn Tan Ffridd yn disgwyl ei beint nesaf. Llanc lleol oedd Maldwyn; hogyn tal, cyhyrog a chanddo lond pen o wallt du. Fel tarw ifanc, meddyliodd Martha. Cydiodd yn ei beint a dod draw atyn nhw.

"Iawn, ferched? Joio?" gofynnodd, gan gymryd llymaid o'i ddiod, a adawodd fwstás gwyn ar ei wefus uchaf. Sychodd hwnnw i ffwrdd â chefn ei law lydan.

"Yden, diolch," atebodd Martha a phendroni yr un pryd tybed a oedd o'n debyg i darw mewn ffordd arall hefyd.

"Dwi heb dy weld di rownd ffor' 'ma o'r blaen. Jest dŵad ar gyfer y briodas, ie?"

Roedd ganddo lygaid brown tywyll, fel triog du, mor ddu fel nad oedd modd gweld eu cannwyll. Syllai ar Martha wrth siarad, fel tasai Cêt ddim yno, a syllai honno ar Maldwyn fel petai newydd weld Eros.

"Ne, dwi'n byw'n lleol. Yn y Neuadd Lwyd," atebodd.

"Dow, do'n i ddim yn gwbod bod y lle wedi'i werthu."

"Dydi o ddim. Cartre'r teulu oedd o. Dwi wedi bod yn byw ffwr' ers blynyddoedd. Yn Llunden. Ond dwi 'nôl yn byw yna rŵan ers tro. Fy hun."

Damia! Pam ddywedodd hi hynny? Ond mi *oedd* o'n bishyn a hanner. Os oedd hi'n gallu tynnu sylw rhywun hanner ei hoed, wel... roedd hynny'n beth da, yn doedd? Roedd y cerdyn a gafodd yn ei gwahodd i'r briodas wedi nodi 'Martha Brennan + 1'. Fe fu adeg pan fyddai hi'n cael cardiau yn dwyn yr enwau 'Mr a Mrs Jarman', ond pan aeth pethau'n flêr rhyngddi hi a

Neil roedd wedi dechrau ailddefnyddio'i henw morwynol. Y tro hwn, nid oedd wedi estyn y gwahoddiad '+1' i neb. Ar foment wan, ystyriodd ffonio Josh, ei marchog gwyn ar y noson lawog honno rhyw chwe wythnos yn ôl, ond doedd hi ddim wedi ei weld ers hynny. A dweud y gwir, roedd hi'n teimlo braidd yn siomedig. Roedd wedi mwynhau troi'r cloc yn ôl a chael hanes hwn a'r llall gan Josh o flaen yr Aga y noson honno, ac roedd yntau hefyd wedi mwynhau'r sgwrs, yn ôl yr argraff a gafodd hi ohono. Ond efallai nad oedd dim mwy ar ei feddwl na gwneud cymwynas â hen gydnabod. Felly, wnaeth hi ddim cysylltu, ac aeth i'r briodas ar ei phen ei hun.

"Ti'n gwbod be maen nhw'n ddeud, 'dwyt?" gofynnodd Maldwyn.

"Be?"

"You can take a girl out of Maldwyn but you can't take Maldwyn out of a girl."

Mawredd. Roedd hwn yn rhy slic o lawer. Heblaw hynny, roedd hi'n dechrau amau, o'r ciledrychiad slei y byddai'n ei daflu o dro i dro at y criw wrth y bar, ei bod hi'n destun bet. Calliodd. Doedd ganddo ddim diddordeb ynddi hi, nag oedd? Yr hen het wirion iddi. Chwilio am rywun i gadw'i wely'n gynnes oedd o, reit siŵr, a gorau oll petai honno'n falch o'r sylw ac yn un hawdd ei rhwydo. Wel, Maldwyn mêt, tarw neu beidio, mae dy lwc di newydd droi, meddyliodd.

Esgusododd ei hun ac aeth i'r tŷ bach gan adael Maldwyn yn nwylo Cêt. Roedd honno, a barnu oddi wrth ei Chyffes Fawr noson y parti ieir, yn ddigon 'tebol i'w drin ac fe gâi Maldwyn, o bosib, fargen a hanner. Ar ei ffordd yno, gwelodd Rhodri rhyngddi a'r coridor a arweiniai at y tai bach. Welodd o mohoni, diolch byth. Doedd ganddi ddim amynedd gwrando ar hwnnw'n mwydro, yn enwedig ar ôl yr awgrymiadau seimllyd yr oedd o wedi'u taflu tuag ati drwy'r dydd. Felly, aeth yn ei hôl drwy'r bar, a thrwy'r lolfa, er mwyn cyrraedd y tai bach o gyfeiriad arall.

Ym mhen pellaf y lolfa roedd teledu anferth yn bwrw'i drem ar yr yfwyr sidêt oddi tano. Nid edrychai neb ohonyn nhw ar y sgrin ac roedd y sain yn isel, isel, rhag amharu ar ddathliadau'r briodas. Ar ei ffordd heibio, hoeliwyd sylw Martha gan y sgrin, a sylwodd ar lun dyn a edrychai'n gyfarwydd iddi. O dan y llun roedd y geiriau 'Breaking News'. Closiodd at y teledu er mwyn clywed yr hyn a oedd gan y newyddiadurwr i'w ddweud.

"The body found in suspicious circumstances in a remote area near Newcastle Emlyn in west Wales has been identified as Kenneth James Wright…"

Kenneth James Wright? Rhyfedd, roedd yr enw yna'n canu cloch. Edrychodd Martha'n fanylach ar y sgrin, ac aeth yn oer drwyddi. Cydiodd yng nghefn un o'r cadeiriau moethus i'w sadio'i hun. James Wright! Y dyn a ddaeth i'w gweld noson y parti ieir. Y dyn a oedd wedi rhoi ei gerdyn iddi, ac wedi ceisio'i rhybuddio rhag rhywbeth. Y dyn yr oedd hi, yn ystod yr oriau mân neithiwr, wedi penderfynu ei ffonio. Teimlodd ei hun yn gwelwi a brasgamodd i'r tŷ bach cyn gynted ag y gallai.

9

CREFAI MARTHA AM sigarét. Doedd hi ddim yn smocio, ddim ers ei hugeiniau, a doedd hwnnw ddim yn smocio go iawn. Sioe ar noson allan, dyna i gyd. Ond rŵan, am ryw reswm, roedd hi awydd mwgyn. Aeth allan i'r ardd. Siawns na fyddai rhywun yno ar yr un perwyl a fyddai'n fodlon rhannu â hi, ond roedd y lle'n wag.

Safodd yno am eiliad, a'i phwys ar y portico, yn syllu i'r tywyllwch y tu hwnt i gyrraedd goleuadau'r gwesty, ac awel iach noson o Fai yn falm ar ei chroen ac ar ei meddyliau cythryblus. Gallai glywed rhythmau cyson y parti o'r tu ôl iddi, yn bŵl fel poen pen ar gilio. Gwibiai miloedd o wybetach o'i chwmpas ac roedd ambell un duach a thewach na'r rhelyw yn eu plith. Roedd hi'n noson glir. Cododd ei golygon a chwiliodd am yr Aradr.

Roedd seryddiaeth yn un o ddiddordebau mawr ei thaid. Fo a'i dysgodd am Seren y Gogledd a sut i ddod o hyd iddi drwy ddilyn trywydd dwy seren yn yr Aradr. Un tro bu'r ddau yn gwersylla ar ben y Ffridd, ac yn treulio hanner y nos ar eu cefnau'n edrych ar y sêr. Arferai ei thaid adrodd stori wrthi amdanyn nhw, fel yr un am ben y Ddraig a oedd, yn ôl yr Arabiaid, yn cynrychioli pedwar camel benyw yn gwarchod eu babi bach. Roedd hi wedi gwirioni ar yr Arth Fawr a'r Arth Fach a byddai'r ddau'n aml yn ceisio dyfalu pam roedd ganddyn nhw gynffonnau hir. Yn ôl un stori roedd eu cynffonnau wedi ymestyn fel elastig wrth i Zeus eu taflu i'r gofod!

A dyna Cassiopeia wedyn, y seren siâp 'W', a gynrychiolai wraig brydferth y brenin Seffews, a fynnodd yn rhyfygus ei bod yn brydferthach na holl ferched Nerews, duw'r môr. I'w chosbi, clymwyd hi wrth gadair gan Poseidon, a'i dedfrydu i fyw am byth bythoedd yn yr awyr uwchben. Dro arall, cyfeiriodd ei thaid at ddameg o Tsieina, lle'r oedd yr 'W' yn cynrychioli gyrrwr cerbydau o'r enw Wang Liang. Roedd heliwr o'r enw Hsi wedi gofyn iddo yrru ei gerbyd, ond bu'r helfa'n fethiant llwyr. Mynnai Hsi mai Wang Liang oedd y gyrrwr gwaethaf yn y byd. Clwyfwyd Wang Liang gan hyn a gofynnodd a gâi ail gyfle. Y tro hwn daliwyd deg aderyn ac roedd Hsi wrth ei fodd. Cynigiodd swydd gyrrwr llawn-amser i Wang Liang. Gwrthod a wnaeth Wang Liang, gan ddweud ei fod wedi gyrru yn ôl y rheolau'r tro cyntaf ond ei fod, ar yr ail gynnig, wedi twyllo er mwyn ei gwneud yn haws i Hsi ddal yr adar. Gwrthodai wasanaethu dyn diegwyddor. "Ni all yr un dyn unioni pobol eraill drwy blygu ei hun," meddai.

Roedd ei thaid wedi adrodd y stori hon wrthi ar ôl i Neil yrru ei Astra i gefn Ford Mondeo mewn tagfa ar y South Circular. Nid oedd hyn yn syndod i neb, oherwydd roedd Neil, fel arfer, yn feddw. Trwy ryw ryfedd wyrth chafodd neb ddolur, yn rhannol oherwydd eu bod mewn tagfa ar y pryd, ond cyn i'r heddlu gyrraedd roedd Neil wedi darbwyllo Martha i ddweud mai hi oedd yn gyrru, oherwydd gwyddai y cawsai ddedfryd ddifrifol y tro hwn. A dyna a wnaeth. Gadawodd i'r plismon fesur ei gwynt (doedd hi ddim wedi bod yn yfed) ac roedd o wrthi'n nodi ei manylion pan welodd hi, o gornel ei llygad, gadeiriau plant bach yn sedd gefn y Mondeo. Felly, roedd hi wedi cyfaddef y gwir wrth y plismon. Ond yn y dyddiau wedyn, ac agwedd Neil yn fwy ffiaidd tuag ati nag erioed, roedd hi'n cwestiynu a wnaeth hi beth doeth. Dihangodd i'r Neuadd Lwyd at ei thaid, a dyna pryd y clywodd hi stori Wang Liang. Un felly oedd ei thaid. Pe byddai mewn penbleth am rywbeth neu pe byddai ganddi broblem o unrhyw fath, dim ond iddi rannu'i baich ag o, byddai ganddo stori neu ddameg at bob pwrpas, a ffordd glir yn agor o'i blaen fel y Llwybr Llaethog. Collodd Neil ei drwydded am flwyddyn, a'r gosb honno'n dechrau'n union wedi iddo gael ei ryddhau o'r carchar. Collodd hithau fabi.

Sylweddolodd Martha'n sydyn ei bod yn crynu. Aeth yn ôl drwy ddrysau gwydr y gwesty, a thrwy'r lolfa, i'r parti priodas. Trawyd hi gan wal o sŵn, a chan aroglau sent a chwys a chwrw. Roedd yna dwr o ddynion wrth y bar, rhesi o hyd at dri mewn mannau, rhai'n anwesu poteli Bud fel ingotau aur, ac eraill wedi torchi'u llewys er mwyn dangos eu cyhyrau, ac ambell datŵ, yn y weithred o godi peint. Yn eu canol, yma ac acw, ac ar lefel is, gallai weld gwallt hir ambell un yn cael ei chwipio'n bryfoclyd, a llaw wen yn gwthio cyrlen strae y tu ôl i glust, a honno'n gwegian gan ddiemyntau rhad. Dawnsio roedd y rhan fwyaf o'r merched, fodd bynnag, yn heidiau o sodlau a choesau a phenolau crynion mewn sgertiau tyn. Nid oedd Martha'n gyfarwydd â'r gân, os cân hefyd. Doedd dim golwg o Cêt, ond roedd Emma ynghanol y merched, yn dawnsio'i hochr hi yn ei ffrog sidan wen.

Ymbalfalodd Martha yn ei bag am ffôn i alw tacsi. Roedd hi bron yn hanner nos. Cyn bo hir byddai rhywun yn dechrau'r conga.

Margaret

NID OEDD GAN Margaret y syniad lleiaf ble'r oedd hi na faint o amser a aeth heibio ers y noson oer honno. Ni phoenai hynny fawr arni chwaith. Roedd hi wedi blino. Yn lluddedig. Lludded ym mhob gewyn ac asgwrn. Lludded yn gwasgu'n drwm arni, yn ei thynnu i lawr wrth ei hamrannau. Unwaith neu ddwy, roedd hi wedi magu digon o nerth i frwydro yn erbyn y wasgfa a oedd arni, a chyda grym cawr yn codi maen hir wedi agor y mymryn lleiaf ar ei llygaid. Gwelsai ysbrydion yn cyhwfan o'i chwmpas, yn ymdoddi i'w gilydd, yn llwyd, yn ddu, a fflamau tân yn llyfu cynffonnau eu dillad gwynion, a rhyw sisial, sisial o hyd, fel dail crin.

Y tro diwethaf, gwelsai gap gwyn ymhell, bell o'i blaen, yn bobian yn yr aer, yn wylan wen ar don lwyd, i fyny ac i lawr, yn ôl ac ymlaen. Roedd y pendilio diddiwedd yn codi cyfog arni. Caeodd ei llygaid a gadael i glogyn du ei hamgylchynu a'i gwthio i lawr hyd furiau difaterwch, i lawr, lawr i bydew llonyddwch, Morffews y meddwl, lle'r oedd pob dim yn ddim, a dim yn bopeth.

Cyn iddi fynd, dychmygodd iddi glywed cri fechan babi bach.

Martha

ALLAI MARTHA DDIM peidio â meddwl am ei hymwelydd noson y parti ieir, a oedd bellach yn gelain mewn corffdy yn rhywle. Drannoeth y briodas, bob cyfle a gâi, bu'n gwylio Sky News ac yn chwilio'r we am y newyddion diweddaraf am y farwolaeth.

Wedi cael ei lofruddio yr oedd Kenneth James Wright, yn ôl datganiadau'r heddlu. Canfuwyd ei gorff mewn hen adeilad amaethyddol yn ardal Castellnewydd Emlyn. Cafodd ei weld ddiwethaf ar deledu cylch cyfyng yn llenwi ei gar â thanwydd yng ngarej Tanerdy, Caerfyrddin, am 3.00 o'r gloch ar yr 16eg o Fai, 2012. Roedd ganddo gar salŵn BMW cyfres 5 SE du, gyda'r cofrestrif MH08 EHE. Nid oedd yr heddlu wedi dod o hyd i'r car hyd yn hyn. Y diwrnod hwnnw gwisgai'r ymadawedig gôt fawr, dywyll. Roedd yr heddlu'n apelio ar unrhyw un a oedd â chysylltiad â James Wright neu a oedd ag unrhyw wybodaeth amdano i gysylltu â nhw. Bydden nhw'n falch iawn o gael pob math o wybodaeth, ni waeth pa mor ddibwys oedd hi. Gallai fod yn allweddol i'w hymchwiliadau. Roedd ganddyn nhw ddiddordeb arbennig yn unrhyw un a oedd wedi gweld car tebyg i'r un a ddisgrifiwyd, yn enwedig rhywun neu rywbeth a allai gynnig gwybodaeth bellach am symudiadau James Wright rhwng 3.09 o'r gloch ddydd Mercher yr 16eg o Fai ac oddeutu 1.00 o'r gloch ddydd Sul yr 20fed o Fai. Nid oedd rhagor o wybodaeth i'w chael ar hyn o bryd, ond roedd yr heddlu'n parhau â'u hymchwiliadau. Bydden nhw'n rhannu rhagor o newyddion wrth i bethau ddatblygu.

Yn ôl Golwg360, roedd James Wright yn 78 oed, yn gyn-athro

mathemateg ac yn byw mewn hen ffermdy ym Maenclochog. Nid oedd ganddo wraig na phlant, hyd y gwyddid. Wyddai neb fawr amdano, ond roedd ffermwr lleol wedi'i weld un tro pan ddaeth ato i ofyn a gâi ganiatâd i gerdded ei dir. Y diwrnod hwnnw, gwisgai ddillad priodol at gerdded, roedd ganddo fap mewn bag plastig yn ei law a chariai rycsac ar ei gefn. Cytunai'r ychydig rai a gyfarfu ag ef fod Mr Wright yn ŵr cwrtais a bonheddig. "Wedd e ddim fel y bobol gafrod 'na sy' obeutu'r lle y dyddie hyn." Syfrdanwyd y gymuned gyfan gan y digwyddiad. Nid oedd perchennog y tir yng Nghastellnewydd Emlyn yn gwybod dim oll, ond roedd yn gobeithio na fyddai'r heddlu a'r cyfryngau yno lawer yn hwy.

"He lived a nomadic lifestyle," meddai Sky am James Wright. Bu'n byw mewn sawl man a sawl gwlad yn ystod ei oes ond roedd wedi ymgartrefu yn Sir Benfro ers tua dwy flynedd. Roedd Sky hefyd wedi dod o hyd i rai o'i gyn-ddisgyblion yn Ysgol Greenhill, Dinbych-y-pysgod, dros ddeugain mlynedd yn ôl, a siaradai'r rheini yn uchel eu parch amdano, er bod ambell un yn meddwl ei fod ychydig bach yn ecsentrig. Yn fuan wedyn, roedd wedi rhoi'r gorau i'w swydd ac wedi symud o'r ardal – i Ffrainc yn ôl rhai, er na wyddai neb i sicrwydd. Yr oedden nhwythau'n cadarnhau ei fod yn ddibriod, ond yn ôl un o'r tabloids cafodd berthynas â Diane Smithson o Henffordd yn y 1990au – "Jimmy was a wonderful man… a very gentle lover."

Roedd Martha, fel sawl ditectif amatur arall ledled y wlad, wedi teipio mwy nag un cyfuniad o'i enw yn Google – K J Wright, K James Wright, Kenneth J Wright – ond heblaw'r cyfeiriadau lu at y farwolaeth ac at ddirgelwch y llofruddiaeth, ni chafodd unrhyw wybodaeth newydd. Gwelsai fyrdd o enwau tebyg; roedd o leiaf ddau gant o bobl o'r enw Kenneth Wright yn byw ym Mhrydain. Roedd yna James Wright Furniture yng Nghaeredin, a James Wright, Menswear and Master Tailor yn Hull. Ar Facebook, roedd yna Ken J Wright, Kenneth J Wright a James Wright, ond nid oedd yr un proffil yn cyfateb i'r dyn a oedd ganddi dan sylw, a beth bynnag, byddai Martha wedi synnu'n fawr pe byddai ganddo gyfrif Facebook. Nid oedd y dyn a ddaeth i'w gweld yn edrych y teip. Roedd Martha hyd yn oed wedi pori'r we am enw'i thaid, Edward Jones Rees, + James Wright, ond heb lwyddiant. Felly, doedd hi ddim callach beth oedd y cysylltiad rhwng y ddau, nac ychwaith ar ba berwyl y daethai James Wright i ymweld â hi.

Erbyn hyn, yr oedd yn difaru'i henaid iddi ei hel oddi yno mor ddiseremoni. Petasai ond wedi rhoi deng munud o'i hamser iddo, byddai popeth yn glir, ac ni fyddai yn y picil yma rŵan. Pwy a ŵyr, efallai na fyddai yntau wedi'i ladd chwaith. Ond eto, doedd dim sicrwydd bod cysylltiad rhwng ei lofruddiaeth a'i ymweliad â hi. Ac yn fwy na hynny, tybed nad chwilfrydedd diniwed, a dim mwy, oedd cwestiwn James Wright ynghylch yr hyn a gafodd gan ei thaid? Efallai fod gan ei thaid rywbeth a oedd yn perthyn iddo a'i fod am ei gael yn ôl.

Fore Llun, aeth ar ei hunion i swyddfa'r heddlu yn Aberystwyth. Dywedodd ei henw a'i chyfeiriad, a dywedodd wrthyn nhw am ymweliad James Wright â hi nos Sadwrn y 19eg o Fai. Dywedodd ei fod yn siarad Cymraeg a'i fod yn holi am ei thaid.

"Pam eich taid?" holodd y sarjant.

"Wel, mae'n debyg ei fod yn 'i nabod o. Mi fuo Taid farw fis Ionawr y llynedd," eglurodd Martha. "Roedd o'n estyn ei gydymdeimlad."

"Beth oedd enw'ch taid?"

"Edward Jones Rees."

"A ble'r oedd eich taid yn byw?"

"Yn y Neuadd Lwyd, Mallwyd, yn ymyl Machynlleth."

Edrychodd y sarjant ar ei bapur.

"Yr un cyfeiriad â chi felly?"

"Ie, fan'no ces i fy magu, ac mi adawodd y lle i mi."

Dywedodd nad oedd yn adnabod James Wright ac na welodd hi mohono na chlywed amdano erioed o'r blaen. Welodd hi mo'r car. Disgrifiodd y gôt frethyn, y siwt lwyd dridarn, y crys lliw hufen a'r tei streipiog llwyd a gwyn. Disgrifiodd ei het, a'r modd yr oedd yn ei throi yn ei ddwylo wrth siarad â hi. Pa argraff a gafodd Martha o James Wright? Cwrtais a bonheddig. Oedd rhywun arall wedi gweld James Wright yn ei thŷ'r noson honno? Nac oedd. Doedd hi ddim yn siŵr faint o'r gloch oedd hi, ond tybiai ei bod tua wyth neu naw y nos.

Diolchwyd i Martha am yr wybodaeth, a dywedwyd wrthi y byddai rhywun a oedd yn gweithio ar yr achos yn cysylltu â hi cyn bo hir i gael mwy o fanylion ganddi. Yn y cyfamser, pe digwyddai iddi gofio unrhyw beth arall, siarsiwyd hi i ffonio'r swyddfa.

Gadawodd Martha swyddfa'r heddlu heb sôn yr un gair am gwestiwn rhyfedd James Wright, nac am ei rybudd iddi ar y rhiniog.

"**S**UT HWYL MAE Alun yn ei gael efo'r arholiade?" holodd Martha.

"Dim syniad," atebodd Lowri. "Does 'na fawr o waith yn 'i groen o. Mae o'n trydar gymaint dwi'n hanner disgwyl 'i weld o'n fflio rownd y llofft!"

Eisteddai Lowri a hithau bob pen i'r bwrdd pin mawr yn y Wern. Bu Martha wrthi fel lladd nadroedd ers rhai diwrnodau, yn cyfieithu miloedd o eiriau yr oedd rhyw gwsmer ar dân i'w cael yn ôl. Roedd rhywun yn rhywle, ynghanol y gwaith o gynllunio'r ddogfen, ei sgwennu a dewis lluniau pert a phenawdau bachog i fynd efo nhw, wedi anghofio'n llwyr am yr angen i'w chyfieithu. Felly, roedd y dasg honno'n cael ei gwthio rywsut rywsut i'r dyddiau olaf, ar ras wyllt yn union cyn yr achlysur lansio. Fel arfer. Ond diolch amdano, meddyliodd Martha. Heblaw'r siec ddigon deche fyddai'n ei chyrraedd cyn pen y mis, gymaint y bu ei thrwyn ar y maen fel na chawsai amser i feddwl gormod am James Wright. Erbyn iddi ddychwelyd y gwaith, gan ofalu siarsio'r cwsmer fod angen ei brawfddarllen cyn ei gyhoeddi, roedd ei llygaid yn goch ac yn cosi, a theimlai fel meudwy. Felly, daethai gwahoddiad Heulwen iddi hi a Lowri ddod draw am dêc-awê Indiaidd yn y pwdin teim.

"Mi neith Alun yn tsiampion. Mae 'na ddigon yn 'i ben o," meddai Heulwen, rhwng crensian popadom. "Be mae o isio'i neud yn y dyfodol?"

"Dio ddim yn siŵr iawn. Am drio mynd i'r coleg, dwi'n credu. Maths, falle, neu Ddaearyddiaeth."

"Giês gen i'r ddau," meddai Martha. "Er, dwi'n gallu darllen maps yn o lew."

"Twt, pwy sy' isio map dyddie hyn? Yn does gen bawb *sat*

nav?" meddai Lowri'n smala, a chodi platiaid o *biryani* llysiau a *saag aloo* iddi'i hun.

"Iawn, os wyt ti mewn car. Ond be os wyt ti ar ben mynydd?"

"Alli di iwsio dy ffôn wedyn, yn galli?"

"Does 'na ddim signal ym mhob man, cofia," atgoffodd Heulwen hi. "Sgynnon ni ddim un fan'ma, er enghraifft… wel, oni bai dy fod ti'n cyfri'r un bar dwi'n gallu'i giêl yng nghornel y sied wartheg."

"Niwsans ydi bod heb signal," meddai Martha, ac adroddodd hanes y noson honno pan gafodd bynctsiar. "Ti'n cofio Josh yn 'rysgol, 'dwyt, Heuls? Wel, fo oedd yn y car. Fuo jest i mi beidio'i nabod o."

"Pwtyn bech efo gwellt melyn oedd o? Dow, lle mae o'n byw rŵan, 'te?"

"Ie, dyna ti. Mi eth o ffwr' am sbel. Er, dydi o ddim yn bwtyn rŵan chwaith," meddai Martha'n awgrymog. Sylweddolodd yn sydyn na wyddai hi ddim ble'r oedd o'n byw rŵan. Er iddi ei holi, ddeallodd hi ddim yn iawn. Debyg na châi hi gyfle i'w holi eto chwaith.

"O ie?" crechwenodd Lowri. "A be giêth o am newid dy deiar di, 'te?"

"Ha, ha," atebodd Martha'n smala. "Mi giêth baned, i ti giêl gwbod."

"A be wedyn?"

"Mi eth adre."

"Be? Mi nest ti adael iddo fo fynd? Iesgob, taswn i'n ti, dim y teiar fyse'r unig rwber fyse dan 'i ddwylo fo!"

Chwarddodd y tair.

"… a dim pwmpio gwynt fyse fo'n neud chwaith!"

Torrwyd ar y rhialtwch gan gloch y ffôn, a diflannodd Heulwen i'w ateb.

"Wyt ti wedi gweld Josh wedyn?" holodd Lowri, gan arllwys

rhagor o win iddi hi'i hun. Gwrthod wnaeth Martha. Roedd rhaid i rywun yrru adre.

"Nêddo."

"Dwi'n cymryd dy fod ti wedi ciêl ei rif o? Pam na wnei di ofyn iddo fo fynd am ddiod efo ti rhywbryd? I ddiolch, wrth gwrs. Dwi'n cymryd dy fod ti isio'i weld o?"

Arbedwyd Martha rhag gorfod ateb gan ddychweliad Heulwen, a gwelodd ar unwaith fod rhywbeth o'i le.

"Ti 'di mynd yn fflat iawn mwya sydyn. Be sy'?"

"Isio Josh a'i bwmp mae hi!" heriodd Lowri.

"O… dim byd mawr. Jest yr hen alwade ffôn 'ma."

"Marchnata, debyg?" holodd Lowri. "Dw inne'n ciêl lot o'r rheina hefyd. Niwsans."

"Dim jest y galwade. Mae 'na bethe 'di ciêl eu deud hefyd. Ar Facebook."

"Heuls, ti ddim yn neud sens. Pa bethe?"

"Deud bo' ni ddim yn haeddu ciêl byw fan'ma… deud ein bod ni'n deulu o fradwyr." Llyncodd ei phoer.

Torrodd Lowri ddarn o fara *naan* iddi'i hun. "Ddedest ti ddim byd," meddai.

"O ran y galwade 'na, does 'na neb yn deud dim. Y cyfan dwi'n ei glywed ydi rhywun yn chwythu i lawr y lein." Crynai llais Heulwen.

"Blydi hel! Pwy ddiawl fyse'n neud peth fel'na?" arthiodd Martha.

"Dwi'n rhyfeddu dim," meddai Lowri'n galed.

"Be ti'n feddwl?"

"God, Martha, 'nei di stopio swnio fel parot! Mae 'na deimlade cry, yn does? Yn erbyn y meline gwynt."

"Ond be sgen hynna i neud efo Heuls?"

"Gen i dyrbein, yn does?" atebodd Heulwen. "Newydd giêl un. Dyna oeddwn i 'di pasa'i drafod efo ti y noson gwmpodd Gruff yn yr helm," esboniodd wrth Martha.

"Dydi o ddim yn iawn ymosod arnat ti fel hyn, pwy bynnag yden nhw."

"Mae bywolieth sawl un yn dibynnu ar y tir ac ar harddwch yr ardal," dadleuodd Lowri. "Ti 'di gweld seis y peilons? Os down nhw yma mi fydd hynny'n sbwylio'u bywyde nhw, ac mae 'na grwpie wedi'u ffurfio neith bopeth allan nhw i gadw'r tyrbeins a'r peilons yna o 'ma."

"Iawn gen i iddyn nhw neud hynny, ond does dim isio targedu pobol ddiniwed, yn nag oes? Dim ond arallgyfeirio yden ni'n neud, fel sawl un arall."

"Dwyt ti ddim yn gweld be mae'r cwmnïe mawr 'ma'n trio'i neud, yn nag wyt? Iwsio Cymru maen nhw at eu dibenion eu hunen. Dyden nhw'n malio 'run botwm corn am ein tir ni, dim ond eu bod nhw'n cïel be maen nhw isio. O ie, a leinio'u pocedi eu hunen yn y fargen."

"Ond dwi ddim yn rhan o hynna!" protestiodd Heulwen. "Y cyfan dwi 'di'i neud ydi rhoi un felin ar y mynydd. Sgenna i'm byd i neud efo'r cwmnïe mawr 'ma! Mi fydd hi'n flynyddoedd cyn y gwela i unrhyw elw ar yr hyn ryden ni wedi'i wario."

A Lowri ar gefn ei cheffyl ac yn barod am rant, a'r gwin yn porthi'i hyfdra, roedd y noson yn mynd yn fwy tebyg i *High Noon* na *high tea*. *Handbags at dawn*, myn diain i, meddyliodd Martha.

"Ond ti'n rhan o'r peth, 'dwyt?" haerodd Lowri, gan brocio pob gair â'i fforc. "Ti'n dangos i'r cwmnïe mawr fod potensial yma, ac maen nhw'n meddwl bod pobol yn mynd i groesawu eu cynllunie nhw efo breichie agored. Ti'n cryfhau eu hachos nhw."

"Digon hawdd dyfalu ar ba ochor wyt ti!" meddai Martha.

"Wel, meddylia," meddai Lowri. "Taset ti'n byw ym mhentre Llanwddyn, cyn i Gorfforaeth Lerpwl foddi'r lle, ar ba ochor fyset ti?"

"Yn gwrthwynebu, siŵr iawn," atebodd Martha, ac ameniodd Heulwen hithau.

"Wel, dyna chi, 'te. Mae o mor syml â hynna. Be arall ydi codi'r ffermydd gwynt a'r hen beilons 'ma ond mêth o Lanwddyn? Mi fydd y trydan sy'n cael ei gynhyrchu ganddyn nhw yn mynd dros y ffin, yn union fel dŵr Llanwddyn."

"Ond hel gwynt i greu trydan i fan'ma'n unig mae'n melin ni!" gwaeddodd Heulwen.

"Ie, gan mwya, mae'n siŵr, ond be sy'n digwydd i'r trydan ti ddim yn ei iwsio? Lle mae hwnna'n mynd? Yn ôl i'r Grid."

Gwylltiodd Heulwen.

"A phwy sy'n ei iwsio fo? Pobol fel ti, efo dy iPods, a dy deledu 54 modfedd a dy blydi *fairy lights* adeg Dolig!"

Ac wedi'r elwch bu tawelwch, a hwnnw'n un anghyfforddus iawn. Ceisiodd Martha ailgodi'r sgwrs.

"Wyt ti wedi trio ffonio'n ôl i weld pwy ddaru dy ffonio di?"

"Do, siŵr," atebodd Heulwen. "Number withheld."

"Wel, os na wellith pethe, dwi'n cynnig dy fod ti'n mynd at yr heddlu. Maen nhw'n gallu ffeindio pwy sy'n neud y pethe 'ma, 'sti. Allet ti newid dy rif hefyd, am wn i."

Estynnodd Lowri am ragor o win. "Be mae Eifion yn 'i feddwl o'r holl beth?" holodd.

"Diodde'n dawel. Os newn ni ffŷs, eith y peth yn llawer gwaeth, medde fo."

"Mae gynno fo bwynt, debyg," cytunodd Martha. "Falle chwythith y cyfan 'i blwc cyn hir."

"Gobeithio, wir."

Cododd Heulwen i glirio'r llestri a chynigiodd Martha help llaw. Roedd y noson wedi'i sbwylio a hen startsh yn yr aer. Fyddai pethau ddim yr un fath rhwng Heulwen a Lowri am dipyn eto.

Wedi iddi ollwng Lowri ym mhentre Dinas, a'i gwylio'n camu'n saff dros riniog y tŷ, trodd Martha hithau am adre. Yn yr ychydig filltiroedd hynny, cododd ei ffôn lôn signal yn rhywle a chafodd ddau decst. Rhyw gerdyn post o decst oedd yr un cyntaf a hwnnw gan Emma'n dweud ei bod hi a Wil yn mwynhau Madeira, er nad oedd ganddyn nhw liw haul gwerth sôn amdano, ac yna rhes o ebychnodau. Anfonodd hefyd lun o'r môr yn y machlud, yn las ac yn oren i gyd, ac ambell goeden dywyll yma ac acw. Doedd lluniau fyth gystal â llygad noeth rywsut, meddyliodd Martha.

Roedd yr ail decst gan Josh.

A M DDEG O'R gloch fore Gwener, safai Martha yn nhraed
ei sanau yn y gegin. Gobeithiai ei bod wedi cofio popeth.
Roedd ei hesgidiau cerdded yn y cyntedd yn barod amdani
a'i chôt law ysgafn yn ei rycsac, ynghyd â photel o ddŵr, ei
ffôn lôn a'i phwrs. Er bod Josh wedi dweud wrthi na fyddai
angen iddi ddod â dim i'w fwyta, roedd hi wedi pacio dwy
fanana a bar o siocled. Edrychodd ar ei wats. Roedd o'n hwyr.
Gobeithiai y byddai'r tywydd yn dal. Er cymaint yr oedd hi'n
mwynhau cerdded, nid oedd gwneud hynny mewn glaw trwm
yn apelio gymaint. Roedd hwnnw'n gwneud llanast o'i gwallt.
Byddai'n cordeddu'n sbrings dim ond iddo weld smicyn o
ddŵr, a'r ffrinj yn sefyll i fyny ohono'i hun fel petai hi wedi
cael sioc drydanol. Roedd hi wedi sythu ei gwallt yn ofalus
iawn y bore hwnnw ac roedd o lawer hirach oherwydd hynny.
Syllodd arni'i hun yn y drych yn y cyntedd, a chododd flewyn
coch o'i thalcen. Etifeddiaeth Wyddelig ei thad oedd y lliw ac,
yn wahanol i rai, roedd bod yn bengoch yn destun balchder
iddi. Wedi'r cyfan, roedd hi'n un o frid prin. Ar y llaw arall,
roedd gwynder ei chroen yn dipyn o boendod. Lle'r oedd ei
ffrindiau'n mynd yn frown neis, roedd hi'n mynd yn debycach
i'r gybolfa semolina a jam y byddai'n ei chael yn bwdin yn yr
ysgol erstalwm. Llygedyn o haul a gallai rhywun feddwl ei bod
yn gwisgo un o drwynau Comic Relief. Go brin y gwelai hi haul
heddiw, beth bynnag.

Clywodd sŵn car yn sgrialu ar y ffalt, a drws yn agor a chau
cyn i'r injan stopio bron. Brasgamodd hithau i agor drws y tŷ.

"Sori, sori!" ymddiheurodd Josh, a'i wynt yn ei ddwrn. "Ciw
hir wrth y *traffic lights* yna yng Nglandyfi."

"Paid â phoeni dim," chwarddodd Martha. "'Den ni'm yn watsied y cloc ffor' 'ma. Dyna un o'r pethe fu raid i mi ddod i arfer ag o ar ôl dod 'nôl o Lunden. Mae pobol Maldwyn mor fwyn maen nhw'n horisontal!"

A diolch byth ein bod ni hefyd, meddyliodd Martha'n ddiweddarach, a hithau'n cydio am ei hoedl yn handlen drws y car ag un llaw, a'r sêt â'r llall, yn gwneud ei gorau i atal y reddf yn ei thraed i ystumio brecio. Doedd parthau cyflymder yn golygu fawr i Josh, a gwae unrhyw un a deithiai lai na hanner can milltir yr awr o'i flaen. Pasiodd ddau neu dri ar ras i fyny bwlch Dolgellau, gan dynnu i mewn yn gwta o flaen un ohonyn nhw a brecio'n union cyn y corneli cas. Aeth i lawr ochr arall y bwlch fel petai ganddo gerbyd direolaeth ar un o ffigar-êts Oakwood, a lluchio'r car rownd y troeon ger Cross Foxes. Lwcus nad oedd neb yn troi allan o ffordd y Brithdir. Doedd o ddim wedi ailgartrefu yma'n ddigon hir eto i gynefino â ffyrdd cefn gwlad, sylwodd Martha. Atgoffodd ei hun i ofyn iddo ble yn union yr oedd o'n byw. Fu hi erioed cyn falched o gyrraedd maes parcio'r Marian.

Cerdded Llwybr Mawddach, rhwng Dolgellau a'r Bermo, oedd y bwriad. Martha oedd wedi awgrymu'r syniad, pan holodd Josh beth yr hoffai hi ei wneud. Roedd hi'n benwythnos gŵyl y banc, ac at hynny roedd hi'n benwythnos y Jiwbilî Diemwnt, ac roedd ymwelwyr a baneri Jac yr Undeb ym mhob man, a phob bwyty a thafarn dan ei sang. Byddai mynd am dro yn gyfle i ddianc rhag yr holl sbloet gwirion. Hen reilffordd oedd y llwybr ar un adeg, ac arferai ddirwyn rhwng y Bermo a Rhiwabon, hyd nes iddi ddod dan fwyell fawr Beeching. Gwyddai Martha, o'r troeon y cerddodd ef, ei fod yn llwybr digon hwylus a bod yno sawl man i lochesu pe glawiai. Tybiai ar y pryd nad oedd Josh yn gerddwr, ond erbyn hyn synnai pa mor ffit yr oedd, ac roedd ganddo esgidiau cerdded pwrpasol, a'r rheini wedi eu gwisgo fwy nag unwaith. Addawol iawn, meddyliodd Martha. Roedd hi'n hoff iawn o gerdded, ac os oedd yntau o'r un anian, wel, roedd hynny'n ddechrau da.

"Pa mor amal fyddi di'n dod ffordd yma?" gofynnodd Josh gan gamu i'r ochr i osgoi pâr o feicwyr.

"Ddim mor amal ag y liciwn i, 'sti. Weithiau bydda i'n dod â'r beic, ond mae ciêl hwnnw yn y car yn dipyn o drafferth."

"Ddim os oes gen ti *estate*... fel sgen i," atebodd yntau. "Falle y gallwn ni feicio'r tro nesa."

Gwenodd Martha. Mi oedd yna dro nesaf i fod felly!

"Oes 'na lwybre cerdded braf ger dy gartre di?" holodd.

"Yn Lerpwl? Oes siŵr, bron cystal â fan'ma!" meddai gan wenu'n smala.

Teimlai Martha ei hun yn dal ei hanadl bob tro y gwelai'r crych bach yna yn ei foch. Edrychodd o'r neilltu'n sydyn.

"Lerpwl? O'n i'n meddwl dy fod ti'n byw ffor'ma rŵan?"

"Na, 'nôl a 'mlaen dwi. Dwi'n cael peidio mynd i'r swyddfa am rai diwrnodau'r wythnos, ac felly dwi'n rhentu bwthyn fan hyn a fan draw, a gweithio o fan'no."

"Bref ar rai!"

"Rwyt ti'n un dda i siarad, 'dwyt? Hyd y gwela i rwyt ti'n gweithio adre *bob* dydd!"

"Ie, ti'n iawn!" chwarddodd Martha. "Be 'di dy waith di, 'te?"

"Gweithio efo cwmni IT Atos. Wn i ddim a wyt ti wedi clywed amdanyn nhw?"

Ysgydwodd Martha'i phen.

"Siemens oedden nhw'n arfer bod."

"Mae gen i frith gof ohonyn nhw. Yden nhw'n neud ffone hefyd?"

"Yden, dyna ti. Maen nhw'n neud pob math o bethau."

Handi iawn, meddyliodd Martha. Dim ond i ti chwarae dy gardie'n iawn, 'rhen lodes, fydd dim isio i ti boeni technegwyr PC World fyth eto!

Erbyn hynny roedden nhw'n cerdded heibio i westy'r George III ym Mhenmaenpŵl, a oedd yn gwegian dan faneri coch, gwyn a glas, ac roedd tipyn o bobol o gylch y byrddau pren y tu allan eisoes, a rhagor ar gyrraedd. A pham lai? Roedd y golygfeydd o gwmpas y gwesty gyda'r gorau yn y wlad. Y tu ôl iddo safai Cader Idris ac o'i flaen roedd afon Mawddach ar ei ffordd i'r môr. Y tu hwnt i ddyfroedd heddychlon yr aber roedd Cwm Mynach, a enwyd, medden nhw, ar ôl mynachod Abaty Cymer. Nid oedd Martha'n gyfarwydd â Chwm Mynach ond gwyddai fod rhywun wedi canfod cwpan a phlât cymun yr abaty yno ryw dair canrif ar ôl i'r abaty gael ei chwalu gan ormes Harri VIII. I'r dde roedd tollbont bren ddu a gwyn hynafol yr olwg.

"I ble mae honna'n mynd?" holodd Josh gan bwyntio at y bont.

"I gyfeiriad Taicynhaeaf, yr ochor drew i'r aber," atebodd Martha. "Mae 'na hanes reit drist iddi, cofia. Mi gafodd ei tharo gan gwch pleser o'r Bermo 'nôl yn y chwedege, ac mi foddodd 'na lot o bobol oedd ar y cwch – rhai ohonyn nhw'n blant."

"Uffernol. Gas gen i feddwl am bobol yn marw fel'na. Ond mae damweiniau'n digwydd bob dydd, yn anffodus."

Cerddodd y ddau yn eu blaenau, ychydig yn dawelach erbyn hyn, nes gwelodd Josh fwrdd picnic mewn llannerch nid nepell o'r llwybr, lle'r oedd golygfeydd heb eu hail o'r aber.

"Reit, stedda fan'na," gorchmynnodd Josh, gan dynnu fflasg a bocsys brechdanau o'i rycsac. "Gymri di goffi? Neu…?" ac estynnodd botel fach o win gwyn o'r sach.

"Www…" atebodd Martha, "… gwin gynta, coffi wedyn!"

Ond fel y digwyddodd, chawson nhw fyth mo'r coffi, oherwydd fel roedden nhw'n drachtio diferion olaf y gwin dechreuodd fwrw'n drwm, a bu raid i'r ddau sgrialu i glirio'r bwyd a'r fflasg a'r gwydrau gwin a gwisgo'u cotiau. Buon nhw'n sefyll dan gysgod y coed am ychydig yn y gobaith y byddai'n llacio, a Martha'n gwneud popeth o fewn ei gallu i gadw'i gwallt dan ei hwd. Os rhywbeth, gwaethygu roedd y gawod, ac yn ôl pob golwg, bwrw y byddai am weddill y prynhawn.

"Be wnawn ni rŵan, 'te?" holodd Martha. "Mynd yn ein blaenau neu fynd am 'nôl?"

"Does 'na fawr o bwrpas mynd yn ein blaenau, am wn i. Dyden ni ddim yn bell o'r dafarn 'na yn ymyl y bont, nag yden? Ti awydd mynd 'nôl fan'no?"

Hanner awr yn ddiweddarach, roedden nhw ynghanol baneri Jac yr Undeb ym mar gwesty'r George III, yn wlyb at eu crwyn, a Martha erbyn hynny wedi hen roi'r gorau i boeni am ei gwallt. Roedd cotiau'r ddau wedi'u lapio am ysgwyddau eu cadeiriau, a deuai ton o oglau lleithder ohonyn nhw bob hyn a hyn. Gallai Martha deimlo gwlybaniaeth annifyr ar ei gwar hefyd, a glynai hanner isaf ei throwsus fel gelen am ei choesau. Wrth y bar, ynghanol criw o ddathlwyr y Jiwbilî, safai Josh, a sefyll yn sgwâr a wnâi hefyd, sylwodd Martha, nid pwyso ar ei beneliniau fel y byddai rhai. Nid oedd yn eithriadol o dal, ond roedd ei goesau'n hir, a chariai ei hun yn gyfforddus, ac eto yr oedd iddo osgo dyn a wyddai'n union beth yr oedd am ei gael. Rhyfedd fel yr oedd ambell un yn gallu edrych yn dda ym mhob sefyllfa, meddyliodd Martha. Edrychai'n dda o'i oed hefyd, ac er ei fod flwyddyn neu ddwy'n iau na hi, edrychai'n llawer iau na hynny. Sylwodd ar ei wallt yn cyrlio o gwmpas ei glust; nid gwallt melyn bellach, ond brown golau.

Edrychodd Josh draw a gwenu arni. Daliodd y crych yn ei foch ei hanadl unwaith eto a theimlodd Martha'i hun yn cynhesu drwyddi a'i stumog yn disgyn drwy'r llawr. Edrychodd ymaith yn sydyn, gan esgus darllen ei negeseuon ffôn, er y gwyddai'n iawn fod ei ffôn yn wag. Nid oedd signal yn y gwesty chwaith. Edrychodd i'r dde ar yr olygfa drwy'r ffenest. Yr oedd y glaw'n ysgubo ar draws yr aber, ond nid oedd hynny'n mennu dim ar ramant y lle. Os rhywbeth, roedd yn ei ddwysáu. Roedd dwy hwyaden ddof yn trwsio'u plu o dan y portico, ac yn pigo a thwtio yma ac acw, yn union fel petaen nhw'n bâr o fysgars yn clera am eu bwyd ar gornel stryd. Gwenodd Martha. Teimlodd gyffyrddiad ysgafn ar ei gwar yn gwthio cudyn o'i gwallt yn dyner, dyner i'r naill ochr, a'r mymryn lleiaf o anadl yn sibrwd ar ei chroen.

"Dwi'n licio dy wallt yn gyrliog, 'sti," meddai Josh. "Fel'na dwi'n dy gofio di. Tusw mawr o wallt coch, gwyllt."

"Iawn," chwarddodd Martha'n nerfus, "os wyt ti'n licio rhywun sy'n edrych fel Crystal Tipps!"

"Fel pwy?" holodd Josh yn ddiniwed.

"Ti'n gwbod. Crystal Tipps... y cartŵn efo —," ond cyn iddi orffen sylwodd fod Josh yn gwenu'n ddrygionus. "O... ha, ha! Da iawn," meddai'n smala, ac estyn am ei gwin. Sylwodd dros ymyl ei gwydr fod Josh yn syllu'n ddwys arni a chysgod gwên yn bygwth torri ar ei wefusau. Llygaid llwydlas oedd ganddo, â fflacs aur yma ac acw, ac arlliw o rywbeth dyfnach fyth ynddyn nhw, fel yr aber y tu allan i'r ffenest. Estynnai creithiau bychain o bob cornel. Yn y foment hir, hir honno, ni allai Martha deimlo dim, nac arogli dim. Roedd y gwin yn ei cheg fel dŵr a chlebran y bar fel petai o fyd arall.

"God save our gracious Queen. Long live our..."

Roedd y canwr allan o diwn yn rhacs. Mae'n rhaid fod yr olwg ar wyneb Martha'n ddigon, oherwydd cafodd Josh bwl o chwerthin uchel.

"Jest y peth mewn lle efo'r enw George the Third," meddai. "Odano fo ddaeth yr UK wych 'ma i fodolaeth yn y lle cynta."

Nid oedd Martha'n siŵr a oedd Josh o ddifri ai peidio.

"Llawn gwybodaeth ddifyr, yn dwyt?" gwawdiodd, a'i gwrychyn yn codi. "Well gen i hanes Llywelyn ac Owain Glyndŵr fy hun. Mi roedd gan Owain Glyndŵr syniadau call iawn am addysg a hunanlywodreth."

Edrychodd Josh yn smala arni.

"Y Cymry'n rheoli'u hunen? Dim gobaith caneri!"

"Bihafia! Ddaru addysg Gymraeg ddim drwg i ti, mae'n amlwg, a hefyd, ti'n siarad efo rhywun sy'n hanner Gwyddeles, cofia di."

Pwysodd Martha yn ôl ar gefn ei chadair a phlethu'i breichiau.

"Gyda llaw, ddaru Siôr y Trydydd ddim colli arno fo'i hun, dwed?"

"Touché!"

Roedd y dydd yn tynnu ato pan gyrhaeddodd y ddau'r Neuadd Lwyd. Heblaw am orfod gwrando ar nodau amhersain yr anthem, cawson nhw brynhawn hyfryd, ac roedd y glaw wedi cilio ddigon iddyn nhw fentro cerdded yn ôl am y maes parcio ar y Marian. Y tu allan i'r tŷ, fel yr oedd Martha'n estyn am gliced y drws, cydiodd Josh yn ei llaw. Trodd hithau i edrych arno. Gwthiodd gyrlen strae o'i thalcen, a dilyn trywydd ei boch yn dyner. Estynnodd Martha hithau ato, a phan gyffyrddodd gwefusau'r ddau yr oedd yn ôl yn y foment ar lan aber Mawddach.

"Liciet ti ddod i mewn am funud?" cynigiodd yn gryg.

"Na, dim diolch," meddai yntau, a thanio'r car yr un pryd. "Joies i'r pnawn. Drycha ar ôl dy hun. Ta-ra."

Ac roedd o wedi mynd, bron cyn i Martha godi'i llaw hithau.

Teimlai'n wag. Roedd hi wedi cael diwrnod da, ac wedi mwynhau cwmni Josh. Gallai ei flasu ar ei gwefusau o hyd, ac roedd ei hanadl yn byrhau wrth feddwl amdano. Ond roedd hi eisiau mwy. Nid lodes ifanc oedd hi mwyach, ond dynes yn ei hoed a'i hamser, a doedd ganddi affliw o ddiddordeb mewn chwarae rhyw gemau cath a llygoden. Oedd hi wedi gwneud rhywbeth i beri iddo adael mor ffwr-bwt? Cusan gafodd hi ar y rhiniog. Cusan, nid sws ffwrdd-â-hi, ond cusan lawn nwyd ac angerdd ac addewid, cusan yn sgrechian 'Dwi isio ti, a dwi isio ti rŵan.' Felly pam? Oedd o'n meddwl nad oedd hi'r un mor frwd? Ond roedd hi wedi ymateb yr un mor angerddol, neu felly y tybiai. Sylweddolodd yn sydyn ei bod wedi agor drws yr oergell, a'i bod yn edrych ar y cynnwys heb wybod beth ar y ddaear yr oedd hi ei eisiau. "Callia!" ceryddodd ei hun. "Dyma ti, dros dy ddeugain ac yn colli arnat dy hun fel peth dwl ar ôl un sws. Os dio isio dy weld di eto mi gysylltith. Bod yn fonheddig oedd o, siŵr." Ond roedd ei siom yn dal i wasgu arni.

Hynny yw, nes gwelodd rywbeth a barodd iddi fferru yn ei hunfan.

AR WAL HIRAF y gegin roedd hen ddreser bin ei nain. Nid pren pin yn geinciau i gyd, fel pren modern, oedd hwn ond pin melyn, llyfn, cwbwl ddi-gainc. Am fod y ddreser mor hir – dros wyth troedfedd – bach iawn o dai fyddai â lle iddi y dyddiau hyn, a beth bynnag, câi rhywun dipyn o drafferth i'w symud oddi yno. Roedd ei gwaelod yn agored, ac iddi bedwar drôr dwfn, braf uwch y gwagle. Ar ei hwyneb roedd ôl degawdau o lathru a chwyro ac ar ei rhan uchaf roedd tair rhes o silffoedd cul, un yn llai nag a fyddai ar y ddreser yn wreiddiol. Fel llawer ffermdy arall, roedd nenfwd y Neuadd Lwyd yn isel, a thrawstiau derw'n croesi ar ei hyd, ac roedd y ddreser, pan drosglwyddwyd hi i ddwylo'i nain, yn rhy uchel o lawer, a bu'n rhaid torri'i chrib, a'r silff uchaf hefyd. Gwnâi'r tair silff arall waith y bedwaredd oherwydd roedden nhw i gyd yn gwegian dan blatiau glas, jygiau lystar, dysglau, cwpanau amddifad a thebot neu ddau. Yn sbecian rhwng y platiau a'r dysglau roedd sborion tripiau ysgol Sul, ambell botyn 'A present from Llandudno', dau neu dri o'r Rhyl a'r Bermo a gwniaduron tsieina. Bob pen i'r ddreser gorweddai llew coch wynebwyn, yn fodlon ei fyd ac yn effro i gyd.

Nid ar chwarae bach y byddai rhywun yn dystio'r hen ddreser, ond byddai ei nain yn gwneud hynny'n rheolaidd gan dynnu'r llestri oddi arni, a bodio pob eitem â gofal. Roedd fel petai gan bopeth ei enaid ei hun, a llinyn aur anweledig yn eu cydio wrth ei gilydd, yn bobol, yn bethau ac yn lleoedd. Byddai'n anwylo rhai pethau'n fwy na'i gilydd, fel mẁg seremoni goroni'r Frenhines Elisabeth II yn 1953, nid am ei gysylltiad brenhinol ond am ei gysylltiad ag Annie Ruth.

"Chwech oed oedd hi pan gafodd hi hwn, 'sti," arferai ddweud wrth Martha am ei mam. "Mi fuo jest iddi fethu â mynd i'r ysgol o gwbwl y diwrnod hwnnw. Doedd 'na fawr o hwyl arni, ond mi fynnodd fynd, ac mi rown i wedi rhoi rhacs yn ei gwellt y noson cynt i'w gyrlio fo – gwellt syth oedd ganddi, ddim fel y mop 'na sy' gen ti. Roedd hi cyn falched o giêl y mỳg y diwrnod hwnnw, mi allet feddwl ei bod hi wedi ciêl y goron ei hun. Ond dyna fo, doedd plant y dyddie hynny'n ciêl fawr o'm byd, 'sti.

"Dyna iti siom wedyn, pan ddoth hi adre ac agor ei bag i ddangos y mỳg i mi. Roedd Tomi Tanrafon wedi rhoi hergwd iddi ar dop yr ellt. Doedd o ddim wedi meddwl bod yn giês, ond roedd o'n gry o'i oed. Un cry oedd ei ded o hefyd; roedd o'n gallu tynnu eithin o'r gwraidd efo'i ddwylo noeth, medden nhw. Beth bynnag, roedd madam wedi cwympo, a phan dynnodd y mỳg o'i bag roedd 'na grac reit drwyddo fo – drwy wyneb y Cwîn ei hun. Sbia."

A byddai raid i Martha edrych ar y crac. Byddai ei nain yn piffian chwerthin wedyn.

"Wel, fuo 'rioed ffasiwn grio... dros damed o gwpan! Mi allet feddwl fod y Cwîn ei hun wedi'i roi o iddi. Trwy lwc, roedd Fflei wedi dod â chŵn bech y bore hwnnw, ac mi ofynnodd Edward – Taid – a licie hi est fech. Wel, mi stopiodd y dagre'n go handi, fel Moses a'r Môr Coch, a ffwr' â hi i ddewis ei chi. Fuodd hi fawr o dro nes daeth hi'n ei hôl, a'i sosejis o gyrls yn bownsio o gwmpas ei chlustie. Roedd hi wedi enwi'r est yn Besi, a honno oedd popeth wedyn, a'r hen fỳg yn fan'ma yn hel llwch."

Byddai'r mymryn lleiaf o dawelwch wedyn, a'r mwg yn cael rhwbiad bach sydyn a'i roi'n ôl yn ei briod le i hel rhagor o lwch, cyn i'w nain estyn am y llestr nesaf a'r stori nesaf.

Yn nyddiau ei nain roedd lle i bopeth a phopeth yn ei le, ond nid oedd Martha mor drefnus. A dweud y gwir, doedd hi ddim yn siŵr iawn pam ei bod hi'n dal ei gafael ar yr holl drugareddau.

Ofn gollwng gafael ar ei gorffennol, efallai. Roedd hi'n dal i glywed llais ei nain yn adrodd yr hanesion wrthi, a byddai cael gwared ar y petheuach hynny fel colli angor. Serch hynny, doedd hi ddim yn dystio hanner cymaint ag y dylai, a doedd hi'n sicr ddim yn poeni rhyw lawer sut y byddai'n rhoi'r llestri yn eu holau wedi'r dystio. Heblaw am y platiau glas. Roedd hi'n bwysig fod y rheini'n gorffwys ysgwydd wrth ysgwydd, eu bod nhw'r union bellter oddi wrth ei gilydd, a bod y ddwy golomen i'w gweld ar frig pob plât.

Rhyw ddiwrnod, a hithau'n gwella o'r ffliw ac yn swatio wrth yr Aga, holodd Martha ei nain beth oedd ystyr y lluniau ar y platiau glas. Pwy oedd y tri chymeriad rhyfedd ar y bont a phwy oedd yn cyrraedd yn y cwch? O'r diwrnod hwnnw ymlaen, gydol ei phlentyndod bron, daeth stori'r Mandarin cas a'r cariadon a weddnewidiwyd yn ddwy golomen gan y duwiau yn rhan o ddefod y ddreser. Am ryw reswm, roedd yn bwysig i'w nain fod pob plât yn dangos y ddwy golomen yn iawn.

A'r prynhawn hwnnw, doedden nhw ddim. Dyna a'i hysgydwodd o'i mwydro am Josh. Roedd ambell bâr o golomennod i'r dde, y lleill i'r chwith, ac roedden nhw, druain bach, a'u pennau i waered ar ambell blât ac yn edrych yn fwy tebyg i bysgod ecsotig nag adar. Fyddai hi ei hun fyth wedi'u gosod mor flêr, a beth bynnag, doedd hi ddim wedi codi llwch y ddreser ers wythnosau. Edrychodd yn fanylach arni. Doedd dim arall i'w weld wedi'i symud, am a wyddai. Estynnodd am un o'r platiau, a daliodd ef ar ogwydd. Gallai weld haen denau o lwch arno, ac ynghanol y llwch, bob pen i'r plât, rimyn tenau, cliriach na'i gilydd. Edrychodd ar y platiau eraill ar y ddreser. Roedd ôl tarfu ar lwch pob un ohonyn nhw.

Doedd dim dwywaith: roedd rhywun wedi cydio yn y platiau. Bu bron i Martha ollwng yr un oedd yn ei llaw, gymaint y crynai ei dwylo. Ond pwy? Doedd neb wedi bod yma, ac roedd hi wedi bod allan efo Josh trwy'r dydd. Teimlodd flew ei gwar yn codi, a chroen gŵydd hyd ei breichiau. Rhaid bod rhywun wedi bod yn y tŷ! Gwaeth fyth, beth os oedd o'n dal yma? Hisiodd y tegell ar yr Aga, a neidiodd hithau. Roedd rhaid iddi ffonio'r heddlu. Ond roedd ei ffôn yn y cyntedd ffrynt, ac i gyrraedd fan'no roedd rhaid iddi fynd heibio drws y seler. Beth petai rhywun yn cuddio yno? Roedd hi'n oer ac yn dywyll yn y seler hyd yn oed ar y diwrnod brafiaf. Fentrai hi ddim yno'n aml iawn. Beth bynnag, petai hi'n llwyddo i gyrraedd y ffôn, beth oedd hi'n mynd i'w ddweud? Bod ei phlatiau'n flêr? Bod mymryn o lwch wedi'i styrbio arnyn nhw? Na, peidio â dweud dim fyddai orau, hyd nes gallai archwilio gweddill y tŷ. Ond doedd hi ddim yn mynd i wneud hynny'r noson honno am bris yn y byd. A'i chalon yn curo bymtheg y dwsin, llusgodd fwrdd y gegin hyd y llawr a'i sodro yn erbyn y drws. Aeth i nôl cyllell fara o ddrôr y bwrdd, a hen fat criced o'i orffwysfan ger y cloc mawr, ac eisteddodd wrth yr Aga i ddisgwyl toriad gwawr, y gyllell yn un llaw a'r bat yn y llall.

YMHELL, BELL YN rhywle clywodd Martha sŵn. Agorodd ei llygaid yn swrth. Methai'n lân â deall ble'r oedd hi. Yna sylweddolodd, a daeth yr ofnau'n ôl. Roedd y sŵn bellach yn wylltach ac yn gryfach, ac yn yr un amrantiad deallodd fod rhywun yn cnocio ar y ffenest, neidiodd o'i chadair a throdd tuag at y sŵn. Gwelodd ddyn wrth y ffenest yn chwifio rhywbeth. Yna cofiodd ei bod yn disgwyl gwaith prawfddarllen drwy'r post, a bod y cwmni wedi dweud y byddai angen iddi lofnodi amdano. Cododd ei llaw ar y dyn ac amneidiodd i ddweud ei bod wedi deall. Diflannodd yntau – at y drws, debyg. Bu bron iddi faglu dros y bat a oedd ar y llawr a saethodd gwayw drwy'i gwar. Dyna'r pris yr oedd hi'n ei dalu am gysgu mewn cadair. Symudodd gornel y bwrdd ddigon i fedru gwthio heibio; a phob gewyn yn ei chorff yn gwynio, agorodd y drws a llofnododd am y parsel.

Ychydig yn ddiweddarach, a'i chorff a'i gwar wedi ystwytho ychydig gyda help dau baned o de a pharasetamol, a'r bwrdd a'r gyllell fara bellach yn ôl yn eu priod le, a'r bat yn ei llaw, cerddodd Martha gan bwyll bach drwy bob ystafell yn y tŷ. Doedd 'na neb yno. Yna, cerddodd drwy bob ystafell am yr eildro gan sbio'n fanylach ar bopeth oedd ynddyn nhw. Doedd dim byd o'i le, na dim byd wedi diflannu, hyd y gallai hi ei weld. Roedd y canwyllbrennau arian a'r teledu sgrin fflat a'r peiriant DVD yn dal yno. Nid oedd y lluniau crefyddol mewn fframiau lliw aur, y dywedasai ei thaid wrthi rywbryd eu bod nhw wedi'u peintio ar borslen, ac felly'n werth celc neu ddau, wedi llwyddo i gosi'r cledrau blewog honedig chwaith.

Ar ôl ymolchi a gwisgo'n sydyn, ymlaciodd Martha rywfaint

ac ymroi i bori drwy'r ddogfen a ddaeth gyda'r post. Ymwneud â phensiynau yr oedd y ddogfen ac er gwaethaf y lluniau smart oedd ynddi, roedd ei phrawfddarllen yn waith diflas a manwl a hawliai fwy o sylw nag y gallai Martha ei gynnig y bore hwnnw. Gwnâi ei gorau glas i ganolbwyntio, ond yn ôl i'r un man anesmwyth yr âi ei meddwl o hyd, a hithau'n canfod ei bod wedi darllen dau neu dri pharagraff heb eu deall na chraffu'n iawn arnyn nhw.

Roedd rhywun wedi bod yn y gegin, ac efallai'r tŷ cyfan, ar ryw adeg y diwrnod cynt, doedd dim dwywaith am hynny. Ond pwy? Lleidr? Ond pa leidr a fyddai wedi chwilio'r tŷ yn ofalus a gadael yn waglaw? A sut roedd o wedi dod i mewn? Trodd ei stumog. Cododd yn ei hyll a rhuthrodd at y drws ffrynt. Ond roedd hwnnw ynghau ac ynghlo. Rhedodd drwy'r tŷ gan roi hergwd i glicied pob ffenest. Ond roedd pob un o'r rheini'n sownd a phob paen yn gyfan. Gollyngodd ei hun ar wely'r llofft sbâr a'i phen yn ei dwylo. Efallai ei bod hi'n dychmygu pethau. Efallai nad oedd neb wedi bod ar gyfyl y lle. Efallai mai hi ei hun oedd wedi styrbio'r llwch ac wedi rhoi'r platiau yn eu hôl mor flêr. Doedd hi mo'r taclusaf, nag oedd? Gwelodd gameo ohoni'i hun yn cysgu yn y gegin efo'r gyllell a'r bat, a'r baricêd hôm-mêd ar draws y drws, ac yn sydyn cafodd ei hun yn glana chwerthin. Duw a ŵyr beth roedd y postmon yn ei feddwl! "Yr hen ffwlbren wirion," ceryddodd ei hun yn uchel, a chwarddodd fwy fyth. Rhaid ei bod hi'n gwallgofi.

Wrth iddi godi o'r gwely, ciciodd ei sodlau yn erbyn rhywbeth caled. Gwyddai'n iawn beth oedd yno, a thynnodd ef allan. Hen gês lledr brown oedd o, a hanai o'r dyddiau pan fyddai pobol yn cario llai wrth deithio, ond a ddefnyddiwyd ers blynyddoedd bellach i gadw hen luniau a hen lythyrau. Nid oedd Martha wedi edrych arno ers tro, er y gallai gofio adeg pan fyddai wrth ei bodd yn chwilota ynddo. Roedd ei nain wedi ceisio esbonio iddi pwy oedd rhai o'r bobol yn y lluniau, ond bryd hynny roedd gan Martha fwy o ddiddordeb yn eu dillad. Roedd y rheini bellach, fel y cês a'u daliai, yn ffasiynol fel eitemau *vintage*. Cariodd y cês i lawr i'r gegin at gynhesrwydd yr Aga.

Lluniau du a gwyn oedd y mwyafrif helaeth ohonyn nhw, rhai'n glir, rhai'n aneglur a rhai'n dangos dim byd ond cornel rhyw dŷ neu glawdd. Roedd yno fabis mewn ffrogiau bedydd, ac ar gefn un llun y sgribl hwn – 'I Wncwl Ted a Bodo Lisi gan Harold, 5 mis oed.' Roedd yno blant ysgol, yn unigol ac mewn grwpiau, yn dimau pêl-rwyd ac yn gorau a phartïon. Roedd yno luniau llai ffurfiol o ambell garnifal, trip, car Morris Minor a phicnic yn y bŵt, merched mewn ffrogiau blodeuog, hetiau a sgertiau dannedd cŵn a throwsusau tyn, a'r dynion mewn trowsusau llydan a *turn-ups* a siwmperi. Roedd yno luniau o'i rhieni hefyd, ond doedd hi ddim eisiau edrych yn hir iawn ar y rheini, rhag iddyn nhw gorddi teimladau y bu'n brwydro â nhw gyhyd. Roedd yno gardiau Nadolig, yn Saesneg, cerdyn llongyfarchiadau 'Well done, you've passed your exams!', cerdyn post o Lundain a dau neu dri cherdyn post glan môr awgrymog.

Roedd yno lythyrau hefyd. Yn eu plith roedd llythyr a anfonwyd o Ganada i hysbysu ei hen nain am farwolaeth ei mab a oedd wedi ymfudo yno rai blynyddoedd ynghynt. Llythyr oeraidd, diemosiwn ydoedd. Roedd yno lythyrau hefyd yr oedd Martha wedi eu hysgrifennu pan oedd hi'n fach, at ei thaid yn bennaf. Nid ei bod hi'n anwybyddu ei nain chwaith, ond byddai hi a'i thaid yn chwarae gêm drwy ysgrifennu at ei gilydd mewn cod. Gwenodd Martha; roedd hi wedi anghofio am hyn. Trefn syml oedd ganddyn nhw i ddechrau, fel rhoi rhifau yn lle llythrennau, 1 yn lle A, 2 yn lle B, neu hyd yn oed gyfrif am yn ôl, 28 yn lle A, 27 yn lle B ac ati. Y tric oedd cracio'r cod er mwyn ateb y llythyr. Gydag amser aeth y codau ychydig yn fwy cymhleth, a bydden nhw'n defnyddio symbolau yn ogystal â rhifau. Doedd dim o bwys yn cael ei ddweud yn y llythyrau, ac yn aml iawn pared yn unig a wahanai'r awduron. Yn yr ysgrifennu a'r dehongli yr oedd yr hwyl, nid yn eu cynnwys.

Byddai Martha yn llofnodi ei llythyrau â thedi bêr. Hi ddewisodd o, am fod y gair 'arth' ynghanol ei henw. Roedd symbol ei thaid ychydig yn fwy cymhleth. VV oedd o, a chafodd Martha fyth esboniad, er iddi ofyn lawer gwaith.

"Holl ddiben cod," meddai wrthi, "ydi ei fod o'n gyfrinachol, a'i fod o'n ddealladwy i ambell un. Petai pawb yn gwbod fyse fo ddim yn gyfrinach, na fyse?"

"Ond Taid, dwi isio gwbod. Wna i'm deud wrth neb, cris croes."

"Rwyt ti'n gwbod digon yn barod. Rwyt ti'n gwbod bod yr arwydd yna yn fy ngolygu i. Falle wna i esbonio pam rhywbryd, ond ddim heddiw."

"Ond gêm 'di hon, Taid! Dwi 'di esbonio rhai fi i gyd wrthoch chi. Dydi hyn ddim yn deg!"

Cofiodd Martha ei bod hi wedi mynd i stremp, a'i bod, mwya'r cywilydd iddi, wedi ysgubo'r papurau a'r llythyrau i gyd o'r ddesg i'r llawr, wedi stompio allan o'r parlwr ac wedi mynd i'r gegin at ei nain i fwrw'i bol. Gallai Martha ei gweld y funud honno, yn tafellu brechdanau sidan yn ofalus, ofalus wrth y bwrdd, yn codi cyllell fenyn am yn ail â chyllell fara, a Martha'n sgrechian ac yn bytheirio yn ei chlust. Y cyfan a ddywedodd oedd,

"Dyna ti, bech. Cer i ddeud wrth Taid fod te'n barod, wnei di?"

"Ond Nain…!"

"Rwyt ti'n llawer mwy heini ne fi, wel' di. Fyddi di yr un chwinciad."

A mynd 'nôl i wynebu ei thaid fu raid. Roedd o wrthi'n tacluso'r papurau. Gwelodd Martha'n stelcian wrth y drws, gwenodd arni, ac amneidiodd.

"Hwde," meddai, "rho hwn yn dy boced, a dim gair wrth neb, cofia." Cododd fys at ei wefusau a winciodd arni.

Cydiodd Martha yn ei law a'i hebrwng at ei de a'r llinyn cyfrin rhyngddyn nhw yr un mor dynn ag erioed.

Teimlodd Martha ei hun yn cynhesu drwyddi wrth gofio'r digwyddiad. Doedd neb yn flin yn hir iawn yn y Neuadd Lwyd, neu felly y tybiai. Amlen fach bitw wedi'i selio a roddodd ei thaid iddi'r diwrnod hwnnw. Gallai gofio teimlo'r papur yn llyfn ac yn feddal ym mhoced fechan ei ffrog. Yn rhyfedd iawn, er ei bod hi'n gallu ail-fyw'r prynhawn fel ddoe, doedd hi ddim yn cofio beth yn union oedd yn yr amlen. Tybed a oedd yn y cês ynghanol popeth arall? Go brin.

Fel y tybiai, nid oedd yr amlen fechan a'i chynnwys coll yno, ond daeth Martha ar draws llythyr arall, un tipyn mwy diweddar. Llythyr gan ei thaid ati hi oedd hwn. Cawsai ei ysgrifennu ym mis Mawrth 2010, er na chafodd Martha mohono tan ryw ddeng mis wedi hynny. Y cyfreithiwr a'i rhoddodd iddi, ynghyd â'r ewyllys, ac ar y pryd ymddangosai iddi fel petai ei thaid yn estyn ati o'r tu draw, ac roedd bron gymaint ag y gallai Martha ei ddioddef. Erbyn hyn, gallai ei werthfawrogi'n iawn. Ysgrifennwyd y llythyr ag inc du ar bapur moethus, lliw hufen, tua maint A4. Teimlodd ei llwnc yn tynhau wrth weld yr ysgrifen daclus copor-plêt. Ysgrifbin inc a ddefnyddiai ei thaid fynychaf, a phensel o dro i dro. Ni chofiai Martha ef erioed yn cydio mewn beiro. Yn ôl yr ewyllys, roedd popeth wedi'i adael iddi hi, ynghyd â'r tŷ a'i gynnwys. Dyna oedd mor hynod am gwestiwn y dyn diarth yna, James Wright. Roedd o fel petai'n cyfeirio at *ambell* beth. Hyd yn oed pe byddai am wneud hynny, lle'r oedd dechrau esbonio wrtho iddi etifeddu popeth? Roedd hi'n rhy hwyr bellach beth bynnag. Aeth ias i lawr ei chefn, ac aeth yn ôl at gynhesrwydd y llythyr yn ei llaw.

Ar ryw olwg, roedd o'n llythyr rhyfedd. Paragraff o gysuron caredig oedd gyntaf, yn ei hatgoffa am y dyddiau da yn edrych ar y sêr, yn ysgrifennu llythyrau at ei gilydd, ei hoffter o frechdanau 'sidan' ei nain, a chwedl y platiau glas. Roedd o'n hyderus y byddai hi'n gweld y ffordd ymlaen yn glir, ac er na allai bellach ei harwain yn y cnawd, byddai bob amser wrth law, fel Seren y Gogledd, dim ond iddi chwilio. Yna aeth ei thaid rhagddo i ddweud:

Yr wyf yn gadael cadair farddol Trawsfynydd i ti, gan hyderu y cymeri di ofal teilwng ohoni. Ynghyd â'r gadair dymunaf iti etifeddu'r hen beiriant Grundig, gan gofio iti fod â diddordeb mawr ynddo pan oeddet yn iau. Cofiaf dy nain yn sôn rywbryd ei bod yn awyddus iti gael y ddesg eboni a'r bocs gwnïo, ac rwy'n gadael y rheini iti hefyd, er nad oes gennyf gof iti wnïo fawr erioed!

Chwarddodd Martha wrthi'i hun wrth ddarllen hynny.

Yn olaf, cofia am y dryw yn Llundain. Bydd iach.

Yr eiddot yn gywir,

Taid.

Roedd o wedi ysgrifennu ei enw yn hytrach na nodi'r symbol a oedd mor gyfarwydd iddi. Ond dyna ni, rhywbeth o'i phlentyndod oedd y symbolau a'r codau, ac felly y tybiai ei thaid, mae'n siŵr. Er ei bod hi'n falch o'r llythyr, doedd hi ddim yn deall chwaith pam yr oedd angen ysgrifennu ati yn crybwyll eitemau y byddai hi, yn ôl yr ewyllys, yn eu hetifeddu beth bynnag. A pham y rheini? Doedden nhw ddim yn werthfawr, yn ariannol beth bynnag, er bod gwerth sentimental a hanesyddol mawr iddyn nhw.

Ond y frawddeg olaf un oedd y dirgelwch mwyaf iddi. 'Cofia

am y dryw yn Llundain.' Edrychodd Martha'n fanwl arni rhag ofn ei bod wedi'i chamddarllen. Ond roedd pob llythyren yn glir, a doedd dim byd arall yn gwneud synnwyr. Roedd Llundain yn gyfeiriad at ei chyfnod yno, o bosib. Tybed ai at ei chyn-wr y cyfeiriai ei thaid? Ond roedd Neil y peth mwyaf annhebyg i ddryw a welodd neb, a hyd y cofiai hi wnaeth ei thaid erioed gyfeirio ato felly. Yr unig beth posib y gallai Martha feddwl amdano oedd yr ornest rhwng yr eryr a'r dryw pan oedd y ddau am y gorau'n hedfan yn uchel er mwyn cael bod yn Frenin yr Adar. Yn ôl y chwedl, roedd y dryw wedi gorffwys ar gefn yr eryr, a phan flinodd hwnnw, cododd y dryw bach a hedfan uwch ei ben, gan brofi bod clyfrwch, yn y pen draw, yn llawer gwell na chryfder. Byddai neges o'r fath yn nodweddiadol o'i thaid. Ond doedd a wnelo'r chwedl ddim oll â Llundain, a beth bynnag, pam fyddai ei thaid, mewn llythyr a oedd yn cymynnu ac yn cysuro, am awgrymu wrthi fod clyfrwch yn rhagori ar gryfder?

Sylweddolodd yn sydyn ei bod hi ar glemio. Caeodd y cês, ond gadawodd y llythyr ar y bwrdd, gan feddwl ailgydio yn y dyfalu ar ôl cinio. Aeth yn ôl i'r llofft i gadw'r cês yn ei le arferol, a dim ond pan ddaeth i lawr yn nes ymlaen y sylwodd ar bethau eraill nad oedd wedi eu gweld ynghynt.

Dynion

Y N RHAN DDEHEUOL y wlad, yn un o fariau coffi'r maes awyr, eisteddai dyn pen moel. Yr oedd ei ddillad yn drwsiadus ac yn chwaethus, yn y man canol hwnnw heb fod yn rhy liwgar nac yn ddi-liw. Wrth ei draed, a nesaf at y *brogues* lledr deuliw oedd amdanyn nhw, roedd bag du, a hwnnw, i'r llygad noeth, o'r hyd a'r lled priodol i'w gario ar awyren. Nid bod osgo symud i unman ar y dyn ychwaith. Ers peth amser, yr oedd wedi bod wrth yr un bwrdd, yn yr un man, ar yr un gadair a oedd â'i chefn at wal y bar coffi. Gallai weld yn glir i'r dde ac i'r chwith ac yn union o'i flaen. Nid aeth unwaith i'r tŷ bach nac i chwilota yn y mân siopau, ac nid aeth ychwaith, fel sy'n arferol ymhlith mwyafrif teithwyr y byd, i edrych ar y sgrin a restrai'r awyrennau a oedd yn cyrraedd ac yn ymadael. Fel roedd hi'n digwydd, y diwrnod hwnnw nid oedd yr un awyren wedi'i chanslo na'i gohirio ac felly nid ei bwrpas wrth aros oedd lladd amser hyd nes y gwnaed trefniant arall. Roedd tri chwpan *espresso* a gwydraid o ddŵr o'i flaen a'r diwethaf o'r cwpanau'n wag ers tro. Nid oedd digon o staff yr adeg honno o'r bore i glirio'r byrddau. O bryd i'w gilydd, edrychai ar ei wats dros bont ei sbectol. Pe byddai unrhyw un wedi bod yn y maes awyr cyhyd â'r dyn pen moel y diwrnod hwnnw, byddai'n amlwg, o'i astudio'n ddigon hir, ei fod yn aros am rywun. Byddai wedi sylwi hefyd ei fod, yn ôl yr olwg ar ei wyneb y troeon diwethaf yr edrychodd ar ei wats, yn mynd yn fwyfwy anniddig, yn nerfus hyd yn oed. Edrychodd ar ei wats am y tro olaf. Gwthiodd ei gadair yn ôl ac ymgrymodd i godi'r cês.

Yn sydyn, baglodd rhywun yn erbyn y bwrdd, a gollyngodd bapur newydd o'i ddwylo.

"Sorry," meddai.

Cododd y papur newydd, a cherddodd ymaith. Ond nid cyn dal llygad y dyn pen moel am yr eiliad leiaf un, a gadael sgwâr bychan o bapur yn ei blyg ar y bwrdd. Cydiodd yntau ynddo'n slei bach a'i roi yn ei boced. Chwiliodd am y lle chwech, clodd ei hun mewn ciwbicl, agorodd y papur a'i ddarllen.

Ar y papur roedd llun crochan, cylch coch, cragen fylchog, symbol y blaned Mercher a lleuad gorniog. Rhwygodd y papur, a thaflu'r tameidiau i lawr y toiled. Tynnodd y tsiaen, ymolchodd a gadawodd y maes awyr.

Yn y canolbarth, yr un diwrnod, cerddodd dau ddyn yn bwrpasol i ben pellaf y promenâd gan 'gicio'r bar' yn egr fel dau gyn-fyfyriwr. Un byr, boliog oedd y naill ac yn codi pwysau'n rheolaidd yn ôl maint ei war llydan. Yr oedd y llall yn feinach ac yn dalach. Pwyntiodd y byrdew at rywbeth allan yn y môr, a bu'r ddau yn pwyso ar y rheiliau am ychydig yn edrych tua Phen Llŷn.

"Any luck?" gofynnodd y talaf o'r ddau.

"Not a dicky bird," atebodd y llall.

"It's got to be there. There's nowhere else it can be."

"I looked everywhere in that bloody house, and believe me, it's not there now – if it ever was."

"You doubting me?"

Teimlodd y pwtyn bâr o lygaid yn llosgi'i ymysgaroedd, er nad edrychodd y ddau ar ei gilydd unwaith.

"Wouldn't dream of it, mate."

Cerddodd y ddau cyn belled â hen swyddfa'r heddlu.

"I'll be in touch," meddai'r dyn tal, ac i ffwrdd ag ef.

Sodrodd y byrdew ei ddwylo yn ei bocedi ac ymaith ag ef i chwilio am Mister Softee iddo'i hun.

Martha

A R WAELOD Y llythyr roedd rhes o farciau mân a'r rheini'n
welw fel petai'r inc wedi'i lastwreiddio. Hyd y gwelai
Martha, nid ysgrifen mohonyn nhw, ac nid rhifau chwaith.
Bron na thybiai rhywun mai rhyw fath o god gwerthu neu god
cynhyrchu oedd yno, heblaw bod y marciau'n fwy cyntefig na
hynny. Cododd y papur yn nes at ei llygaid i fedru craffu ar y
marciau'n iawn, ond er iddi syllu a syllu nes roedd yr inc yn
dawnsio o flaen ei llygaid, ni fedrai wneud na phen na chynffon
ohonyn nhw. Roedd Martha ar fin ymorol am chwyddwydr pan
glywodd waedd soprano uchel o'r drws.

"Iw-hw!"

"Emma! Ty'd i mewn!" gwaeddodd hithau'n ôl. Plygodd y
llythyr yn ofalus a'i roi yn un o ddroriau'r ddreser. Daeth pen
Emma i'r golwg rownd y drws yn wên o glust i glust, ac yna
ddwy law a photel o win ym mhob un.

"O'n i ddim yn gwbod be 'se ti'n licio ore, melys neu sych. Mi
dries i bob un oedd yna, a dod ag un o bob un iti yn y diwedd!"

"Argol, diolch yn barchus. Doedd dim isio iti ddŵad â
dim, siŵr. Gewn ni lasied nes 'mlaen. Paned?" gofynnodd pan
ryddhaodd ei hun o afael Emma, a'i bwrlwm afieithus a'i photeli
gwin.

"Ww… ie, te plis. Mi roedd Madeira'n bref, cofia, a'r bobol
yn ecsbyrts ar neud gwin, ond doedd 'na ddim affliw o siêp ar
eu te nhw!"

Fel roedd hi'n digwydd, nid oedd Emma wedi cael cinio, ac
aeth Martha ati i hwylio tamaid i'r ddwy ohonyn nhw.

"Ti'n cymryd siwgwr, 'dwyt?"

"Hanner llwyed, plis. Dylet ti fynd i Madeira rwbryd, 'sti. Lot o Saeson o gwmpas, cofia. O'n i a Wil mewn caffi ar lan y môr rhyw fin nos, ac mi roedd hi mor rhamantus, a'r haul yn mynd i lawr a ballu, a dyma Wil, mwya sydyn, yn rhoi sws i fi, a 'nes i anghofio lle'r o'n i a… wel, ti'n gwbod."

"Dwn i'm dwi isio clywed rhagor," meddai Martha'n gelweirus.

"Eniwe, dyma fi'n digwydd dal llygad rhyw hen foi dros ysgwydd Wil. Oedd o ddim yn impresd ac yn ysgwyd 'i ben ffwl owt. Mi waeddodd dros y lle, 'Bloody hell, what can you do, ey?' ac i ffwr' â fo. Buodd y bwyd fytodd o jest â dod 'nôl i fyny!"

"Mae'n amlwg dy fod ti wedi joio dy hun," meddai Martha rhwng cegeidiau o frechdan caws a thomato. "Ddaru ti neud rwbeth heblew llarpio Wil yn fyw?"

"Dim llawer, dim ond iste wrth y pwll a byta. Un diwrnod, ethon ni i ben y mynydd – i Monte – yn y *cable car*. Uffernol o uchel a dim byd ond tamed o wydr rhyngot ti a'r dwnjwn mawr odanat ti. Mi roedd y golygfeydd yn wych, medde Wil. Dwi ddim yn gwbod achos roedd fy llyged i ar gau trwy'r amser! No we o'n i'n mynd ar gyfyl hwnna eto, felly es i lawr y mynydd ffwl sbid mewn basged – rhyw fath o sled – a honno'n cael ei rheoli gan ddau ddyn. Sôn am antur! Doedd hynny fawr saffach na'r *cable car* am wn i, ond o leia roedd gen i ddaear dan fy mhen ôl!"

"A welodd daear Madeira 'rioed ffasiwn ben ôl chwaith!" heriodd Martha.

"Hei, watsia di! O leia roedd 'na ddigon o falast yn y fasged! Pa hanes sy' gen ti, 'te?"

Bu bron i Martha grybwyll ei hanesmwythyd y noson cynt, ond byddai hynny wedi golygu bod rhaid iddi sôn am James Wright a llythyr ei thaid. Yn lle hynny, aeth ar drywydd amgenach.

"Ti 'di clywed am Heuls?"

"Nêdw. Ti 'di'r cynta o'r criw i fi weld ers dod adre. Pam, be sy'?"

Soniodd Martha am y noson honno yn y Wern a'r galwadau ffôn anhysbys. Ni fu pethau fawr gwell ers hynny chwaith. Roedd y galwadau'n dal i ddigwydd ac roedd Heulwen wedi teimlo'n ddigon anghyfforddus yn y Trallwng un diwrnod. Teimlai ryw elyniaeth o dan yr wyneb a bod pawb yn sbio arni.

"Mae 'na deimlade cry am hyn," meddai Emma.

"Ie, dyna'n union ddedodd Lowri. Ond dydi hynny ddim yn esgus i amharu ar fywyde pobol. Rhydd i bawb ei farn ac ati."

"Cytuno'n llwyr. Ond y gwir amdani ydi fod pobol ddim yn siŵr be sy'n digwydd ac felly maen nhw'n ddrwgdybus o bopeth. Mae 'na amheuaeth fod gwleidyddion a phobol fusnes yn deud un peth ac yn neud rhwbeth arall."

"Dwi'n synnu dim."

"Mae 'na lot o'r meline gwynt 'ma'n cwympo neu'n ffrwydro, mae'n debyg, ond dwyt ti fyth yn clywed rhyw lawer am bethe fel'na."

Cododd Martha ei haeliau. "Wel, glywes i ddim byd, beth bynnag."

"Roedd 'na fferm wynt fawr ochre Llandinam 'na. Tua'r Nadolig y llynedd mi glywodd pobol leol sŵn mawr, fel sŵn ffrwydrad neu rywbeth anferth yn cwympo. Un o'r meline gwynt oedd yna, wedi disgyn yn ddarne."

"Iesgob!"

"Mae 'na lwybre cerdded o gwmpas fan'na. Meddylia!"

Siglodd Martha ei phen. Ond doedd dim stop ar ei ffrind.

"I neud pethe'n waeth, mi ddaru'r cwmni glirio'r lle cyn pen dim – cuddied y dystioleth falle – ac maen nhw'n gwrthod siarad yn gyhoeddus am y peth."

"Rhyfedd. Falle bod 'na esboniad digon diniwed."

"Digon posib, ond dydyn nhw ddim wedi cynnig dim un hyd yma, diniwed neu beidio. Fentra i fod 'na rywun yn neud pres ar gorn yr holl feline 'ma, a'r busnes arbed ynni i gyd o ran hynny."

"Dyna mae Lowri'n ei feddwl hefyd. Ond mae Heuls 'di ypsetio'n lân, 'sti. Er, cofia, dwi'n ame fyse pobol ar y stryd yn y Trallwng yn 'i nabod hi, heb sôn am droi arni."

"Ie, ti'n iawn, debyg."

Estynnodd Martha am y tebot, gan gynnig paned arall i Emma. Ysgydwodd honno'i phen ac arllwysodd Martha hanner cwpanaid iddi hi'i hun.

"Pryd wyt ti'n gobeithio ciêl llunie'r briodas?" holodd.

"Yn fuan, gobeithio. Hei, mi ddedodd deryn bech wrtha i fod Maldwyn 'di cymryd atat yn arw yn y parti."

"Ie, fi a phopeth arall mewn sgert!" atebodd Martha. "Eniwe, mae o'n rhy hwyr." Difarodd ar unwaith iddi agor ei cheg.

"Ieeei! Pwy 'di'r dyn lwcus, 'te?"

"Jest ffrind. Does dim byd 'di digwydd."

Ond roedd y difrod wedi'i wneud, a doedd dim pall ar chwilfrydedd Emma am Josh. Ni wnâi'r un botwm corn o wahaniaeth sawl gwaith y taerai Martha mai ffrindiau oedden nhw, dyna i gyd. Gwingai'n dawel fach. Gwyddai y byddai'r hanes ar led cyn hir. O wel. Ceisiodd droi'r sgwrs.

"Dwi'n gwbod ei bod hi braidd yn gynnar, ond wyt ti'n ffansi agor un o'r poteli 'na o Fadeira? Falle deith Wil i dy nôl di nes 'mlaen?"

"Fydd o ddim adre min nos. Practis côr," atebodd Emma, gan sbrotian yn ei bag am ei goriadau.

"Bechod. Glasied bech, i fedyddio dy briodas di, 'te?"

"Well imi beidio a finne'n dreifio, neu aiff un yn ddau a dau yn – wel, ti'n gwbod fel yden ni. Os na af i rŵan fydd 'na ddim siêp ar bethe. Dwi ddim 'di dadbacio eto, ac mae gen i fynydd o olchi i neud."

Ac i ffwrdd ag Emma gyda bron cymaint o ffrwst â phan ddaeth, gan adael y gegin yn llawer gwacach.

Roedd Martha, er mawr gywilydd iddi, wedi ysu'n dawel fach am weld cefn Emma er mwyn iddi gael mynd yn ôl at y llythyr. Cyn gynted ag y caeodd y glicied o'i hôl roedd hi wedi ei atgyfodi o'r drôr a'i ddarllen drosodd a throsodd. Hyd yn oed gyda chwyddwydr, nid oedd y marciau ar ei waelod fawr cliriach. Daethai i'r casgliad nad oedd y rheini'n bwysig. Yr hyn a'i plagiai oedd y frawddeg am y dryw o Lundain. Roedd hi wedi gwglo 'dryw' a chael peth wmbredd o wybodaeth amdano. Dysgodd mai *troglodytes troglodytes* oedd ei enw Lladin, sef 'un sy'n byw mewn ogof', am ei fod mor fach fel y gallai fynd i gilfachau'r creigiau i hela pryfed. Roedd yno hefyd erthyglau am 'hela dryw' ac enwau tai drwy Gymru benbaladr: Llety'r Dryw, Heol y Dryw a Nyth y Dryw. Ond doedd hynny o ddim cymorth iddi hi, ni waeth pa ffordd yr edrychai arnyn nhw. Nid oedd a wnelo'r un o'r rheini â Llundain. Rhoesai'r ffidil yn y to wedyn ac ailgydio yn ei gwaith prawfddarllen.

Ond daliai'r frawddeg hi yn ei chrafangau hyd yn oed yn y gwely y noson honno. 'Cofia am y dryw yn Llundain.' Dryw. Acronym? D.R.Y.W. Anagram? Rwyd. Drwy. Cynnwys 'am y' hefyd? Mydr. Modrwy! Nage, nid oedd y llythyren 'o' i'w chael yn y geiriau 'am y dryw'. Dryw. Llundain. Llundain. Dryw. Cyfieithiad? Ie, byddai hynna'n bosib iawn. *Wren*? Onid dyna oedden nhw'n galw'r merched yn y llynges erstalwm? Ond roedd y frawddeg yn fwy penodol na hynny. 'Y dryw'. Yr unigol, pendant.

Estynnodd am y swits golau uwch ei gwely ac am ei laptop o'r llawr wrth ei herchwyn. Gwglodd 'wren'. Fel y disgwyliai, gwelodd sawl eitem am ferched yn y llynges; roedd yno hefyd gwmni o'r un enw yn rhoi grantiau i wella'r amgylchedd, a chwmni arall yn cynnig 60 y cant o ostyngiad ar geginau. Roedd yno erthygl Wikipedia am Syr Christopher Wren, a chliciodd arni o ran chwilfrydedd yn fwy na dim arall. Ni wyddai odid ddim amdano heblaw ei fod yn bensaer byd-enwog. Yn ôl yr erthygl, fo wnaeth gynllunio Eglwys Gadeiriol St Paul ynghyd â llu o eglwysi eraill yn Llundain. Cyffrôdd drwyddi. Darllenodd ymlaen. Yn ogystal â bod yn bensaer, roedd o hefyd, ymhlith pethau eraill, yn fathemategwr ac yn seryddwr, a bu farw yn 1723, ar y 25ain o Chwefror. Aeth yn oer. Roedd hyn yn glamp o gyd-ddigwyddiad. Ar y 25ain o Chwefror, union ddwy ganrif yn ddiweddarach, y ganed ei thaid.

"Pwylla!" ceryddodd ei hun. Roedd ei thaid wedi'i eni ar yr un dyddiad ag y bu pensaer enwog farw ac, fel roedd hi'n digwydd, roedd gan y pensaer enwog hwnnw hefyd ddiddordeb mewn seryddiaeth. *So what?* Pam ar y ddaear fyddai ei thaid yn dymuno cyfeirio at bensaer yn Llundain mewn llythyr ati hi? Craffodd yn fanylach.

Yng nghornel de-ddwyrain y crypt yn eglwys St Paul, ei gampwaith mawr, y claddwyd Christopher Wren. O gymharu ag ysblander yr eglwys, roedd y garreg yn un blaen iawn ac yn dwyn y geiriau canlynol yn yr iaith Ladin:

Yma yn y sylfeini y gorffwys pensaer yr eglwys a'r ddinas hon, Christopher Wren, a fu byw dros ei ddeg a phedwar ugain, nid er elw personol ond er budd y cyhoedd.

Yn ôl yr wybodaeth y daeth o hyd iddi, roedd Christopher Wren hefyd yn cael ei goffáu yn llawr yr eglwys o dan y crymdo ysblennydd, a phan ddarllenodd Martha'r geiriau aur yn y cylch gosgeiddig ar y llawr, a'r esboniad a gynigiwyd, aeth yn boeth ac yn oer i gyd.

LECTOR, SI MONUMENTUM
REQUIRIS, CIRCUMSPICE.

Yr oedd pethau bellach yn gliriach o lawer, a chysgodd yn drwm am weddill y nos.

Sam

Cerddai Sam ar hyd un o'r llwybrau defaid i lawr y cwm. Roedd hi'n braf cael bod yn yr awyr agored wedi'r holl law. O leiaf roedd hi'n sych am ryw hyd, er bod cymylau duon yn hel ar y gorwel. Snwffiai Pep yma ac acw, gan redeg o dro i dro nerth ei bawennau oedrannus. Âi i ffwrdd ar drywydd rhyw greadur neu ddeilen strae, ac yna aros i gael ei wynt ato ac i Sam ei gyrraedd. Gwyddai Sam yn iawn sut y teimlai'r hen gi: ifanc ei ysbryd a'i feddwl ond y corff yn pallu. Bu yntau'n ddigon ffodus ei iechyd hyd yma, er bod y cryd cymalau'n pigo'n arw ambell ddiwrnod, yn enwedig pan ddeuai tro ar yr hin. Diolchai ei fod yn dal i fedru cerdded y ffridd. Codai ei ysbryd bob tro pan gyrhaeddai'r copa, a gwyddai, dim ond iddo fedru gwneud hynny, y gallai wynebu wythnos fach arall yn y byngalo. Gladys a fynnodd fynd i'r lle hwnnw. Eisiau iddyn nhw ymddeol o'r fferm yr oedd hi, a throsglwyddo'r awenau i Eifion.

"Tyden ni wedi gwithio ar hyd 'yn hoes? 'Den ni'n haeddu rhoid 'yn traed fyny am chydig a chiêl rwle 'fo pethe modern fatha dishwashyr. Bynglo fyse'n eidïal, rhag ofan i ni fethu cered y staer rhyw ddwrnod."

Doedd Sam ddim yn awyddus iawn, ond gwyddai mai ofer oedd dal pen rheswm efo Gladys, a beth bynnag, roedd tinc gwirionedd yn ei hymresymu bryd hynny. Yn ddiweddarach, wedi iddyn nhw symud, y collodd hi hwnnw. Ei golli bob yn dipyn nes nad oedd dim ohoni ond cragen, ac o honno dihangai ambell waedd arteithiol fel petai holl eneidiau truenus Annwn yn sgrechian drwyddi hi.

Ceisiai Sam beidio â meddwl am y dyddiau hynny. Aethai Gladys i dŷ ei hir gartre ers dwy flynedd bellach, a diolchai yntau i'r drefn iddi fynnu ei ffordd am y byngalo. Tra gallai Sam esgyn y ffridd a chrwydro gweddill yr hen fferm, roedd yn fodlon iawn ei fyd.

Pan ysgydwodd ei hun o'i fwydro, roedd bron â chyrraedd gwaelod y ffridd a sylweddolodd nad oedd Pep gydag ef. Gwaeddodd arno, gan edrych yn ôl ar hyd y ffordd y daethai a gobeithio'i weld yn prancio tuag ato. Ond ddaeth o ddim. "Pep!" gwaeddodd eto, a'r tro hwn gwelodd faner frown yn chwifio ynghanol y rhedyn. "Pep! Ty'd 'laen, gi!" gwaeddodd eto, yn fwy awdurdodol. Y tro hwn, ymrannodd y rhedyn, a sgrialodd Pep o'r canol fel petai holl luoedd Pharo wrth ei gwt. Plygodd Sam i'w anwesu – "Gwd boi, Pep. Gwd boi, mêt" – a phan gododd ei olygon, daliwyd ei sylw gan rywbeth yn y cae islaw.

Ers rhai misoedd, roedd Eifion wedi plannu bwgan brain ynghanol Cae Bach. Doedd o fawr o iws a dweud y gwir, ond cafodd y plant hwyl iawn yn ei greu. Dillad Sam oedd amdano; trowsus ungoes melfaréd a bôn y goes wag yn gafflau i gyd lle rhwygwyd ei gwaelod ymaith, hen gôt fawr gŵyr a'i phocedi'n hongian a'i choler yn goglais y gwar sach-a-gwellt, cortyn beindar pinc am y canol a chap stabal o leiaf ddau faint yn rhy fawr yn goron ar y cwbwl. Bedyddiwyd y greadigaeth yn ddefosiynol yn y ffynnon, a byth er hynny adnabu'r teulu ef wrth yr enw mawreddog Syr Siafins. Enw da oedd hwnnw, oherwydd fel pob bonheddwr arall y gwyddai Sam amdano, ni wnaethai Syr ddiwrnod gonest o waith yn ei fyw. Roedd y brain yn rhy hy o lawer o'i gwmpas a byddai ambell un yn mentro clwydo ar ei gap stabal, a hyd yn oed ei faeddu, gymaint oedd eu dirmyg ohono.

Pan sylwodd Sam ar y bonheddwr o fwgan o'i wylfan ar ochr y ffridd y diwrnod hwnnw, gwyddai ar unwaith fod rhywbeth yn wahanol. Roedd rhan uchaf y bwgan fel petai'n dduach na'r gweddill, ac yn symud. Crychodd Sam ei lygaid i geisio gweld yn well, gan gerdded i gyfeiriad Cae Bach yr un pryd. Pan ddaeth o fewn lled cae i'r bwgan ac yn ddigon agos i fedru gweld yn iawn, aeth ias oer drwyddo. Stopiodd yn ei unfan, ysgydwodd ei ben ac edrychodd eto. Doedd bosib! Hoeliodd ei sylw ar y bwgan a dynesodd ato cyn gynted ag y gallai, gan alw Pep ato. Pan ddaeth o fewn ychydig lathenni, arafodd, bron yn ddiarwybod iddo'i hun, fel petai rhyw chweched synnwyr yn ei ddal yn ôl.

Roedd brain ym mhob man, rhai ar adain, rhai ar y cae. O gwmpas godre Syr Siafins roedd clwtyn byw ohonyn nhw'n ymdrybaeddu yn y pridd, ac ambell un, gyda herc a naid, hyd yn oed yn rhoi pigiad mileinig i'r melfaréd rhacsiog. Edrychodd tuag i fyny ac mewn amrantiad deallodd pam y bu iddo dybio bod y bwgan yn symud. Roedd pen a breichiau croeshoeliedig Syr Siafins yn ferw gan frain.

"Be aflwydd...?" Daeth rheswm a greddf y ffermwr i'r adwy gan ei achub rhag y parlys a gydiasai ynddo yn yr eiliadau cyntaf hynny. Brasgamodd at y bwgan, yn gweiddi a chwifio'i ffon a'i freichiau'n wyllt, a chododd y brain ar un adain i gylchu'r cae yn fygythiol.

Roedd Pep erbyn hyn yn dynn wrth sodlau Sam, ei gynffon rhwng ei goesau, ac yn gryndod i gyd. "Be sy' arnat ti'r hen gi?" mwythodd Sam ef, ac yna gwelodd. Lle'r oedd unwaith goes bren, roedd dwy droed, y naill mewn esgid ddeuliw, ddrudfawr yr olwg a'r llall yn noeth a du-las. Teimlodd Sam flew ei war yn codi a'r parlys yn ei ailfeddiannu. Cododd ei olygon yn araf. Ar flaen llewys y gôt fawr, gwelodd fysedd llwyd yn eu plyg, yn hanner bachu yn y defnydd cras. Teimlai'n sâl. Caeodd ei lygaid yn dynn. Gwawriodd arno beth a achosodd i'r brain glystyru ar ran uchaf y corff. Yn groes i bob rheswm, yn groes i sgrechian pob cyhyr a gewyn yn ei gorff, ac yn araf bach,

bach, fel petai'r byd wedi peidio â throi, agorodd ei lygaid ac edrychodd ar y pen.

Syllai dwy soced waedlyd arno yntau. Chwydodd.

Lewys

YN EI DDYDD, gwelsai Lewys lawer o bethau dychrynllyd. Gwelsai ddynion a'u llygaid wedi'u tynnu o'u socedi, a menywod a'u hymysgaroedd yn hongian. Gwelsai gyrff mor lân â'r dydd y'u ganed, heblaw am bantiau dychrynllyd yn eu penglogau lle cawsant eu bwrw. Yn rhy aml o lawer gwelsai ferched bach eiddil ag ôl carnau ceffyl neu olwyn cert ar eu cyrff. Roedd colli rhan o'r corff yn beth cyffredin, weithiau mewn damwain, ac weithiau Lewys ei hun fyddai wedi gorfod llifio'r aelod ymaith. Gan amlaf byddai'r truan yn marw, a honno'n farwolaeth fuan, os mynnai Duw. Weithiau byddai'n llwyddo i serio'r clwyf â thân dim ond i'r claf farw o'r boen. Gwelsai wyrthiau hefyd, yn enwedig ar ôl sawl Ave. Bryd hynny gwyddai fod Duw a Mair o'i blaid.

Ond nid oedd Lewys erioed wedi gweld y fath beth â'r babi hwnnw. Teimlad rhyfedd oedd ysu i edrych arno ac ysu i beidio â'i weld yr un pryd. Roedd rhyw ddiawledigrwydd ar waith pan genhedlwyd hwnnw, roedd yn siŵr o hynny. Hogyn bach oedd o, ac roedd ganddo ddwy goes a dwy fraich a bysedd a bodiau yn y lle iawn, fel y rhan fwyaf o fabis eraill. Ond roedd ganddo ddau drwyn hefyd, a dwy geg. Hyd at ei ysgwyddau roedd y babi'n ddi-fai, yn unigolyn glân a pherffaith. Uwchben ei ysgwyddau roedd y babi'n anghenfil. Tyfai pen arall ar ogwydd o'i wegil, ychydig yn llai na'r pen arferol, a hwnnw'n gallu sgrechian a chrio a nadu yn union fel y llall. Yr oedd wedi dychryn am ei fywyd pan welodd y fath beth, a gwyddai fod rhaid iddo fynd â'r anghenfil bach o olwg merched y siambr ar unwaith. Roedd yr Iarlles wedi llwyr ymlâdd, a doedd dim sicrwydd y byddai byw ychwaith. Mewn moment orffwyll, a merched y siambr yn tendio arni, yr oedd wedi lapio'r babi yn ei glogyn a'i gipio ymaith heb wybod yn iawn beth a wnâi ag o.

Gwaith Satan oedd hwn. Plentyn Satan oedd y babi. Felly, i'w genhedlu rhaid bod ei fam wedi cyplu efo'r diafol ei hun. Dyna fyddai pawb yn ei feddwl. Pe bai o'n rhoi'r babi yn ei ôl, a'r hanes yn dod yn hysbys, byddai anhrefn llwyr yn y dref, a byddai hi'n cael ei chrogi. Roedd stori wedi cyrraedd ar y llongau o Ffrainc bod degau ar ddegau o wrachod yn cael eu llosgi ar y stanc. Hanner cyfle, a byddai'r bobol yn ei llosgi hi a'i babi yn yr un modd, a byddai'r ffaith ei bod yn weddw, a gweddw fach ifanc at hynny, yn megino'r tân. Cipio'r plentyn. Dyna'r unig ffordd o achub eneidiau'r ddau, ac achub y dref hefyd rhag difodiant. Doedd neb eisiau gweld pla arall.

Ar unrhyw achlysur arall, byddai Lewys wedi gadael i'r fam a'i babi gymryd eu siawns, a byddai, o bosib, wedi codi'r dref yn eu herbyn ei hun. Ond roedd hon yn iarlles. Byddai gadael y fath anghenfil yng nghôl yr Iarlles yn golygu dwyn anfri ar y teulu brenhinol a phorthi gwrthryfel ar adeg pan oedd pethau'n ddigon simsan, a gafael y brenin ar ei orsedd ac ar ei feddwl yn go wan. Gallai Lewys gael ei gyhuddo o deyrnfradwriaeth er nad oedd a wnelo ef ddim â'r peth. Gwyddai nad oedd dewis ond cael gwared â'r anghenfil, a hynny ar unwaith. Ond beth wedyn? Sut gallai esbonio nad oedd babi i'w gael? Byddai'n hongian ar raff pa ffordd bynnag a ddewisai.

Bron yn ddiarwybod iddo, ac yntau mewn cwmwl o feddyliau, yr oedd wedi cerdded i gyfeiriad yr harbwr, ac yno, mewn cornel dywyll, y daeth gwaredigaeth.

Martha

"DARLLENYDD, OS CEISI fy nghofeb, edrych o dy amgylch." Dyna a âi drwy feddwl Martha'r bore hwnnw. Roedd hi wedi cysgu'n hwyrach nag arfer, ond er hynny teimlai'n swrth ac yn biwis a doedd ganddi fawr o amynedd gydag arlwy'r Jiwbilî ar y teledu a'r ffýs a ffwdan am ryw gychod yn hwylio afon Tafwys. Penderfynodd y byddai tipyn o awyr iach yn gwneud byd o les.

A dyna lle'r oedd hi, hanner ffordd i fyny ochr y ffridd at adfeilion yr Esgair, yn dal i feddwl am ystyr cyfeiriad posib ei thaid at gofeb Christopher Wren. Er nad oedd hi'n deall Lladin, roedd hi wedi medru dod o hyd i gyfieithiad o'r geiriau ar y we. Doedd hi ddim yn siŵr eto at beth yr oedden nhw'n cyfeirio, ond roedd yn fwy argyhoeddedig fyth fod arwyddocâd i rai, os nad y cyfan, o'r eitemau a grybwyllwyd yn y llythyr. Dyna pam yr oedd ei thaid wedi sôn amdanyn nhw'n benodol.

Trodd i'r chwith drwy'r gât fynydd ac aros am eiliad i weld copa'r Graig Ddu a llethrau Foel Mallwyd gyferbyn, yn disgyn yn goch a gwyrdd a glasbiws i lawr i'r briffordd ac yna i afon Ddyfi. I'r chwith iddi roedd afon Cleifion a'r Llyn Du, i'r dde roedd dolydd breision, a rhyngddi a'r afon roedd twmpath hirgul yr hen lein fach. O dan y lein roedd pyllau o ddŵr llonydd lle'r arferai Martha hel grifft mewn pot jam i'w wylio'n troi'n benbyliaid. Roedd nadroedd llwyd yno hefyd, yn cuddio yn y glaswellt.

Roedd ei llwybr i gopa'r ffridd yn dirwyn drwy glwstwr trwchus o goed, a phan gyrhaeddodd hwy, gwelodd ddynes yn sefyll ar eu cwr. Roedd ei gwisg yn hen ffasiwn ond yn drwsiadus, ac yn gwbwl anaddas ar gyfer cerdded. Gwisgai ffrog haf gotwm wen, werinol ei steil, fel rhai Laura Ashley erstalwm. Roedd sgarff werdd am ei phen wedi'i chlymu yn y cefn o dan ei gwallt, a dihangai cudynnau brown ohoni. Gwenodd y ddwy ar ei gilydd wrth basio, a chafodd Martha'r argraff ei bod yn ei hadnabod. Roedd mwy o gerdded mynyddoedd at ddibenion hamdden y dyddiau hyn nag y cofiai, meddyliodd Martha, ac roedd ar flaen ei thafod i ddweud wrthi am wisgo'n fwy pwrpasol y tro nesaf, ond wnaeth hi ddim. Pan edrychodd wedyn, roedd hi wedi mynd.

Yma, ynghanol y coed, y clywsai Martha'r gog am y tro cyntaf. Safodd yng ngwyll y canghennau am ychydig yn moeli'i chlustiau, ond ni chlywodd mohoni'r diwrnod hwnnw. Nid oedd yno ond y dail yn sisial cyfrinachau'r dyddiau gynt.

Ystyriodd fod gan ei thaid reswm dros guddio neges mewn cod. Pa neges oedd honno, ni wyddai, ond cymaint oedd ei phwysigrwydd fel na allai ei thaid ei hymddiried i neb arall, ond Martha. Yr oedd o'n ymddiried ynddi hefyd i fedru datrys y cod. A beth wedyn? Beth petai hi'n gadael llonydd i bethau? Beth petai hi'n cadw'r llythyr ac anghofio am ei fodolaeth? Ni allai wneud hynny. Roedd hi'n rhan o'r peth, er gwell, er gwaeth. Roedd yn amlwg fod cysylltiad rhwng ei thaid a James Wright. Ac roedd hwnnw wedi marw. Nage, wedi'i ladd! Stopiodd yn ei hunfan. Mi geisiodd ei rhybuddio am rywbeth. Roedd hi wedi ymwrthod â'r syniad cyn hynny, ond a oedd hithau, felly, mewn perygl?

Sylweddolodd mor dywyll oedd y llecyn coediog a bod y dail wedi peidio â sisial. Daliai'r lle ei anadl yn dynn. Yma ac acw, disgynnai diferion tew am yn ail o'r dail o'i hamgylch, yn fwledi araf i ddechrau, yna'n beiriannol rythmig. Teimlai Martha'n annifyr, fel prae i rywbeth anweledig, fel petai wrthi'i hun ar lwyfan mawr, a channoedd o lygaid yn ei gwylio. Er na allai hi eu gweld nhw, teimlai ym mêr ei hesgyrn eu bod yno, yn llechu, yn cuddio yn y cysgodion. Arafodd ei chamre er ei gwaethaf, fel petai eiddew wedi'i chwipio'i hun am ei migyrnau, a gwasgai gwregys haearn am ei chanol, hyd asgwrn ei chefn, ei bwysau'n gwthio'i thraed i'r pridd. Gallai weld pen draw'r goedwig o'i blaen, fel bwa twnnel. Hoeliodd ei sylw ar y golau llwyd a phalodd ymlaen, a sŵn ei hesgidiau'n curo ergyd am ergyd â churiad ei chalon. Ar fin y llwybr, i'r dde iddi, sylwodd ar rywbeth. Yr oedd ei osgo'n wahanol i symudiadau'r coed a'r dail o'i gwmpas. Tra oedd y rheini bellach yn ysgwyd ei hochr hi, roedd hwn yn llonydd. Y tu hwnt i bob rheswm, fel petai'n cael ei chyfareddu, ei hudo, camodd tuag ato i ganol y chwyn, a'r mieri'n crafangu ei throwsus.

O'i blaen, roedd rhaff drwchus ac un pen iddi wedi'i lapio o amgylch cangen. Gwegiai honno dan y pwysau. Roedd pen arall y rhaff wedi'i glymu'n dynn am bawennau ôl cath. Llusgai blaen ei chlustiau ar y llystyfiant a'r deiliach gwlyb. Roedd hollt o'i choesau ôl hyd at ei gwddf, ac roedd ei hymysgaroedd yn hongian. Teimlodd Martha'r croen gŵydd yn cripian drwy'i chorff a'i hanadl yn gras a bratiog. Yn ei dychryn aeth wysg ei chefn i rywbeth caled, yna sylweddoli nad oedd yno ddim ond boncyff coeden. Gorffwysodd arno'r mymryn lleiaf, y rhisgl yn gras ac yn glynu yn ei dwylo. Cydiodd chwa o wynt yn y rhaff, a dechreuodd bendilio. Er ei gwaethaf, mynnai'r rhaff ei sylw, a safodd yno yn ofni symud, nes iddi, o gornel ei llygad, weld cip ar ddefnydd gwyn.

Tynnodd ei hanadl ati'n siarp, a chwyrlïodd am y llwybr, gan hanner baglu, hanner rhedeg. Rhedodd drwy'r bwa o goed, sgrialu i lawr at y gât fynydd ac ymbalfalu'n wyllt â'r glicied, ei dwylo'n oer ac yn wlyb ac yn goch. Roedd gwaed wedi ceulo a thameidiau o risgl dan ei hewinedd. Gollyngodd gri boenus, a rhedodd yr holl ffordd i lawr y ffridd, a'i gwynt yn ei dwrn, heibio'r certws a'r berllan, rownd cornel y tŷ, ac ar ei phen i frest craig o ddyn.

NI FU MARTHA cyn falched o weld neb yn ei byw. Daliodd ei gafael yn dynn ynddo am funud, a'i chalon yn curo'n wyllt.

"Hei! Rhaid bo' ti 'di gweld fy eisiau i'n arw!" cellweiriodd Josh. Yna gwelodd ei hwyneb gwelw, a'r gwaed ar ei dwylo.

"Yffach, Martha, be sy' 'di digwydd?"

Ni allai Martha ei ateb. Roedd hen chwys oer wrth wraidd ei gwallt a than ei dillad. Y cyfan roedd hi ei eisiau oedd mynd i'r tŷ a chlywed cadernid y drws yn cau'n glep y tu ôl iddi. Ymbalfalodd yn ffwndrus yn ei phocedi am y goriad a methu â'i ganfod. Teimlodd y dagrau'n cronni ac yn llosgi cefn ei llygaid.

"Martha... pwylla!" Cydiodd Josh yn ei dwy fraich ac edrych i fyw ei llygaid. "Oes rhywun wedi ymosod arnat ti?"

Ysgydwodd Martha'i phen. Fedrai hi ddim esbonio. Fedrai hi ddim!

Gwelodd Josh y panig yn ei llygaid a chofleidiodd hi'n dynn. "Paid â phoeni. Dwi yma efo ti rŵan. Mi fydd popeth yn ocê."

Drachtiodd Martha ei aroglau iach, saff, a gwres ei groen drwy'i grys. Teimlodd y gofid yn ei gadael a'r baich a fu arni gynt yn ysgafnhau. Cofiodd yn sydyn fod y goriad ym mhoced fewnol ei chôt.

Yn y tŷ, cynigiodd Josh wneud paned, ac aeth Martha ar ei hunion i'r gawod. Sgrwbiodd a sgrwbiodd ei hewinedd a'i dwylo nes roedden nhw'n fflamgoch. O dipyn i beth, llwyddodd tynerwch y dŵr cynnes i leddfu'i dychryn. Camodd allan o'r gawod a sychu'i gwallt yn fras â'r lliain. Teimlai lawer yn well. Clymodd dywel glân o dan ei cheseiliau a draw â hi i'w llofft i wisgo amdani, a bu bron iddi neidio allan o'i chroen. Eisteddai Josh ar silff ddofn y ffenest â dau gwpanaid o de yn ei ymyl.

"Ffeindies i botel o Jameson yn y cwpwrdd," meddai, "a dwi wedi rhoi dram bach yn dy de di."

Gwaredodd Martha'n dawel fach. Be ddiawl oedd hwn yn ei wneud yn ei llofft hi? Roedd gwerth tridiau o ddillad ym mhob twll a chornel, ac roedd ei nicers (rhai bob dydd, di-siâp) yn un swp ar y cwrlid. Ond yr un pryd, roedd hi'n barod i gyfaddef bod presenoldeb Josh yn ei llofft y prynhawn hwnnw yn ei chysuro am ryw reswm. Serch hynny, cydiodd Martha'n dynn yn ei lliain, rhag iddo ddisgyn, ac estynnodd am y cwpan.

"Diolch," atebodd, a chan hanner gwenu ychwanegodd, "Giês gen i wisgi!"

Chwarddodd Josh. "Falch o weld dy fod ti wedi dod atat dy hun, beth bynnag!" meddai. "Be ddigwyddodd?"

Eisteddodd Martha ar erchwyn y gwely, gan wthio'r nicers tramgwyddus dan y gobennydd yn dawel fach a gweddïo nad oedd Josh wedi sylwi. Wrth iddi adrodd hanes ei thaith i ben y ffridd, roedd popeth yn swnio mor dila. Mewn gwirionedd, doedd 'na fawr wedi digwydd wedi'r cyfan. Iawn, mi *oedd* hi'n dywyll, ond y rheswm am hynny oedd ei bod hi ynghanol coedwig a'i bod wedi dechrau cymylu a bwrw. Doedd dim byd wedi digwydd go iawn, nag oedd? Ocê, mi oedd yna rywun wedi lladd cath mewn ffordd ffiaidd a chwbwl erchyll, ond doedd hynny'n ddim i'w wneud â hi, doedd bosib? Dim ond mai hi oedd y person anffodus a gafodd y fraint o weld y fath gyflafan. Rhoddodd ei chwpan ar y bwrdd bach wrth ochr y gwely, a chododd yn sydyn gan roi hergwd tynnach i'r lliain o dan ei chesail.

"Rhaid i mi ffonio'r RSPCA," meddai'n benderfynol. "Mae isio rhywun sêl iawn ei feddwl i ledd cïeth fel'na." Crynodd Martha. "Be tasen nhw'n neud eto? Falle bo' nhw wrthi'n lledd rhagor y funud yma! Weles i ddynes... O mei god!"

"Dynes?"

"Weles i hi'n dod i 'nghwarfod i allan o'r coed. Does bosib mai hi ddaru. Roedd hi'n edrych mor glên."

Gwelodd Josh ei chynnwrf, a chamodd tuag ati, gan gydio yn ei hysgwyddau noeth.

"Hei! C'mon! Alli di ddim cyhuddo pobol heb dystiolaeth. Mi fydde gan y ddynes waed drosti, yn bydde? Welest ti rywbeth fel'na?"

"Nêddo."

"Wel dyna ti, 'te."

Rhoddodd Josh ei ddwy law yn gwpan dan ei gên. Roedd ei ddwylo'n gynnes, a'i fysedd yn mwytho'i gwar ar fôn ei gwallt.

"Anghofia fo."

Edrychodd Martha i fyw ei lygaid, ac oedd, roedd hi'n hawdd anghofio. Gwyrodd Josh tuag ati a'i chusanu'n dyner. Atebodd hithau drwy ei gusanu'n ôl, a phlethu'i breichiau am ei ganol. Roedd ei wefusau'n feddal ac yn daer. Teimlodd ei fysedd yn chwarae ar hyd asgwrn ei chefn, a'r wefr drydanol o dan ei bogail. Ymbalfalodd am fotymau ei grys a dechrau eu rhyddhau, ond bachodd yntau ei ddwylo am ei garddyrnau a'i hatal. Edrychodd arno'n chwilfrydig.

"Ddim eto," meddai'n gryg.

Gwthiodd hi fodfedd neu ddwy oddi wrtho, tynnodd ar gwlwm tila'r lliain a syrthiodd hwnnw'n llyn gwyn wrth ei thraed. Cripiodd croen gŵydd drosti a theimlodd ei dwy deth yn caledu yn yr oerfel, ond teimlai'n gynnes braf y tu mewn, a doedd hi ddim yn meddwl mai'r wisgi oedd ar waith. Yna, roedd Josh wedi camu o'r tu ôl iddi, a gwthio'i gwallt i'r naill ochr. Mwythodd ei gwar â blaen ei dafod, a theimlodd blu bach ei gusanau y tu ôl i'w chlust, ac i lawr i'r pant ym mhont ei hysgwydd. Caeodd hithau ei llygaid ac ildio i'r foment. Yna roedd ei law'n cwpanu'i bron, ac yn pinsio'i theth rhwng bys a bawd, yn gwasgu ac yn llacio, yn gwasgu ac yn llacio. Teimlodd ei choesau'n gwegian a phwysodd yn ôl ar Josh. Teithiodd ei law arall i waelod ei chefn, ddau gam ymlaen ac un yn ôl, i lawr ac i lawr, nes cyrraedd y croen melfedaidd rhwng ei chluniau… ac aros. Na! Doedd hi ddim am iddo stopio rŵan! Gwthiodd yn ei erbyn a lledu ei choesau fymryn i'w gymell ymhellach, ond cydiodd Josh ynddi a'i throi i'w wynebu, a gweld yn ei llygaid y cadarnhad y chwiliai amdano.

Y funud nesaf roedd wedi'i hysgubo oddi ar y llawr, ac wedi'i gollwng ar ei chefn ar y gwely. Penliniodd yntau ag un goes o boptu ei choesau hi, plygu drosti a chusanu'i bronnau, cylchu'i dafod o gwmpas un deth, ac yna'r llall am yn ail, gan eu brathu'n dyner ambell waith, a phan lithrodd ei fysedd i ffureta yn ei lleithder, pontiodd ei chefn tuag ato a'i chorff cyn dynned â thant. A hithau ar y dibyn, sythodd Josh ac ymbalfalu â'i felt. Estynnodd Martha tuag ato a gwthio'i ddwylo o'r ffordd. Hi oedd y feistres rŵan. Tynnodd ei grys, gan ymhyfrydu yng ngwytnwch ei gorff. Cusanodd ei frest a'i fol, yna cydiodd yng ngwregys ei drowsus a datod botymau ei jîns fesul un, a'r defnydd yn cael ei wthio i'r eithaf gan ei gynnwys, fel llew mewn caets. Yna roedd hi wedi rhyddhau ei bastwn trwchus, tyner i'w dwylo, a theimlo gwefr yn mynd drwyddo ar ei chyffyrddiad, fel cyfres o fân bylsiau afreolaidd. Gorweddodd yn ôl a gadael iddo'i meddiannu.

Yn ddiweddarach, gorweddai'r ddau ochr yn ochr, eu coesau ymhleth a'u blys wedi'i ddigoni.

"Oedd gen ti ryw reswm dros alw heddiw?" holodd Martha gan chwarae â'r mân flewiach ar frest Josh.

"Oedd… hyn!" atebodd yntau.

"Lwcus 'mod i adre, 'te, Mr Chambers!"

A chwarddodd y ddau.

Lewys

P AN WELODD LEWYS y ferch ifanc yn griddfan o'i flaen, ni allai gredu'i lwc. Roedd yn ei hadnabod fel un o'r merched a arferai dendio'r Iarlles yn y castell, ond am ryw reswm, nas cofiai y foment honno, cawsai ei hesgymuno. Cofiai amdani yn ferch osgeiddig, ddeniadol heb fod yn rhy bert, ond roedd natur ffroenuchel ganddi fel petai'n haeddu gwell, a doedd hi ddim yn ôl o ddweud hynny chwaith, bob cyfle a gâi. Debyg mai rhywbeth felly oedd wrth wraidd yr hyn ddigwyddodd.

Gwyddai Lewys yn iawn fod greddf y llances yn llygad ei lle, er na thalai iddo ef ddweud hynny, nac iddi hithau ei wybod. Nid ymysg gwehilion cymdeithas y dylai hi fod, a phe byddai'r rhod wedi troi o blaid ei theulu fe allai hon fod wedi cael ei llys ei hun a'i merched siambr ei hun, wedi cael y bwyd a'r gwin gorau, a'i dilladu â sidan a brodwaith a les. Roedd y stori'n dew o hyd am ymgyrch ei thad-cu, a phe byddai hwnnw wedi llwyddo, a phrifysgolion wedi'u codi yng Nghymru, fe allai fod wedi cael addysg hyd yn oed, pwy a ŵyr. Un dis oedd, a disgynnodd ar wacter, a doedd dim troi'n ôl. Hen feistres greulon oedd ffawd.

Erbyn hyn, gadawsai'r ymdrech o orfod hel ei bwyd ei hun ei hôl arni yn y caledennau ar ei dwylo, a'r rhychau dyfnion yn ei chroen gwydn, a thystiai ei hymarweddiad a'r blinder yn ei llygaid i'w galwedigaeth. Roedd hi'n berffaith at ddibenion Lewys, ac roedd hi'n feichiog ac yn agosáu at ei thymp.

Ar y llawr yr oedd hi, a dychrynodd ei pherfedd pan welodd Lewys, gan geisio'i gwthio'i hun cyn belled ag y gallai oddi wrtho, ond goddiweddwyd hi gan don arall o boen a gollyngodd ochenaid ddofn. Clywodd Lewys gysgodion yn clebran yn y drws, ond buan y tawodd y rheini pan drodd ei olygon tuag atynt, ac aethant oddi yno'n siffrwd eu sgertiau.

O blygion ei glogyn, dadorchuddiodd yr anghenfil – fedrai e ddim meddwl amdano fel babi – a'i osod ar y llawr allan o olwg y ferch ifanc. Ymbalfalodd yn ei sgrepan, a thynnodd botel fechan ohoni. Camodd yn bwrpasol at ochr y ferch, a chyn iddi sylweddoli'n iawn beth yr oedd yn ei fwriadu, roedd wedi gwthio'i phen chwyslyd i'r llawr yn giaidd. Cydiodd ynddi o boptu'i cheg, gan ei gorfodi i'w hagor, ac arllwysodd beth o gynnwys y botel i lawr ei chorn gwddw. Gollyngodd ei afael cyn i'r don nesaf o wewyr gydio ynddi. Ceisiodd hithau boeri arno, a gwelodd ffrwd fechan frown yn diferu i lawr ei boch at fôn ei chlust. Cododd i gau'r drws, a phan ddaeth yn ei ôl, a chydied ynddi am yr eildro, roedd hi'n llawer haws ei thrin, a chyn hir gorweddai yno'n llipa wedi'i hamddifadu o bob ysbryd a fu ganddi erioed.

Gosododd hi ar wastad ei chefn, a'i choesau yn eu plyg, a gwthio'i sgert i fyny at ei chluniau er mwyn iddo allu gweld yn iawn, ond roedd hi mor dywyll yno, doedd hynny o ddim iws. Deuai'r tonnau o boen a griddfan yn amlach erbyn hyn. Swmpodd Lewys y dirgelion cnawdog rhwng ei choesau, a gallai deimlo'r pen eisoes yn dechrau gwthio'i ffordd drwodd.

Ceisiodd y ddarpar fam godi ar ei heistedd ac yna, ag un waedd hir, ddolefus, gwthiodd ei babi i'r byd.

Cipiodd Lewys ef, cyn iddi allu'i weld, gan esgus golchi'r gwaed oddi arno. Crwt ydoedd, diolch i Dduw. Roedd Mair a'r holl seintiau'n gwenu arno. Lapiodd ef yn ei glogyn, cymerodd un olwg olaf ar y ferch ar y llawr, a cherddodd allan, gan ei gadael yno, ei brych yn llifo ohoni, a babi deuben glas yn hollol lonydd wrth ei hochr.

Martha

A<small>R EI FFORDD</small> i'r Wern yr oedd Martha. Gadawsai Josh wrtho'i hun yn y tŷ, a'i siarsio i gloi'r lle ar ei ôl. Roedd y newyddion a gafodd dros y ffôn gan Heulwen wedi ei sobri'n llwyr. Trawyd ei thad yng nghyfraith yn wael iawn a chawsai ei anfon i Ysbyty Bronglais. Fel tasai hynny ddim yn ddigon, roedd yr hyn a achosodd y trawiad yn waeth fyth. Ddeallodd Martha ddim yn iawn gan fod Heulwen mewn tipyn o stad, ond fe soniodd rywbeth am gorff, a bwgan brain yn y Cae Bach. Pan gyrhaeddodd, roedd faniau a cheir yr heddlu ym mhobman.

Safai Heulwen yn y gegin, cyn llwyted â llymru, ynghanol gweddillion paneidiau a brechdanau, a llond sinc o lestri budron. Rhuthrodd i gloi'r drws ar ôl Martha, a'i folltio. Roedd ei llygaid yn chwydd coch i gyd a chofleidiodd Martha hi'n dynn.

"Mae Eifion efo'i ded yn Aberystwyth, a dwi yma fy hun... y bechgyn efo Beca... dwi'n falch bo' ti yma."

"Mi fyswn i'n dŵad unrhyw bryd, ti'n gwbod hynna." Estynnodd Martha'r bocs hancesi iddi. "Arhosa i fan'ma efo ti heno."

Dechreuodd Heulwen brotestio, ond doedd dim grym i'w phrotest chwaith.

"Dio'm trafferth, siŵr Dduw. Gysga i yng ngwely un o'r bois. Wyt ti 'di cl'wed gien Eifion?"

"Rwbeth yn debyg ydi o, ond maen nhw'n cadw llygad arno fo. O... *shit*... y corff... doedd ganddo fo ddim llyged..."

"Yli, dio'm yna rŵan. Mae o 'di mynd. Tria beidio meddwl amdano fo." Dyna beth dwl i'w ddweud, meddyliodd Martha wrthi'i hun. Wrth gwrs ei bod hi'n mynd i feddwl amdano. Dyna beth fyddai ym mhob hunllef. Dyna fyddai'n ei weld bob tro y byddai hi'n gweld bwgan brain.

"Dwi 'di deud wrth yr heddlu, 'sti."

"Wel, do siŵr."

"Nêge, dim hynna… deud am y bobol meline gwynt 'na."

"Ti 'rioed yn meddwl…"

Chwythodd Heulwen ei thrwyn.

"Nhw sy' 'di neud hyn, dwi'n siŵr. Mae o'n neud sens. Mae bwgan brain yn edrych fel melin, yn dydi? Un goes a breichie'n sticio allan. Nhw yden nhw, 'sti…"

"Heuls…"

"Dwyt tithe ddim yn fy nghoelio i chwaith, nag wyt ti? Taset ti wedi cael y blydi galwadau ffôn yna bob awr o'r dydd, a gweld ffor' mae pobol yn edrych arnat ti, a gwbod eu bod nhw'n siarad yn dy gefen di wrth iti gered lawr y stryd…"

"Heuls!" meddai Martha'n siarp. "Wyt ti wir yn meddwl y byddai pobol ffor' hyn yn mynd mor bell â lledd rhywun jest i neud pwynt am feline gwynt?"

Edrychodd Heulwen yn herfeiddiol arni, a gallai Martha ei gweld yn cymathu'i geiriau, ac yna'n diffygio, fel tegan yn colli'i flawd llif.

"Ôl-reit. Dim nhw yden nhw, 'te."

Dechreuodd Martha glirio'r llestri, er mwyn ceisio cyflwyno ychydig bach o normalrwydd yn ôl i'r patrwm dyddiol.

"Mi allen nhw fod yn unrhyw un. Mae 'na lot o eithafwyr o gwmpas, yn does? Falle'u bo' nhw'n trio gneud pwynt adeg y Jiwbilî 'ma neu rwbeth."

"Falle." Estynnodd Heulwen am y menyn i'w gadw. "Alla i ddim dal llawer rhagor o hyn."

Camodd Martha ati a'i chofleidio'n dynn.

"Ti 'di deud wrth yr heddlu rŵan, yn do? Maen nhw'n siŵr o sortio…"

"Os dio'm byd i neud efo… hwnna…" pwyntiodd Heulwen i gyfeiriad Cae Bach, "… wnân nhw ddim byd."

"Aros i weld. Mi alli di sôn wrthyn nhw eto os bydd angen. Eniwe, falle wnân nhw stopio rŵan pan welan nhw geir yr heddlu o gwmpas."

Edrychodd Heulwen arni'n amheus. Dyna ddwy lofruddiaeth a oedd â chysylltiad â'r ardal, meddyliodd Martha. Roedd un dyn wedi bod yn y Neuadd Lwyd cyn iddo gael ei ladd, a dyma hwn rŵan. Ond wyddai Heulwen ddim am ymweliad James Wright, wrth gwrs, a barnodd Martha mai gwell fyddai peidio â sôn wrthi, ar hyn o bryd beth bynnag.

"Oes ganddyn nhw syniad pwy oedd o?"

"Rhy fuan." Arllwysodd Heulwen ddŵr poeth i'r sinc a gwylio'r swigod sebon yn tyfu. "Gobeithio bod o'n neb 'den ni'n ei nabod."

Cydiodd Martha mewn lliain a dechrau sychu.

DRIDIAU YN DDIWEDDARACH, roedd Martha'n gwthio'i ffordd drwy brif fynedfa'r Llyfrgell Genedlaethol. Roedd ei phen yn y cymylau byth ers prynhawn Llun, er gwaethaf gofidiau Heulwen a'r bwgan brain erchyll, a theimlai'n gynnes braf y tu mewn. Treuliasai Josh ŵyl y banc gyda hi, a bu'r ddau'n clebran (am ryw hyd), yn cerdded (rhyw gymaint) ac yn darganfod cyrff ei gilydd (am oriau). Gwenodd Martha wrthi'i hun wrth gofio'r ciwbiau rhew. Doedd hi ddim yn gwybod – neu efallai ddim yn cofio – bod modd rhoi pleser i rywun arall mewn cymaint o wahanol ffyrdd. Roedd hi'n edrych ymlaen yn arw at weld Josh eto.

Yn y cyfamser, roedd hi wedi ailedrych ar lythyr ei thaid, ac wedi dod i'r casgliad, yn groes i'r hyn a dybiodd yn wreiddiol, y gallai fod ystyr i'r marciau rhyfedd. Byth oddi ar iddi ganfod ystyr y cyfeiriad at 'y dryw' a'r geiriau ar ei gofeb, roedd *circumspice* – 'edrych o amgylch' – wedi bod yn chwarae ar ei meddwl. Hynny yw, pan nad oedd ei meddwl ar bethau eraill. Er na allai fod yn hollol siŵr, roedd posibilrwydd fod y geiriau'n cyfeirio at ymylon y llythyr, lle'r oedd y marciau od i'w gweld.

"Pam nad ei di i amgueddfa neu lyfrgell?" meddai Josh. "Efallai y bydd rhywun yn gallu deud wrthot ti beth ydyn nhw strêt awê."

Roedd hi wedi dangos y marciau iddo gan feddwl efallai ei fod wedi'u gweld yn rhywle o'r blaen. Wrth wneud hynny, bu'n rhaid iddi ddweud yr holl hanes wrtho, gan gynnwys ymweliad James Wright noson y parti ieir – rhywbeth nad oedd hi wedi'i grybwyll wrth undyn byw cyn rŵan. Teimlai y gallai ymddiried yn Josh, yn enwedig ar ôl y digwyddiad ar y Ffridd. Roedd datgelu'r cyfan yn ffrâm i'w hofn y diwrnod hwnnw, ac yn y bôn gwyddai mai rhan o'r rheswm iddi fwrw'i bol oedd ei bod hi am brofi iddo nad peth niwrotig mohoni. Doedd hi ddim wedi sylweddoli, nes i'r geiriau lifo ohoni, gymaint roedd yr holl gybolfa'n gwasgu arni. Erbyn hyn roedd hi cyn ysgafned ag iâr fach yr haf, a chyn hapused hefyd! Gwenodd yn hynaws ar neb yn benodol ac i mewn â hi.

Doedd hi ddim wedi bod ar gyfyl y lle oddi ar ei dyddiau coleg, ac roedd pethau wedi newid yn sylweddol. Cafodd ar ddeall gan staff y Llyfrgell fod rhaid iddi roi ei bag a'i chôt mewn locer yn y cyntedd. Wedi iddi wneud hynny, dilynodd yr arwydd am yr Adran Lawysgrifau.

"Sa i'n hollol siŵr, ond wy'n amau mai gwyddor arbennig yw hon," meddai dynes gymwynasgar o'r enw Janet Elias. "Sa i am fentro mynegi barn, ond mi alla i eich cyfeirio at rywun fydd yn gwybod lawer gwell na fi. Sdim hast arnoch chi, o's e?"

"Dim o gwbwl," atebodd Martha.

"Sefwch chi fan'na am funud, 'te. Dŵa i'n ôl atoch chi. Isie ffono rhywun arna i, ch'wel."

A gadawodd Martha mewn mwy o benbleth na chynt. Dechreuodd deimlo ychydig yn anghyfforddus. Teimlai fod pobol yn ei llygadu'n wyliadwrus, fel petai am ei heglu hi unrhyw funud gyda Llyfr Du Caerfyrddin yn ei bra.

"Popeth yn iawn?" gofynnodd un.

"Ydi, diolch. Jest yn aros am —" ond cyn iddi orffen gwelodd Janet Elias yn dynesu tuag ati.

"Ddrwg 'da fi fod yn hir. Wy wedi cael gafel ar Dr Gareth Jones i chi, yn y Ganolfan Uwchefrydie. Fe wnes i ddisgrifio'r marce 'na iddo fe ac ma fe'n barod iawn i'ch gweld chi. Nawr 'te, odych chi'n gwbod ble ma'r Ganolfan?"

Nac oedd, doedd Martha ddim, ond unwaith eto roedd Janet Elias yn hael iawn ei chymwynas, a chafodd gyfarwyddiadau manwl, er nad oedd y Ganolfan Uwchefrydiau Cymreig a Cheltaidd, erbyn deall, ond rownd y gornel.

Roedd Martha wedi lled-ddychmygu stwcyn byr, pen moel y tu ôl i sbectol drwchus, yn dioddef yn arw o ddiffyg haul, ond nid dyn felly oedd Dr Gareth Jones. Un cymharol ifanc ydoedd, neu roedd o'n gweithio'n galed i edrych yn iau na'i oed. Edrychai fel petai newydd fod dramor, ac yn ôl y gofal a roddai i'w das wair o wallt, gwariai ffortiwn fechan ar *gel*. Daliodd ei llygad a gwenodd a bu ond y dim iddi gael ei dallu gan wynder ei ddannedd.

"Martha Brennan, ie?" gofynnodd gan estyn ei law.

"Ie," atebodd hithau gan ei hysgwyd. "Ym… Janet Elias o'r ym…" dechreuodd, gan amneidio'n ôl tua'r Llyfrgell.

"Ie, fe ffoniodd. Mae gyda chi bapur neu lythyr i'w ddangos i mi?"

Dangosodd Martha'r llythyr iddo, a'r marciau ar ei gyrion. Astudiodd yntau nhw a phan gododd ei ben eilwaith, gallai Martha weld ei fod yn siomedig.

"Pan ges i neges Janet, feddyliais i bod gyda chi rywbeth gwreiddiol, Mrs Brennan…"

"Miss," cywirodd Martha ef.

"… ond llythyr diweddar iawn yw hwn, a rhywun wedi copïo'r marcie hyn arno fe."

"Mi wn i hynny, ond wyddoch chi be ydi'r marcie?"

"Wel… Glywsoch chi am Iolo Morganwg erioed?"

Amneidiodd Martha.

"Mi fues i'n byw yn Llunden am gyfnod, ac roeddwn i wrth fy modd yn mynd am dro i ben Bryn y Briallu."

"Dyna chi. Fan'no y cynhaliodd e'r ddefod orseddol gynta, wrth gwrs. Fe weithiodd e'n galed iawn i gael cydnabyddiaeth i'n hanes a'n llenyddiaeth ni."

Roedd cloch ffôn yn canu'n ddi-baid yn rhywle.

"Ond i brofi'i bwynt, wedd e hefyd yn barod i ffugio pethe. Wedd e'n honni bod y Cymry yng nghyfnod y derwyddon yn defnyddio gwyddor arbennig, ac fe aeth e ati i esbonio'r wyddor honno'n fanwl."

Cododd Martha'i haeliau.

"Ai dyna…?"

"Ond gwyddor ffug oedd hi."

"Fawr o iws i neb felly, 'te," heriodd Martha. Doedd trywydd y sgwrs ddim yn argoeli'n addawol iawn.

"Mae hi'n dal o gwmpas hyd heddi. Dishgw'lwch chi ar gadeirie'r Steddfod Genedlaethol, a'r nod sy'n cael ei roi ar bob un ohonyn nhw. Nod tri marc."

"Ar siâp triongl, gyda llinell lawr y canol?" holodd Martha, gan gamu o'r ffordd i negesydd fedru pasio.

"Ie, y Nod Cyfrin. Cariad, Cyfiawnder a Gwirionedd. Hwnna wedd sail gwyddor Iolo. Ond doedd honno ddim i'w chael mewn llyfrau."

Roedd ei ffôn lôn yn crynu yn ei phoced a brwydrodd Martha'r ysfa i'w ateb. Câi'r argraff bod ei eiriau ei hun yn felys iawn i glust Dr Jones. Ond hi oedd wedi ymorol am ei gyngor wedi'r cyfan, a gwrando arno oedd y peth lleiaf y gallai Martha ei wneud.

"Wedd e'n honni bod y beirdd yn crafu'r wyddor hon ar ddarnau o bren hirgul, gyda phedair ochr iddyn nhw. Wedd pob darn pren yn cael ei roi mewn ffrâm, tebyg iawn i abacws. Peithynen, yn ôl Iolo, oedd yr enw ar y ffrâm, ac i ddarllen y gwaith byddai'n rhaid troi pob darn pren yn ei dro. A dyna be sy' gyda chi fan hyn, ond heb y darnau pren a'r ffrâm. Coelbren y Beirdd. Gwyddor Iolo Morganwg."

Roedd Martha wedi cyffroi drwyddi erbyn hynny.

"Ydych chi'n gwbod be mae'r nodau'n ei olygu?" gofynnodd.

"Smo nhw'n glir iawn. Fe welwch chi eu bod nhw wedi'u gosod i edrych fel petai yna eiriau; pedair llythyren, a bwlch, tair llythyren, a bwlch, un llythyren, ac yn y blaen. Ond, mewn gwirionedd, dydyn nhw'n ddim ond llythrennau'r wyddor yn eu trefn. Fel petai rhywun wedi bod yn ei hastudio ac yn ymarfer ei hysgrifennu."

Dychwelodd y llythyr i Martha.

"Dy'n nhw'n golygu dim."

Tro Martha oedd hi i fod yn siomedig.

"Mae'n flin 'da fi nad oes 'da fi ddim byd mwy cyffrous na hynny i'w weud," meddai yntau wrth weld ei hwyneb. "Ond we'n i'n falch iawn eich bod chi wedi holi. Sdim llawer â diddordeb heddi."

Llyncodd Martha'i siom, a diolchodd iddo.

26

Pedwar gwely oedd ar y ward. Roedd cleifion mewn tri ohonyn nhw a'r llall wedi'i stripio at y matres ac wedi'i olchi'n lân, fel elor. Am ddegfed ran o eiliad, ofnodd Martha'r gwaethaf, ond yna gwelodd ef yn y gwely nesaf at y drws. Nid oedd golwg dda o gwbwl arno, meddyliodd. Roedd yn welw, ac roedd ganddo bibau ocsigen yn ei drwyn. Ar y bwrdd symudol dros ei wely roedd y ceriach arferol: jwg dŵr a gwydr, potel o sgwash oren, hancesi papur, llyfr o bosau a chroeseiriau, cardiau lu a dau sypyn o rawnwin. Edrychodd Martha ar ei rhodd o rawnwin hithau. O wel. Roedd ei lygaid ynghau, ac roedd hi rhwng dau feddwl a ddylai ei ddeffro ai peidio, ond wrth iddi osod ei cherdyn ar y bwrdd ac ychwanegu'r grawnwin at y gweddill, a bod yn rhy gysáct wrth wneud hynny, tarodd yn erbyn y gwydr dŵr a cholli'i gynnwys dros y lle. Damia.

"Paid â phoeni dim," chwarddodd Sam, "dim ond tamed o ddŵr ydi o!"

"Sori, sori," atebodd Martha, wrth ruthro am yr hancesi papur i fopio'r llanast. Diolch byth nad oedd y gwydr yn llawn. Daeth nyrs heibio, a gwenodd Martha'n lletchwith arni. Estynnodd y cerdyn a'i staen dŵr at Sam.

"Ffor' 'dech chi erbyn hyn?"

"Dwi'n o lew, 'sti. Hen barod i fynd adre. 'Den nhw ond yn fy nghadw i yma am na welson nhw'r un sbesimen tebyg o'r blaen!"

Er mor llesg ei olwg, roedd ysbryd Sam yn ddigon byrlymus, hyd yn oed os mai bwrlwm gwneud oedd hwnnw.

"Mae'r nyrsys 'ma'n methu â chiêl digon arna i – wel, y merched, beth bynnag!" Winciodd ar Martha.

Chwarddodd hithau'n gwrtais ar y jôc. Gwyddai'r ddau o'r gorau na welai Sam ei gartre am dipyn, a hyd yn oed wedyn, efallai mai mynd i'r Wern at Eifion a Heulwen fyddai ei hanes.

"Fuo 'na rywun heibio heddiw?" holodd Martha.

"Ne, ddew Eifion ddim heddiw. Dyna ddedson nhw neithiwr. 'Wrach deith Riwth nes 'mlaen, os cieith hi lifft efo rhywun."

Amneidiodd Martha. Roedd chwaer Sam yn tynnu ymlaen mewn oedran a newydd roi'r gorau i yrru.

"Neis iawn, mi fydd yn bref ichi ei gweld hi."

Cymylodd wyneb Sam.

"Mi fuodd y polîs yma ddoe hefyd."

"O?"

Ni wyddai Martha sut orau i'w ateb. Doedd hi ddim am ypsetio'r dyn, a'i galon yn y cyflwr roedd hi.

"Do. Rhyw dditectif o'r sowth. Geraint falle? Roedd o'n ddigon clên, cofia. Roedd o'n holi am y busnes yna yn y Ciêi Bech. Ond allwn i ddeud dim wrtho, 'sti. Dim ond be weles i, yndê?"

Roedd hi'n amlwg bod Sam yn ei chael hi'n anodd wynebu'r holl beth.

"Pwy fyse isio neud peth fel'na, dwed? Y?"

Ceisiodd Martha beidio â gwneud yn fawr o'r digwyddiad rhag cynhyrfu Sam.

"Mae rhyw erchylltra yn rhywle o hyd, yn does? 'Mond ichi watsied y newyddion…"

"Ond yng nghefn gwled? Fuo 'na 'rioed ffasiwn beth. Drygs 'di'r broblem. Pobol yn symud i fewn o gianol Lloegr ac yn dŵad â'u hylltod efo nhw."

"Dwi'n siŵr neith yr heddlu sortio hyn yn go handi," meddai Martha'n gysurlon. "Dydi pethe fel hyn ddim yn digwydd ffor' 'ma'n amal iawn. Mae gynnon nhw bob mêth o dechnoleg rŵan. DNA a phethe felly."

Soniodd Martha ddim am y digwyddiad yng

Nghastellnewydd Emlyn a'i hamheuon bod cysylltiad rhwng y ddau. Soniodd hi ddim ychwaith am ofnau Heulwen bod rhywun yn ei thargedu oherwydd y felin wynt. Doedd bosib bod sail i'r ofnau hynny beth bynnag. A oedd gwrthdystwyr y melinau gwynt yn gymaint o eithafwyr nes y bydden nhw'n fodlon codi corff ar dir y fferm? Go brin. Ond pwy a ŵyr? Fel yr awgrymodd Sam, roedd unrhyw beth yn bosib dan ddylanwad cyffuriau.

Roedd mwy o wrid ym mochau Sam erbyn hyn, ond nid oedd Martha'n siŵr a oedd hynny'n arwydd da ai peidio. Estynnodd am y llyfr posau.

"Ydech chi'n licio neud pethe fel hyn?" gofynnodd.

"Rwbeth i basio'r amser, tydi? Deud i mi, ffor' mae pethe lawr yn y Neuadd Lwyd 'cw? Sgen ti *young man* erbyn hyn?"

"Sut allen i?" cellweiriodd Martha. "Mae'r *young man* gore yn gorwedd fan'ma!"

Ymlaciodd Sam, a chwarddodd yn fodlon.

"Roedd dy daid a finne'n gogie go smart yn ein dydd, cofia. Ew, dyna iti ddyddie de oedd y rheini. Roedd dy daid yn rhy glyfar i fi o lawer – fydde ddim gobeth gen i ennill gêm o *chess* yn ei erbyn o – ond fi oedd yn ciêl y merched!"

"Greda i!" meddai Martha.

"Fuodd o ddim yr un peth ar ôl y rhyfel, 'sti. Cadw iddo fo'i hun oedd o wedyn."

"Soniodd o fawr wrtha inne am y cyfnod yna," ategodd Martha. "Fel llawer un arall tebyg iddo fo, decini, ond mi ddaru sôn rywbryd na fuodd o'n ymladd dramor."

"Ie, glywes inne hynna hefyd. Ond fuodd o adre fawr ddim 'radeg honno."

Ar hynny, daeth un o'r nyrsys gyda'r troli meddyginiaethau, ac yn dynn wrth ei gwt, Ruth, a oedd yn methu'n lân â deall pam mai dyn oedd y nyrs. Welsai hi erioed ffasiwn beth, mae'n debyg, a chan ei bod hi'n drwm ei chlyw, dywedodd hynny ar dop ei llais. Barnodd Martha mai da o beth fyddai gadael, a ffarweliodd â Sam a'i chwaer, gan addo dod i ymweld ag ef eto'n fuan. Ond cyn iddi fynd, amneidiodd Sam arni i ddod yn nes, cydiodd yn gynnes yn ei llaw ac meddai'n dawel:

"Cadwa lygad ar Heulwen, wnei di? Dwi'n ame bod y busnes meline gwynt 'ma yn ei phoeni hi, 'sti."

"Mi wna i, wrth gwrs," atebodd Martha. Roedd Sam wedi deall pethau'n o lew felly.

Aeth Martha i lawr i'r dre, heibio'r siopau, ac yna draw i'r prom i gael ychydig o wynt y môr. Lle braf oedd prom Aberystwyth. Doedd dim llawer tebyg iddo yng Nghymru, ac roedd yr heidiau o ymwelwyr a oedd yno o'r un farn. Prynodd hufen iâ iddi'i hun ac aeth i eistedd ar un o'r meinciau'n wynebu'r môr. Pan oedd hi'n fach daethai yma ar y trên gyda'i nain, ac wedi gweld y pwll padlo cofiodd erfyn arni i gael mynd i hwnnw. Dyma gael ei dymuniad a chael ei siarsio i beidio â chwympo i'r dŵr gan nad oedd ganddi siwt nofio, dim ond ei ffrog haf orau. Rhyw drefn felly oedd hi erstalwm – dillad chwarae a dillad gorau, a fawr o ddim arall. Ni waeth pa mor ofalus yr oedd hi yn y pwll, roedd rhywun wedi colli pìn bawd ynddo, o bopeth, ac aeth hwnnw i wadn ei throed, a chwympodd hithau i'r dŵr dros ei phen. Gwenodd Martha. Yn rhyfedd iawn, doedd hi ddim yn cofio'r boen, dim ond y cywilydd o orfod tynnu amdani a mynd o gwmpas y dre yng nghardigan ei nain am weddill y dydd, a honno'n llusgo ar y llawr. Roedd dillad gwlyb a niwmonia'n fwgan mawr i Nain.

Llyfodd ei hufen iâ cyn iddo ddechrau llifo i lawr ochrau'r cornet. Pigai gwylan dew ei ffordd tuag ati, dau gam ymlaen a hanner cam i'r ochr, yn ceisio edrych yn ddi-hid. Tybed beth oedd gwaith ei thaid yn y rhyfel, os yn y rhyfel oedd o, meddyliodd. Ond beth arall fyddai o wedi'i wneud? Wnaeth hi erioed feddwl rhyw lawer am ei waith, ond roedd sylwadau Sam wedi ennyn chwilfrydedd ynddi. Rhywbeth arall i ymchwilio iddo felly, er bod rhan ohoni'n dweud wrthi, pe byddai ei thaid am iddi wybod, y byddai wedi esbonio'n hwyr neu'n hwyrach. Rhyfedd. Roedd yr wylan bron â chyrraedd y fainc, yr hoeden ddigywilydd iddi, a botymau duon ei llygaid yn rhythu ar ei llaw. Rhythodd Martha hithau ar ei phig melyn dieflig. Crensiodd weddill y cornet.

Wrth iddi godi i ymadael, gan stampio'i thraed i hysio'r wylan i ffwrdd, tybiodd iddi weld Eifion yn mynd i mewn i gar ar y prom. Roedd Sam yn bendant nad oedd Eifion yn bwriadu ymweld ag ef y diwrnod hwnnw – rhyw jobyn ganddo yn ymwneud â defaid. Nid Eifion oedd o, mae'n rhaid. Oni bai ei fod wedi newid ei feddwl. Ond roedd y car yn ddiarth iddi ac roedd y dyn wedi mynd i mewn ar ochr sedd y teithiwr. Efallai iddyn nhw gael car dros dro am ryw reswm a bod Heulwen yn gyrru. Ceryddodd ei hun am fusnesa. Roedd hi'n mynd yn debycach i dditectif preifat bob dydd. Newid gyrfa ar y gorwel falle? Dychmygodd ei hun mewn siwt undarn du, yn sleifio'n osgeiddig fel panther liw nos. Chwarddodd. Fyddai mynd i'r tŷ bach ddim hanner mor osgeiddig. Doedden nhw ddim yn dangos pethau felly ar y teledu.

27

Dynion

TEIMLAI SEIMON YN euog ac yn ffodus iawn yr un pryd. Efallai nad ffodus oedd y gair mwyaf priodol chwaith, oherwydd fo, mewn gwirionedd, oedd wedi dewis ei lwybr ei hun yn ystod yr wythnosau diwethaf hyn, ac fel y digwyddodd, bu hynny'n ddewis doeth. Yr un dewis doeth oedd yn gyfrifol am ei euogrwydd y bore hwnnw wrth ddychwelyd o Sbaen.

Roedd y digwyddiadau diweddaraf yn ei boeni'n arw. Tybed a allai fod wedi gwneud mwy i roi stop ar bethau? Ond beth? Heb wybod pwy oedd wrthi, pa obaith oedd ganddo o atal yr hyn ddigwyddodd? Roedd o wedi gwneud ei orau. Roedd o wedi rhybuddio'r Brawd VLM, ond doedd ganddo ddim ffordd o wybod a oedd hwnnw wedi deall y rhybudd neu ai dewis ei anwybyddu a wnaeth. Er i Seimon fynegi'r rhybudd mewn cod a fyddai'n annealladwy i'r rhan fwyaf, nid oedd ei ddatrys ond megis chwarae plant i rywun â gallu'r Brawd.

Ceisiodd gofio beth a ddywedodd wrtho. Roedd o wedi nodi arwydd y crochan a chylch coch i olygu erlid a pherygl, a lleuad gorniog i ddynodi'r ail fab, sef ef ei hun. Beth arall? Cragen fylchog a ddynodai Iago Sant a phererindod. Dylai hynny fod wedi cyfeirio'r Brawd at Sbaen. Roedd ystyr symbol y blaned yn ddigon amlwg, sef ei fod yn gadael ddydd Mercher. Dewis ei anwybyddu a wnaeth y Brawd, mae'n amlwg, ac roedd hynny'n golygu aros a'i roi ei hun yn nwylo ffawd. Dau ddewis gwahanol, dau lwybr gwahanol. Un i ddistryw a'r llall i… beth?

Tyngasai Seimon lw, yr un llw â'r tri arall, ac roedd y llw hwnnw'n drech na dim. Er iddo ddianc rhag yr erlid i achub ei groen ei hun, roedd o'n ei ôl rŵan, ac roedd teyrngarwch

115

yn drech hyd yn oed na'r llw. Gwyddai beth oedd raid iddo'i wneud.

Yr oedd hi'n dywyll ym mhorthladd Penfro. Yn ei ŵn brown, ei gap melfed du, a'i wallt syth at ei war, un digon tywyll oedd Lewys yntau. Y cyfan a welid ohono oedd ei wyneb. Yr oedd hwnnw, serch hynny, yn gyfarwydd i lawer, ac roedd hynny'n fendith ac yn felltith yr un pryd. Yn fendith am ei fod yn feddyg ac yn uchel ei barch, ond golygai hynny fod ganddo arian, ac roedd arian yn gyfystyr â pherygl. Yr oedd Penfro ar un adeg yn lle braf, medden nhw, ac yn ffynnu, er na welsai Lewys ddim o hynny. Ganrif yn ddiweddarach, daliai effeithiau'r Pla Du eu gafael ar y dref, yn adfeilion ei thai ac yn nüwch ei hadeiladau, yn nifodiant ei masnach ac yn nistryw ei heconomi. Llechai ei ofn o hyd yn nrewdod y strydoedd. Daliai Lewys hances wrth ei drwyn, a cherddai'n fân ac yn fuan rhwng rhaffau a chynffonnau llygod Ffrengig, ymysgaroedd pysgod a charthion cŵn, cathod a dynion.

Daeth at ddrws pren a chnociodd deirgwaith, yn glir a phwrpasol. Ar y drydedd gnoc, agorwyd ef y mymryn lleiaf a disgleiriodd edefyn o olau ar wyneb a gŵn Lewys. Ni ddaeth neb i'r golwg, ac ni cheisiodd yntau fynediad chwaith.

"A yw'r weithred wedi'i chyflawni?" gofynnodd.

"Ydyw."

"Ac a oes tystion?"

"Dim un."

"Da y gwnaethost."

O'r bag a grogai am ei ganol, tynnodd gwdyn, a'i osod ar y trothwy. Estynnodd rhywun ffon fain drwy gil y drws, bachu'r cwdyn a'i dynnu tua'r golau. Caeodd y drws a dychwelodd Lewys y ffordd y daeth, a bwystfil mawr y môr yn clap, clapio ar ei ôl.

Mwythodd Adrian gotwm gwyn y gobennydd yn ei ymyl. Roedd hyn yn mynd yn anoddach bob tro, meddyliodd. Doedd o ddim eisiau bod fel hyn. Roedd o eisiau bod fel pawb arall, yn mynd i fwytai da efo'i gilydd – nid rhai crand, doedd daten o ots ganddo am grandrwydd – yn dal llygaid ei gilydd dros gannwyll, yn trafod beth i'w fwyta, yn chwarae mig â'u traed o dan y bwrdd, yn canmol y bwyd, yn cerdded law yn llaw ar hyd y prom. Unrhyw beth ond sgrialu o dwll i dwll fel llygoden fawr.

Nid rŵan oedd yr amser, roedd gormod o bobol i'w brifo, dyna oedd yr esgus bob tro, ac roedd y datblygiadau diweddaraf yn gwneud pethau'n anoddach fyth. Byddai unrhyw amser yn iawn i Adrian. Roedd o'n deall bod pethau'n anodd, ond yn ei farn o, doedd yna yr un adeg berffaith. Roedd rhywun yn mynd i gael loes ni waeth pa adeg o'r flwyddyn na pha amser oedd hi, a gwyddai Adrian hynny gystal â neb. Gwyddai hefyd, o brofiad, nad oedd loes yn para, ac y byddai pethau'n gwella gydag amser. Yr un hen ddadleuon. Yr un hen esgusodion.

Clywodd y dwndwr yn y bathrwm wrth i'r tsiaen gael ei thynnu ac i sŵn dŵr ffrydio i'r sinc ymolchi. Allai o ddim parhau fel hyn, a doedd hi ddim yn deg disgwyl iddo wneud chwaith. Byddai'n gofyn am ateb pendant cyn hir, ond ddim rŵan, rhag iddo ddechrau ffrae, ac roedd o'n casáu ffarwelio â chynnen rhyngddyn nhw. Felly gorfododd y diflastod o'i feddwl, a phlastrodd wên ar ei wyneb pan agorwyd drws y bathrwm.

Cusanodd y ddau ei gilydd, a gadael ar wahân.

Martha

BYTH ODDI AR iddi ddod adre o Aberystwyth roedd Martha wedi teimlo'r siom yn gwasgu arni. Cyn iddi fynd yno, roedd hi mor siŵr bod ystyr i'r marciau ar ymyl y llythyr, ac ni allai ddygymod â'r posibilrwydd mai marciau digon diniwed oedden nhw. Dim mwy, dim llai. Dyna a ddywedai ei phen wrthi. Roedd ei chalon yn dweud fel arall. Dywedai honno fod mwy i'w ganfod. Rhywbeth nad oedd hi yn ei weld. Pam roedd y marciau dieithr ar ochr y llythyr? Roedd hi wedi ystyried y posibilrwydd ei bod yn dychmygu pethau. Yn gweld pethau nad oedden nhw yno. Ond gwyddai ym mêr ei hesgyrn fod arwyddocâd i'r pethau hyn, ac roedd hi'n flin efo hi'i hun na allai weld yr hyn y bwriedid iddi'i weld. Er troi a throsi'r holl beth yn ei meddwl, doedd hi fawr callach.

Ceisiodd edrych ar y sefyllfa o ongl wahanol. Beth fyddai ei thaid yn ei ddweud? Cymera gam yn ôl. Edrycha ar y pictiwr mawr, ac yna edrycha ar y manylion o fewn hwnnw. Caeodd ei llygaid, a galwodd y llythyr i flaen ei meddwl, fel petai'n ffotograff. Gwelai ansawdd y papur, gwelai'r inc, gwelai'r marciau ar yr ymyl. Gorfododd ei hun i anwybyddu'r rheini, i'w pylu fesul un, fel petai'n mynd o ystafell i ystafell ac yn diffodd y golau. Beth oedd ar ôl? Geiriau. Aeth drwy bob gair, gan 'ddiffodd' pob un ond pump. Cadair, Grundig, desg, gwnïo, dryw. Roedd hi eisoes wedi meddwl digon am y dryw. Gallai hwnnw gyfeirio at unrhyw beth ond roedd hi'n argyhoeddedig ei bod ar y trywydd iawn gyda Syr Christopher Wren, a'i gofeb, 'ddarllenydd... edrych o dy amgylch'. Efallai nad oedd mwy i'r dryw na hynny; efallai mai ei unig bwrpas oedd tynnu ei sylw, dangos y ffordd. Os felly, gwnaethai ran gyntaf ei waith, ond am y rhan arall, ni welai Martha'r ffordd eto, heb sôn am wybod i ble yr âi. Gorfododd ei hun i gefnu ar y dryw, am y tro beth bynnag. Cadair, Grundig, desg, gwnïo. Yn ei meddwl, gwelai'r geiriau o'i blaen yn glir. Gwnïo, desg, Grundig, cadair. Cawsai'r rheini eu henwi'n bendant iawn. Doedd dim yn rhyfedd yn hynny, roedden nhw'n bethau digon diniwed. Martha'n unig a wyddai, a dim ond y hi a allai wybod, nad oedd angen enwi'r pethau yna o gwbwl. Desg, gwnïo, cadair, Grundig. Diniwed. Fel pry bach oedd yn cnoi, cnoi, cnoi yn y pren.

Canodd ei ffôn lôn, a goleuodd Martha drwyddi pan welodd yr enw ar y sgrin.

"Heia, ti'n ocê? Gwranda, fedra i'm siarad efo ti rŵan, ond dwi'n methu dod heno. Ar job, a lot o bethe wedi mynd yn rong. Dwi'n gorfod gweithio 'mlaen. Gobeithio bo' ti ddim yn meindio?"

"Dio'm bwys, siŵr Dduw," meddai Martha, er ei fod o bwys.

"Rhywbryd eto, ie? Dwi'n rili sori."

"Ie, rhywbryd eto amdani. Paid â gweithio'n rhy galed!" Gwyddai, wrth iddi eu dweud, fod ei geiriau'n swnio'n ffals. Oedd rhaid iddi fod mor blydi croendenau?

Yn sydyn, teimlai'n ddiflas, ac roedd ganddi hedyn poen pen. Byddai'n rhaid iddi roi'r gorau i'r mwydro gwirion yma, neu fe fyddai'n sâl. Dyn a ŵyr, roedd ganddi ddigon o waith yn ei haros heb iddi wastraffu ei hamser fel hyn. Taflodd gipolwg ar y pentwr papur ar y bwrdd, a theimlodd y panig yn codi'n chwys drwyddi. Doedd dim amdani ond ailgydio yn ei gwaith, a gobeithio'r mawredd nad oedd wedi colli dedlein, ac efallai golli cwsmer yn y fargen. Aeth draw i'r gegin i ymorol am dabled poen pen, ac addunedu iddi'i hun y gweithiai drwy'r nos pe bai raid.

Wrth sefyll o flaen y sinc, yn arllwys dŵr i wydryn, teimlodd hen ias yn cripian hyd asgwrn ei chefn ac yn codi blew ei gwar. Desg, gwnïo, Grundig, cadair. Llifodd yr oerfel dros erchwyn y gwydr a thros ei llaw, a chlywodd ei ruthr o'r tap fel petai o fyd arall. Gadawodd i'r dŵr redeg nes roedd ei llaw'n merwino. Cadair. Diffoddodd y tap, a llyncodd ei thabled.

Mwythodd fraich sidanaidd y gadair dderw yn y gegin, a chicio'i hun nad oedd wedi gweld pethau'n glir cyn hyn. Byseddodd y llythrennau nadd yn y derw golau yn dyner. Trawsfynydd 1895. Ar frig cefn y gadair, ynghanol y llawryf deiliog, roedd tair llinell ar siâp triongl. Cariad, cyfiawnder a gwirionedd. Y Nod Cyfrin. Cyffrôdd Martha'n lân.

Nid oedd y gair 'cadair' ar ei ben ei hun mor bwysig â hynny; yr un a'i dilynai oedd yn cyfannu'r ystyr. Cadair farddol oedd hi, yn dwyn y nod a greodd Iolo Morganwg i fod yn un o symbolau Gorsedd y Beirdd. Os nad oedd y marciau ar ymylon y llythyr yn golygu dim o'u darllen, roedden nhw'n cyfeirio at rywbeth drwy eu presenoldeb yn unig. Roedd yn amlwg i Martha, ar ôl ei hymweliad â'r Ganolfan Uwchefrydiau, fod y marciau'n ei harwain at Iolo Morganwg, ac roedd Iolo Morganwg wedyn yn ei harwain at ddefodau beirdd a barddoniaeth, a thrwy hynny at un o brif wobrwyon y greff farddol. Ond i ble yr arweiniai'r gadair hi?

Edrychodd yn fanwl i weld a oedd rhyw nodau neu farciau eraill arni, a byseddodd bob darn ohoni, gan dybio y byddai modd teimlo ysgythriad neu grafiad yn rhywle a oedd efallai'n mynd yn groes i'r graen. Hyd y gallai weld, doedd dim yn anarferol ar y gadair. Dim marc, dim byd. Gyda pheth trafferth, gan ei bod mor drwm, tynnodd hi allan i ganol y gegin o dan y golau er mwyn gweld yn well. Rhwng pob llythyren roedd dotiau addurniadol wedi'u naddu, ac aeth Martha mor bell â byseddu'r rheini rhag ofn bod yno neges neu lythrennau Braille. Edrychodd y tu ôl i'r gadair, a oedd yr un mor hardd â'r tu blaen, ond yn llai llathraidd. Aeth i nôl fflachlamp, gan feddwl efallai y deuai rhywbeth i'r amlwg dan ei golau. Ond dim oedd dim.

Ty'd 'laen, meddai wrthi'i hun, ble byddet ti'n cuddio rhywbeth ar gadair? Un ateb oedd. Aeth i nôl dwy glustog, ac ymlafnio i droi'r gadair ar ei hochr a'i rhoi i orffwys ar y clustogau er mwyn edrych odani. Roedd y sawl a wnaeth y gadair yn grefftwr heb ei ail, doedd dim dwywaith, a gwyddai am lawer a fyddai wedi ymddiddori yn ei saernïaeth, ond at ei dibenion hi doedd yno ddim i'w weld ond llwch a gwe pry cop.

Damia. Dyna'i diwedd hi felly. Doedd unman arall i droi, ac roedd hi bellach yn hesb o syniadau, ac wedi ymlâdd mwyaf sydyn. I'r diawl â'r gadair, ac i'r diawl â'r llythyr a'r holl ddirgelwch hefyd. Sodrodd y gadair yn ôl yn ei lle arferol, a thaflodd y clustogau o'r neilltu. Roedd ganddi waith i'w wneud a bywyd i'w fyw.

Sylweddolodd nad oedd wedi bwyta'n iawn ers oriau, ond doedd ganddi ddim amynedd coginio. A dweud y gwir, doedd ganddi fawr o ddim yn y cwpwrdd, gan mai'r bwriad oedd swpera efo Josh. Damia hwnnw hefyd. Byddai'n rhaid i gawl tun wneud y tro. Hwnnw, ac un o'r poteli gwin ddaeth o Fadeira efo Emma.

Cyn hir, teimlai'n fwy bodlon ei byd, p'un ai oherwydd iddi gael bwyd neu oherwydd diferion olaf yr ail wydraid gwin, wyddai hi ddim, a doedd affliw o ots ganddi chwaith. Roedd hi'n gynnes braf o flaen yr Aga, ac estynnodd am y botel a'r nofel yr oedd hanner ffordd drwyddi, gan fwriadu drachtio cynnwys y naill a'r llall. Naw wfft i'r pentwr gwaith ar y bwrdd.

Yn y cyflwr hwnnw o fodlonrwydd a syrthni ac wfftio pawb a phopeth, daliodd y gadair â chornel ei llygad. Roedd rhannau ohoni dan gysgod, ond roedd fflawen o olau ar y rhan a dynnodd sylw Martha. Bron na thaerai fod rhywbeth yn giami amdani, neu a oedd y gwin wedi mynd i'w phen yn barod? Rhwng sedd y gadair a'r llawr, ond heb ychwaith ei gyrraedd, roedd pum modfedd o odre derw, fel sgert, yn gwafars i gyd. Roedd Martha wedi gweld y sgert o'r blaen, wrth gwrs, ac wedi'i chynnwys yn ei byseddu gofalus gynnau fach. Gwyddai nad oedd dim mwy i'w weld arni nag a oedd ar weddill y gadair. Darn dibwrpas o bren oedd o, er cystal ei olwg.

Rhoddodd ei gwin a'i llyfr o'r neilltu, a haliodd y gadair tuag ati. Byseddodd y sedd a byseddodd y sgert. Dyna ryfedd. Roedd y mymryn lleiaf o wahaniaeth yn ansawdd y ddwy. Edrychodd yn fanylach ar yr asiad rhyngddyn nhw, a chynyddodd ei hamheuon. Trodd y gadair ar ei hochr unwaith eto, heb drafferthu gyda chlustogau'r tro hwn, a byseddodd odani. Os oedd pum modfedd o sgert a chwafars i'w weld o'r ffrynt, dwy fodfedd blaen yn unig oedd i'w weld wrth edrych arni o'r cyfeiriad arall. Roedd gwaelod y gadair felly'n is na gwaelod y sedd. Cnociodd y sedd, a chnociodd y gwaelod, a doedd dim amheuaeth.

Aeth i nôl bocs tŵls o'r twll dan staer a gwthio blaen sgriwdreifar yn ofalus i gornel yr asiad rhwng y godre a'r sedd, nes teimlodd y pren yn ildio. Gwthiodd yn ddygn ac yn araf bach ar hyd yr asiad nes llaciodd hwnnw, a thrwy'r cyfan, gweddïai ei bod ar y trywydd iawn, ac nad difetha'r gadair roedd hi. O wel, roedd hi wedi mynd yn rhy bell erbyn hyn i droi'n ôl, a chysurodd ei hun mai mater bach i saer gwerth ei halen fyddai gosod popeth yn ôl llawn cystal ag y bu. Wedi llacio'r godre, estynnodd am forthwyl bach a thapio'r pren o'r ochr arall, yn dyner i ddechrau, ac yna'n gryfach, nes roedd y tap, tap, tap yn atseinio ar hyd y fflagiau carreg.

Pan ddaeth y sgert bren yn rhydd yn ei dwylo, gwelodd ei bod hi'n iawn i amau. Eisteddodd am eiliad yn ceisio rheoli'i chyffro, ond dim ond am eiliad, oherwydd gallai weld rhywbeth yn y gwagle rhwng y sedd a gwaelod y gadair. Estynnodd amdano. Rhywbeth sgwâr, llyfn oedd o, ac er iddi dynnu a thynnu, doedd dim modd ei gael oddi yno. Teimlodd o'i gwmpas yn ofalus, ond hyd y gwelai doedd dim byd yn ei ddal yn ei le, oni bai ei fod wedi'i ludo i'r pren â siwpergliw. Cydiodd yn y sgriwdreifar eto a'i wthio o dan y sgwâr, yn ôl ac ymlaen, nes roedd croen ei migyrnau'n goch a'i braich yn brifo, ond doedd hynny'n mennu dim arni ar y pryd.

Dim ond wedyn y teimlodd ei hun yn wyniau drosti. Pwysodd yn ôl ac ymestyn ei choesau, gan adael i wres yr Aga feirioli'i chefn. O'i blaen, gorffwysai'r gadair ar ei hochr, fel buwch sâl, yn esgyrn i gyd, a malurion ei chicio o'i chwmpas. Rhyngddi a Martha, ar y llawr oer, gorweddai epil ei chroth wedi'i lapio'n grwn mewn bocs sgwâr.

"**N**ULLA IN MUNDO pax sincera
Sine felle; pura et vera,
Dulcis Jesu, est in te…"

Drannoeth, eisteddai Martha yn y parlwr yn gwrando ar y nodau bendigedig yn esgyn a disgyn. Nid oedd yn ffan o ganu clasurol, ond roedd y gân hon yn wefreiddiol. Pan ddaethai o hyd i'r sbŵl yn y bocs cardbord ynghudd yn y gadair neithiwr, roedd hi wedi eistedd ar y llawr am ychydig yn edrych arno fel petai'n sarff ac yn ofni'i gyffwrdd. Oedd hi wir eisiau gwybod beth oedd arno? Beth petai'n clywed rhywbeth am ei thaid a lastwreiddiai'r meddwl mawr oedd ganddi ohono? Ffrwyth ei hymresymu oedd ei bod wedi dod cyn belled, ac os oedd hi am gyrraedd pen y daith doedd dim amdani ond mentro, fel Pandora, gan wybod na fyddai troi'n ôl wedyn. Pan aeth i'w gwely yr oedd wedi ymlâdd, ond methodd yn lân â chysgu.

Cododd ar bigau i wrando unwaith yn rhagor ar soprano yn canu rhywbeth yn Lladin. Wyddai hi ddim fod y peiriant Grundig yn gweithio y noson cynt, nes aeth i roi cynnig arno, hynny yw. Nid oedd wedi edrych arno ers blynyddoedd. A dweud y gwir, nid oedd erioed wedi rhoi cynnig arno ei hun, ond roedd wedi gwylio pobol eraill wrthi lawer gwaith. Roedd yn declyn hen ffasiwn ac anhylaw erbyn heddiw, ond ar flaen y gad erstalwm, mae'n siŵr. Cawsai drafferth i'w godi o'r cwpwrdd, cymaint oedd ei bwysau, a diolchodd i'r drefn fod y ceblau priodol wedi'u cadw'n ddiogel gyda'r peiriant. Fyddai fawr o obaith dod o hyd i rai yn eu lle, oni bai bod rhai ar eBay. Roedd modd cael popeth ar eBay, debyg. Roedd y teclyn recordio yn y pecyn ceblau hefyd, a hwnnw'n edrych yn fwy dieithr fyth.

Darn hirsgwar gwyn oedd o, a doedd hi ddim yn sicr ai 'meic' roedd pobol yn galw'r fath beth y dyddiau hynny, ond gwyddai o brofiad fod recordio'n dipyn o fusnes. Roedd angen sefyll yn weddol agos i'r teclyn, a byddai rhaid i bawb arall yn yr ystafell fod yn hollol dawel. Wrth gwrs, roedd siarsio pobol i ddistewi yn cael yr effaith arall yn aml iawn, a byddai piffian chwerthin i'w glywed yn y cefndir ar sawl recordiad.

Nid oedd neb yn chwerthin ar y sbŵl hwn. Wyddai hi ddim pwy oedd y gantores, nac ychwaith beth oedd y gân, ond roedd hi'n hudolus. Wedi iddi wneud y penderfyniad i chwarae'r tâp, roedd hi ar dân eisiau gwybod beth oedd arno, ac felly wrandawodd hi ddim yn iawn y tro cyntaf am ei bod hi wedi rhedeg yn gyflym drwy'r sbŵl, gan feddwl y gallai fod rhywbeth arall arno hefyd. Ond doedd dim.

Ers iddi godi, chwaraesai'r gân lawer gwaith er mwyn ceisio deall beth oedd mor arbennig amdani a pham y gwelodd rhywun – ei thaid? – yr angen i guddio'r tâp yn dda. Doedd dim yn tycio, a beth bynnag, ymadroddion golygyddol oedd yr unig eiriau Lladin a ddeallai.

Caeodd ei llygaid, a gadael i'r nodau lifo drosti.

"… spirat anguis

Inter flores et colores…"

"Iw-hw! Maaartha!"

Neidiodd yn drwsgl. Nid oedd y soprano yma mor soniarus â'r llall.

"Martha! Wyt ti yna? Helooo…"

Clywodd gynffon y tâp yn mynd rownd a rownd yn y peiriant. Nefi wen, rhaid ei bod wedi cysgu. Dyna a ddeuai o aros ar ddihun yn y nos yn pendroni'n wirion beth oedd ystyr tapiau diniwed.

Callia, myn yffach i, meddai wrthi'i hun. Brasgamodd at y drws.

sgob, Martha, mae golwg bell arnat ti."

edd Lowri mor ddiflewyn-ar-dafod ag arfer.

"O… ha, ha. Ac mi rwyt tithe mor sbriws bob amser, 'dwyt!" atebodd Martha.

"Y dyn newydd 'ma'n dy gadw'n effro, debyg! Lle mae o, 'te?"

Edrychodd Lowri o'i chwmpas fel petai'n disgwyl gweld Josh yn cuddio o dan y bwrdd. Damia.

"Paned?"

Treuliodd Martha'r rhan orau o'r ddwyawr nesaf yn gwrando ar Lowri'n codi pob math o fwganod am y llofruddiaeth – fel tasai'r llofruddiaeth ei hun ddim yn ddigon brawychus – yn sôn am Alun a'i brifysgolion posib ('meddwl neith o gymryd blwyddyn allan os dio'n methu') a Heulwen a'r melinau gwynt ('mae hi'n lyfli, ond dwi jest ddim yn ei diall hi, 'sti'), ac yn mwydro am yr YFDN.

Rhyw flwyddyn yn ôl roedd Sais wedi prynu'r bwthyn drws nesaf i Lowri, ac roedd Y Fo Drws Nesa wedi mynd ati i wneud bywyd yn reit anodd i bawb. Nid oedd Martha wedi'i weld erioed, ond roedd hi wedi gweld y garej anferth a gododd yn yr ardd, a oedd yn cysgodi hanner ystafell haul ddrudfawr Lowri.

"Be ddiawl 'di'r iws cael conserfatori os wyt ti'n gweld dim byd ond tin blydi garej?"

Y saga ddiweddaraf oedd bod yr YFDN wedi llosgi rhyw bethau drewllyd yn yr ardd, a hynny pan oedd y gwynt yn chwythu i'r cyfeiriad anghywir, nes bod tŷ Lowri dan gwmwl o fwg du. Roedd Peter, partner Lowri, wedi gwylltio gymaint nes iddo fygwth rhoi clowten iawn i'r YFDN.

"Giês i andros o job i'w dawelu fo, 'sti, ond diolch byth mi welodd sens wedyn. Meddylia, alle fo fod ar gyhuddiad o GBH… Peter o bawb!"

"Ie, yndê?" meddai Martha, a'i meddwl ar y bwrdd a'r llwyth gwaith oedd arno.

"God, Martha, wyt ti'n siŵr bo' ti'n ocê? Does 'na fawr o wmff ynot ti."

Roedd Martha ar fin cyfeirio at ei dedleins pan gafodd syniad.

"Ti'n gwbod dipyn am fiwsig, 'dwyt?"

Yn yr un eiliad, o'r bron, gwelodd Lowri'n synnu at y newid cyfeiriad sydyn ac yna'n sythu'r mymryn lleiaf.

"Wel, dibynnu pa fiwsig ti'n sôn amdano."

"Ty'd efo fi."

Dilynodd Lowri hi i'r parlwr, lle bu bron iddi gael ffit biws pan welodd y peiriant Grundig.

"Blydi hel, Martha, be ddiawl 'di hwnna? Mae pethe 'di symud 'mlaen ers y rhein, 'sti. Ti 'di cl'wed am CDs, do? Neu iPods...?"

Anwybyddodd Martha'r tynnu coes ac ail-lwytho'r sbŵl.

"Reit, gwranda ar hon rŵan. Wyt ti 'di cl'wed hon o'r blaen?"

Am ychydig nid oedd dim i'w glywed ond y ddau sbŵl yn troelli, yna dechreuodd y canu nefolaidd unwaith eto. Ymledodd gwên ar draws wyneb Lowri ar y nodau cyntaf oll.

"Ti'm yn cofio, nag wyt?"

"Cofio be 'ŵan?"

"Roeddet ti'n canolbwyntio ar bethau eraill, mae'n rhaid."

"Am be ti'n mwydro? Wyt ti'n nabod y giên 'ma neu beidio?"

"Rwyt ti'n bendant wedi cl'wed hon o'r blaen. Falle sawl gwaith o'r blaen. Ti'n cofio'r ffilm *Shine*?"

Nodiodd Martha.

"Fyswn i'm yn meindio gweld hwnna eto, a deud y gwir. Be gebyst oedd enw'r boi oedd yn chwarae'r piano? David... rwbeth."

"David Helfgott." Rhyfedd fel roedd rhai pethau'n aros yn ei chof, meddyliodd Martha.

"Ie, hwnnw. Mae 'na olygfa lle mae David Helfgott yn neidio i fyny ac i lawr ar y trampolîn…"

"… mewn macintosh lwyd, a'i ben ôl noeth o yn yr awyr."

"Aha… ti *yn* cofio! Ddedes i dy fod ti'n canolbwyntio ar bethe eraill!"

"So… be sgen hynna i neud efo'r giên 'ma?"

"Pan oedd David Halkett…"

"Helfgott."

"… Helfgott ar y trampolîn, a thithe'n sbio ar 'i ben ôl o, hon oedd y giên oedd yn chware."

"Be?! Oedd hon yn y ffilm? No we."

"Yn seff iti. Mae'n enwog. Vivaldi, dwi'n credu. Pam wyt ti isio gwbod eniwe?"

"Fi ddaru edrych be oedd ar y sbŵl 'ma, a digwydd licio'r giên."

Nid oedd Martha'n barod i ddweud y gwir. Doedd hi ddim yn siŵr iawn beth oedd y gwir ei hun erbyn hyn. Doedd hi'n sicr ddim yn disgwyl geiriau nesaf Lowri.

"Mae'r têp 'na'n nonsens, 'sti."

"Be ti'n feddwl?"

"Wel, mae 'na rwbeth od amdano fo. Dwi ddim yn siŵr be, ond ti'n gwbod pan ti'n mynd dramor a ti'n gallu prynu wats sy'n edrych fel Rolex, ac sy'n deud Rolex, ond ti'n gwbod yn iawn mai dim Rolex ydi hi?"

Amneidiodd Martha.

"Mae'r têp fel wats Rolex. Mae rhwbeth yn bod arno fo. Dio ddim y *real thing*. Ged inni wrando arno fo eto."

Gwyliodd y benbleth ar wyneb Lowri wrth iddi wrando'n astud.

"Dwi ddim yn diall Lladin yn ddigon de i wbod yn iawn, ond dwi'n ame bod y geirie'n rong."

"SGEN TI IPAD ne' rwbeth?" Cafodd Lowri ail wynt ar ôl cinio sydyn.

Edrychodd Martha'n wirion ar ei ffrind.

"I ti giêl cl'wed y giên iawn, yndê?"

Pan ddaeth Martha'n ôl efo'i laptop, awgrymai edrychiad Lowri ei bod yn rhoi hwnnw yn yr un cae â'r peiriant Grundig.

"Reit, ty'd â fo yma," meddai, ar ôl i'r laptop ddihuno'n iawn. "Mi wna i gwglo 'Nulla in mundo' i weld be ddew."

Trodd y peiriant at Martha.

"Sbia. O'n i'n iawn. Hwn oedd y trac sain yn y ffilm. Darn agoriadol 'Motet in E' gan Vivaldi ydi o, a Jane Edwards oedd yn canu yn y ffilm."

"Dow, o Ostrelia mae'n dod – roedd hi'n swnio fel Cymraes!" rhyfeddodd Martha.

"Mae 'na glip ar YouTube fan'ma hefyd ond Emma Kirkby sy'n canu. Gad inni wrando ar hwn."

"Biwtiffwl," meddai Martha ar ôl gwrando unwaith yn rhagor ar y gân, "ond dwi'n dal fawr callach. Wyt ti'n siŵr bod yr un ar y sbŵl yn rong? Falle mai rhyw fersiwn wahanol ydi hi."

"Fyse 'na ddim fersiwn wahanol o'r geirie, yn ne fyse? Yli, mae o'n deud fan'ma bod Vivaldi wedi cyfansoddi'r darn i eirie oedd yn bodoli eisoes. Awdur anhysbys. Felly mae'r geirie'n hen, tydyn?"

Roedd Martha erbyn hyn yn dechrau colli amynedd gydag agwedd nawddoglyd Lowri. Gallai chwilio am bethau drosti ei hun yn iawn.

"Mae genna i lot o waith i neud heddiw, 'sti… dedleins…"

"Et voilà!"

"Y?"

"Dwi 'di ffeindio'r geirie iti, ac yn well fyth, cyfieithiad! Y cyfan sy' isio i ni neud rŵan ydi gwrando ar y sbŵl 'na a dilyn y geirie ar hwn. Weindia fo 'nôl i'r dechre eto…"

"Rhywbryd eto, ie?"

Gobeithiai Martha y byddai Lowri a hithau'n deall ei gilydd.

"Fyddwn ni ddim chwinciad yn neud hyn. Sut wyt ti'n aillwytho'r sbŵl?"

Doedd bod yn effro i awgrymiadau ddim yn un o gryfderau Lowri, mae'n amlwg. Cyn iddi gael cyfle i feddwl am ffordd gwrtais o ddweud wrthi ei bod yn hen bryd iddi ei heglu hi am adre, clywodd gar yn cyrraedd a chnoc ar y drws am yr eildro'r diwrnod hwnnw.

"Josh! O'n i ddim yn dy ddisgwyl di heddiw," meddai Martha heb wybod yn iawn a oedd hi'n falch o'i weld neu a oedd hi'n gresynu bod Lowri'n dal yno. O wel, chlywai hi mo'i diwedd hi rŵan. Doedd cyfrinach ddim yn gyfrinach yn hir iawn yn y lle yma, meddyliodd, ac roedd Lowri, wrth gwrs, yn fêl i gyd.

"Ti 'di'r dyn dirgel, felly? Lowri dwi," meddai'n syth cyn i Martha gael cyfle i gyflwyno'r ddau.

"Josh. Shwmae?"

"'Den ni 'di ciêl amser de yn do, Martha? Gofyn iddi am yr anghenfil o beiriant sy' ganddi yn y parlwr. Deinosor o beth!" Rowliodd Lowri ei llygaid.

Edrychodd Josh yn chwilfrydig o un i'r llall.

"Ond mi fydd gen ti a hi bethe gwell i neud, debyg!"

Gwingodd Martha.

"Roedd Lowri ar fin gadael, yn doeddet?" meddai, a hanner ei hebrwng at y trothwy. Eiliad arall a byddai wedi'i thaflu drosto.

Wedi iddi fynd, yn wên ac yn wincs i gyd, caeodd Martha'r drws ar ei hôl a gorffwys arno am ennyd, cyn ei throi hi am y gegin, a Josh.

Yn y parlwr yr oedd o, erbyn deall, yn astudio'r recordydd Grundig fel petai o'r peth mwyaf newydd dan haul. Safodd Martha yn y drws yn dawel fach, yn gwylio'i fysedd hir yn mwytho ochrau'r hen beiriant.

"Wedi ffeindio cariad newydd?"

Neidiodd Josh, a chwerthin.

"Mae hwn yn ffantastig. Dwi erioed wedi gweld dim byd tebyg o'r blaen. Sut mae o'n gweithio?"

"Dio'm byd sbesial. Wel, ddim i *whizz-kid* technolegol fel ti!"

Pwysodd Martha fotwm i yrru'r tâp o un sbŵl i'r llall, a stopio'r whisssh aflafar cyn i'r tâp ymddatod yn llwyr, ac am y canfed tro, neu felly y tybiai Martha, llanwyd y parlwr â synau gogoneddus cerddoriaeth Vivaldi. Teimlai fel lluchio'r hen beth ar draws yr ystafell, ond yn sydyn gafaelodd Josh ynddi a ffug-ddawnsio o gwmpas y lle.

"Heddiw, Neuadd Lwyd. Fory, *Strictly*! Rhowch groeso cynnes i'r dawnswyr gwych, Chambers a Brennan!"

Arhosodd Martha'n stond.

"Brennan a Chambers."

"Pwy sy'n deud?"

"Fi."

"Pam mai ti sy'n deud?" Dechreuodd Josh ei goglais, nes roedd hi'n rowlio chwerthin ac yn crefu arno i beidio. "Rwyt ti isio i mi stopio, wyt ti? Pwy sy'n deud?"

"Ocê... ocê... ti sy'n ennill!"

Cusanodd Josh hi'n dyner, dyner, ac yna'n fwy taer.

"Martha Brennan, rydw i'n licio popeth amdanat ti."

"Popeth?"

"Popeth."

"Hyd yn oed y Grundig?"

"Yn enwedig y Grundig."

Chwarddodd Martha, a gafaelodd yn ei law a'i dywys i fyny'r grisiau.

"Rydw i'n siŵr imi dy glywed yn dweud wrth Lowri bod gen ti waith i neud," meddai'n gellweirus.

"Ceith aros – barith hyn fawr o dro, yn ne neith?" heriodd hithau'n ôl.

"O… fel'na mae hi, ie? Gawn ni weld am hynna!"

Yn ddiweddarach, yn y cyfnod dioglyd hwnnw ar ôl y digoni, gorweddai Martha'n gyfforddus braf yn ei noethni, yn ystyried a ddylai godi ai peidio. Ciledrychodd ar Josh, a gysgai'n braf wrth ei hochr, a gwenodd iddi'i hun. Yn y diwedd, natur a benderfynodd drosti a chododd i fynd i'r lle chwech. Pan ddychwelodd, roedd Josh ar ei eistedd yn y gwely.

"Pam roeddet ti'n gwrando ar y tâp yna?" holodd.

Dringodd i'r gwely ato, ac adroddodd yr hanes, ychydig yn lletchwith i ddechrau, yn ofni beth fyddai Josh yn ei feddwl ohoni. Fyddai o'n ei heglu hi oddi yno cyn gynted fyth ag y medrai, gan bitïo'r ddynes hurt yma a oedd, oriau mawr yn ôl bellach, wedi tynnu cadair yn ddarnau ar chwiw, ac a oedd, y foment hon, yn rhannu gwely efo fo? Craffodd ar ei wyneb, ond welodd hi ddim yno ond rhywun a wrandawai'n astud ac a ymddiddorai yn ei stori. Esboniodd am y tâp, a damcaniaeth Lowri. Nage, nid damcaniaeth, ond pendantrwydd.

"Roedd Lowri'n eitha seff, 'sti, bod rhwbeth yn rhyfedd am y giên 'na."

"Roedd hi'n swnio'n neis i fi, beth bynnag – gymaint glywais i ohoni!"

"*Mae* hi'n neis, ond dwi wedi'i chl'wed hi unwaith yn ormod, dwi'n credu. Gormod o bwdin mewn un diwrnod."

"Y?"

"Ti'n gwbod… gormod o bwdin a daga gi? O… dio'm ots."

"Wel, rhaid iti'i chlywed hi unwaith eto." Taflodd Josh y gynfas ymaith a gwisgo'i drowsus.

"O na… Josh! Ddim heno!"

Ond roedd o hanner ffordd i lawr y staer.

Sianco

ROEDD SIANCO'N FLIN. Chawsai o ddim mynd yn agos at Nini ers wythnosau, a rŵan roedd hi wedi diflannu ac roedd ganddo boen yn ei lwynau. Y tro diwethaf iddo'i gweld – doedd o ddim yn cofio pryd yn union – roedd hi mewn diawl o dymer flin. Pan oedd o wedi cydio am ei chanol a'i mwytho, fel y gwnaeth ganwaith cyn hynny, mi drodd Nini arno fel bleiddiast. Yn ei ddychryn, baglodd Sianco wysg ei gefn, bachodd hithau'r ysgub a'i lambastio cyn ei hel oddi yno fel petai hi'n sgubo ymaith y dom mwyaf drewllyd erioed. Gallai deimlo o hyd y man lle tarodd coes yr ysgub ei grimog.

Pladres o fenyw oedd Nini, nid un o'r pethau main, llegach oedd o gwmpas y lle, yn llygaid i gyd. O na. Roedd digon o afael yn Nini. Doedd o ddim yn twyllo'i hun mai fo oedd yr unig un oedd yn gafael ynddi chwaith. Duw a ŵyr pwy oedd yn ei breichiau pan fyddai o allan ar y môr. Roedd yntau wedi cael ei siâr o fenywod, ond Nini oedd y dewis cyntaf bob tro. Am Nini y byddai o'n meddwl pan fyddai'r tonnau'n chwipio a'r halen yn llosgi a'r rhwydi'n wag. Yn yr oriau oer hynny byddai meddwl am y croen gwyn meddal rhwng coesau Nini yn gwneud iddo deimlo'n dwym yn syth bìn. A'i bronnau. O mam bach! Gallai gladdu ei hun ynddyn nhw, ac weithiau byddai'n meddwl mai cael ei fygu gan fronnau Nini fyddai'r farwolaeth orau bosib, a'r peth agosaf i baradwys. Dim bod arno eisiau marw chwaith.

Ddim rŵan, beth bynnag. Roedd yr holl feddwl am Nini wedi gwneud y gwayw yn ei lwynau'n waeth. Damia hi. Ble ddiawl oedd hi? Pan ddeuai o hyd iddi, fe ddangosai iddi beth oedd beth, ysgub neu beidio.

Stryffaglodd ar hyd Lôn y Cei a bu bron iddo faglu ar y rhaffau angori a nadreddai ar hyd yr harbwr. Roedd hi'n amhosib cerdded llwybr syth gan fod y lle'n ferw o bobol yn cario sachau a chasgenni a bocsys. Yma ac acw, sychai rhwydi a chewyll y noson cynt ac roedd pob twll a chornel yn dew gan wynt pysgod a thar a phiso, yn gymysg â gwirodydd a sbeisys. Teimlodd y gwin a yfodd neithiwr yn llosgi'i lwnc ac anelodd fflemsen i'r naill ochr.

"Hei! Sianco! Dere 'ma i fi gael gweld faint o fin sy' arni heddi!" gwaeddodd un o gymdogion Nini arno, a'i phwys ar gilbost ei drws.

"Digon i lenwi dwy ohonot ti, Meri, a dwy arall wedyn!"

"Ha! Profa fe,'te, Sianco... bach!"

Bu bron i Sianco ildio i demtasiwn Meri, ac ar unrhyw ddiwrnod arall byddai yn ei breichiau fel chwarae, ond ddim heddiw.

"Smo ti wedi gweld Nini obeutu'r lle, wyt ti?"

"Diawl, dyna'i diwedd hi. Holi am fenyw arall? Pa shwt ffordd i drin ledi yw hwnna?"

"Sa i'n gweld ledi fan hyn, ta beth," heriodd Sianco. "Wyt ti wedi gweld Nini ne' beidio?"

"Mae hi 'di mynd. A gwynt teg ar 'i hôl hi hefyd. Nawr, dere 'ma, glou."

"Wedi mynd? Am be ti'n wilia, fenyw?"

Tynnodd Meri ei llaw ar draws ei gwddf, mewn ystum

cyllell. Yn ei wylltineb, cydiodd Sianco yn ei hysgwyddau a'i hysgwyd.

"Meri! Paid whare 'da fi. Gwed y gwir nawr."

Edrychodd Meri i fyw ei lygaid, a gwyddai Sianco ar unwaith na welai Nini fyth eto.

"Ffeindion nhw ddi pwy nosweth. Yn styc yn rhwyd Beni Twshan. A ddim 'di boddi wedd hi whaith, cyn iti ofyn."

"Gwed yn blaen, fenyw! Cyn i fi roi crasfa i ti!"

"Fel wedes i. 'I gwddwg hi wedi torri, yn doedd?" Tynnodd Meri ei llaw ar draws ei gwddf eto i bwysleisio'r ffaith.

Gwelodd Sianco. Doedd llofruddiaethau ddim yn anghyffredin; roedd rhyw anfadwaith yn rhywle byth a hefyd, ac roedd yntau wedi dal corff yn ei rwyd cyn hyn. Ond Nini? Roedd hanner y dref yn ffrind i Nini a'r hanner arall yn rhy ffond o'i gwasanaethau. Ond doedd Meri ddim wedi gorffen. Edrychodd arno'n slei.

"Doedd dim golwg o'r babi."

"Babi?"

"Wel, wel, Sianco bach, yn dwyt ti'n un dwl? Oeddet ti ddim yn gwbod bod Nini'n pobi?"

Ysgydwodd Sianco'i ben yn fud.

"Crwt gafodd hi. Pysgodyn mawr wedi llyncu hwnnw bellach, siŵr o fod."

A chaeodd Meri'r drws.

Anhysbys

YN Y BYD hwn nid oes gwir heddwch heb chwerwder. Ynot Ti, Iesu annwyl, y mae'r gwir heddwch pur.

Trig yr enaid yn fodlon mewn poen a gwewyr, yn erfyn am gariad pur.

Mae'r byd yn ein twyllo â'i liwiau prydferth, ac yn meddiannu ein calonnau â chlwyf agored.

Boed inni ddianc pan fydd yn chwerthin, cefnu arno pan fydd yn ein herlid â'i bleserau, rhag iddo'n trechu â'i wagedd.

Ymlithra'r sarff ymysg y blodau, gan guddio'i gwenwyn dan liwiau prydferth, ond bydd dyn sy'n glaf o gariad yn ei lyfu fel petai'n llyfu mêl.

Martha

"BE WYT TI'N feddwl ydi ystyr hwnna?" holodd Josh.

"Rhyw fath o wers, am wn i," atebodd Martha, "yn rhybuddio pobol rhag pleserau'r byd. Ond falle 'mod i ddim wedi'i chyfieithu hi'n iawn, cofia."

"Lwcus bo' ni ddim yn gwbod hyn awr yn ôl, yndê?"

"Hy… fyset ti ddim wedi gwrando ar ei chyngor hi beth bynnag!"

Ochneidiodd Martha.

"Mae hyn yn anobeithiol. Falle bod Lowri'n rong, ac eniwe, dwi wedi cael llond bol ar y giên 'ma. Mi fydda i'n ei chianu hi yn fy nghwsg."

"Awn ni drwyddi unwaith eto, ie? Ac os na ffeindiwn ni rywbeth y tro 'ma mi rown ni'r gorau iddi. Iawn?"

Ail-lwythodd Josh y sbŵl. Unwaith eto, Gymry annwyl, meddyliodd Martha, gan hoelio'i llygaid yn ddiflas ar y copi print o'r geiriau Lladin o'i blaen.

"Inter poenas et tormenta…"

Poen a gwewyr, yn wir.

"Vires veritas contenta…"

"Stopia!" arthiodd Martha'n sydyn. "Cer 'nôl i ddechrau'r darn yna eto."

Gwrandawodd y ddau'n astud.

"Fan'na! Sbia, dim dyna sydd ar y copi! 'Vivit anima contenta' sydd i fod fan'na!"

Edrychodd Martha'n wyllt ar ei chyfieithiad.

"Mae o i fod i olygu rhwbeth am enaid tawel neu fodlon."

"Ond yn ôl y we mae 'vires veritas' yn golygu 'grymoedd

gwirionedd' ac os wna i ychwanegu 'contenta' mae'n cynnig 'y grymoedd gwirionedd a gynhwysir'. Mae hynna'n gwneud rhyw fath o sens yng nghyd-destun y gân, yn tydi? Falle bod rhywun wedi cael fersiwn anghywir o'r geiriau?"

"Ie, ti'n iawn," cytunodd Martha'n siomedig. "'Mlaen â ni."

"… casti amoris sola spe.

Causa scientae oculos mundus…"

"Dyna ni eto! 'Blando colore' sydd gen i fan hyn. Be mae 'causa scientae' yn ei olygu?"

"Gwybodaeth. Os wyt ti'n ychwanegu gweddill y llinell mae'n golygu 'gwybodaeth am lygaid y byd'."

"Mae hwnna'n gwneud synnwyr o ryw fath hefyd. Ond efallai mai dyna'r pwynt."

Edrychodd Josh arni'n chwilfrydig.

"Os oedd bwriad i guddio'r geiriau yma am ryw reswm, pa ffordd well o wneud hynny na'u cuddio nhw yn rhywle lle nad ydyn nhw'n edrych yn od?"

"Falle. Mae'n niwsans 'mod i ddim yn deall Lladin, ac yn gorfod dibynnu ar Google. Gest ti wersi Lladin?" holodd Josh.

"Nêddo. Roedden nhw newydd roi'r gorau i'r rheini pan ddechreuais i'r ysgol uwchradd."

"Fel soniais i gynne, yden ni'n hollol siŵr nad oes mwy nag un fersiwn?"

"Wel, os oes coel ar Lowri, does yna'r un fersiwn arall. Beth bynnag, pe bydde yna un, siawns ne fydde hi ar y we yn rhywle."

Er chwilio'n ddyfal, roedd y geiriau ar y we, ar y cyfan, yr un peth ag ar gopi Martha.

"Efallai bod yna fersiwn *obscure* yn rhywle," meddai Josh.

"Falle wir," cytunodd Martha, "ond hyd nes ffeindia i dystiolaeth bod 'na un, mae'n rhaid i mi dderbyn bod 'na arwyddocêd i'r geirie newydd 'ma. Ryden ni wedi gweld pedwar gair posib. Oes 'na ragor, tybed?"

Roedd Martha erbyn hyn wedi bywiogi drwyddi, ac ar ôl gwrando ar y gân lawer gwaith wedyn, daeth y ddau i'r casgliad bod y geiriau'n gwyro oddi wrth y gwreiddiol naw gwaith. A chymryd mai dim ond un fersiwn ohoni oedd ar gael, roedd ynddi saith gair 'newydd':

'Vires

Veritas

Causa

Scientae

Tenebris

Lux

Mea.'

Roedd dau o'r geiriau'n digwydd ddwywaith. Hyd y gallai Martha a Josh ei ddeall, ystyron y geiriau hynny, yn fras, oedd: 'grym', 'gwirionedd', 'achos', 'gwybodaeth', 'tywyllwch' a 'golau'. Nid oedd 'mea' mor hawdd. Yn y diwedd, y cynnig gorau oedd mai rhagenw meddiannol oedd 'mea'.

"Tybed ai geiriau ar wahên ydyn nhw mewn gwirionedd?" awgrymodd Martha. "Beth petawn i'n eu gosod yn ôl trefn y giên? Falle y byddai 'mea' yn gwneud mwy o sens wedyn."

'Vires veritas'	Grym gwirionedd
'Causa scientae'	Er mwyn gwybodaeth
'Tenebris lux'	Tywyllwch golau
'Veritas lux mea'	Y gwirionedd yw fy ngolau

"Mae hynna'n well," meddai Josh, "ond dydi'r trydydd ddim yn iawn, rywsut. Dim ond dau air sydd yna, a'r rheini'n dweud dim byd penodol. Sut mae tywyllwch yn gallu bod yn olau?"

"Falle bod un o'r geiriau iawn i fod yn rhan o'r ymadrodd. Gwranda ar y darn yna eto. Be sy'n dod o flaen 'tenebris'?"

"Dim ond 'in'."

"Ieeeei! 'In tenebris lux'. Mewn tywyllwch mae golau."

Yn ddiweddarach y noson honno, a hithau rhwng cwsg ac effro, roedd Martha'n sicrach nag erioed ei bod wedi cael gafael ar bedwar ymadrodd a oedd wedi'u cuddio yng nghorff y gân. Nid oedd mor sicr o'r cyfieithiadau, ond gallai holi arbenigwr pe bai angen. Teimlai ychydig yn siomedig hefyd, oherwydd roedd wedi gobeithio cael fflach o rywle wrth wrando ar y tâp. Y broblem rŵan oedd ei bod, wrth ddatrys un pos, wedi agor y drws i bosau eraill. Pam roedd angen cuddio'r ymadroddion hyn, a beth oedd eu pwrpas? Trodd ar ei hochr ac edrychodd ar y silwét yn ei hymyl. Cusanodd ei foch yn dyner, dyner.

Pan ddeffrodd yn y bore, nid oedd yno ond pant yn y gobennydd lle y bu.

"APWYNTIAD EFO DOCTOR Westhall, ie? Iawn, steddwch."
Croesodd feddwl Martha'r bore hwnnw y gallai fod ganddi apwyntiad i gael prawf ceg y groth, a phan aeth i bori drwy'i dyddiadur gwelodd ei fod am hanner awr wedi deg. Cael a chael oedd hi i gyrraedd mewn pryd, ond wedi iddi roi ei henw i'r ferch ifanc wrth y ddesg, cafodd ar ddeall bod trefn y syrjeri ar chwâl a phob apwyntiad ar ei hôl hi. Eisteddodd i aros ei thro ac i gael ei gwynt ati.

Roedd yr ystafell fechan yn orlawn o'r hen a'r ifanc, a'r ifanc iawn, yn unigolion a pharau, a phawb yn llygaid ei gilydd. Heblaw am un neu ddau a edrychai'n reit gwla, ac ambell fabi'n nadu ei anesmwythyd, roedd y gweddill yn edrych yn o lew, meddyliodd Martha, ond doedd dim modd gwybod. Roedd hi'n adnabod rhai wrth eu hwynebau, er na allai eu henwi chwaith. Gwenodd arnyn nhw. Diolchodd i'r drefn mai anaml iawn y byddai hi'n gorfod dod yma, a'r ychydig droeon y deuai, ar gyfer rhyw brawf neu'i gilydd yr oedd hynny gan amlaf. Roedd hi mor lwcus ei bod hi'n iach fel cneuen.

Galwyd enw rhywun, a chododd y dyn nesaf ati, gan adael ei bapur newydd ar ôl. Estynnodd hithau amdano. Roedd hanes y bwgan brain wedi cyrraedd y drydedd dudalen erbyn hyn, am nad oedd llawer mwy i'w ddweud, debyg. Roedd Dr Blair Hamilton FRAS yn 74 oed ac yn hanu o ochrau Amwythig. Yn ôl y *Western Mail* roedd yn arbenigwr ym maes seryddiaeth. Mi fuasai Taid wedi licio cael sgwrs efo hwnna, meddyliodd Martha. Roedd ymchwiliadau'r heddlu yn parhau, ac roedd ganddyn nhw sawl trywydd posib, er na allen nhw ddatgelu rhagor ar hyn o bryd. Nid oedd sôn bod ganddyn nhw unrhyw un dan amheuaeth nac yn eu helpu â'u hymchwiliadau. Erbyn meddwl, doedden nhw ddim eto wedi cysylltu â hi. Rhyfedd. Doedd dim sôn yn y papur am unrhyw gysylltiad â melinau gwynt chwaith. Felly, a darllen rhwng y llinellau, doedd ganddyn nhw affliw o ddim.

Dyna rywun arall yn mynd i mewn. Iesgob, roedden nhw'n ddiawledig o hir yn ei galw hi. Gobeithio nad oedden nhw wedi anghofio amdani. Bodiodd yn gyflym drwy'r papur gan fwrw golwg frysiog ar ei gynnwys, ac oedi o dro i dro pan welai bwt o rywbeth at ei dant. Roedd y dudalen Hysbysiadau Teuluol, fel bob tro, bron yn llawn, a hyd y gwelai nid oedd yn adnabod yr un o'r teuluoedd.

Hi drefnodd angladd ei thaid. Wel, nid ei drefnu efallai, oherwydd roedd ei thaid eisoes wedi gwneud hynny. Y cyfan a wnaethai mewn gwirionedd oedd gwireddu ei ddymuniadau. Daethai nifer dda i'r cynhebrwng, a chafodd Martha hynny'n gysur mawr.

Roedd hi wedi synhwyro rai wythnosau cyn hynny nad oedd o cweit yr un fath.

"Anaemia sy' arna i, 'sti. Cwpwl o dabledi haearn a pheint bech o stowt ac mi fydda i fel newydd mewn wythnos neu ddwy, yn seff iti."

Gwaethygu wnaeth o. Pan symudodd Martha yn ôl ato i'r Neuadd Lwyd, buan y sylweddolodd mor gwla oedd o mewn gwirionedd. Aethai'n deneuach bob dydd, a chollasai bob archwaeth at fwyd, er i Martha wneud ei gorau glas i'w gymell i fwyta. Aethai ei lais bas dwfn yn wannach gyda phob gwawr a machlud, ac erbyn y diwedd doedd o'n ddim ond esgyrn, a'r cnawd yn frau ac yn dynn drostyn nhw. Mi adawodd y byd yn dawel yn y diwedd, llithro i ffwrdd yn yr oriau mân, ac wrth i Martha blygu i'w gusanu am y tro olaf, teimlodd ruthr ei anadl yn chwip mwyn ar ei hwyneb, fel petai'i enaid, o'r diwedd, yn rhydd. Mi gollodd bopeth, ond chollodd o mo'i wên, ac mi gofiai Martha honno tra byddai.

Yn sydyn, hoeliodd ei llygaid ar un o'r hysbysiadau. REES, Elizabeth Ann. Yr un enw â'i nain, meddyliodd, ond nid oedd hynny ynddo'i hun yn beth rhyfedd am nad oedd yn enw anghyffredin. Yr hyn a ddarllenodd wedyn oedd yn rhyfedd:

'Yn dawel yn ei chartref nos Sul, 3 Mehefin, hunodd Lisi Ann, Heol Edward, Dinbych-y-pysgod, modryb gariadus Seimon. Gwasanaeth hollol breifat i'r teulu'n unig yn Eglwys y Santes Fair, Dinbych-y-pysgod, ddydd Gwener, 15 Mehefin am 4 o'r gloch. Dim blodau, ond rhoddion os dymunir i'r Gymdeithas Seryddol Frenhinol, Burlington House, Piccadilly, Llundain.'

"Martha Brennan!"

O'r diwedd. Rhwygodd yr hysbysiad o'r papur yn sydyn, a'i roi yn ei bag, gan deimlo llygaid ei chyd-gleifion yn gwgu arni. Gobeithiai fod ei berchennog wedi gorffen ag o. O wel. Rhy hwyr rŵan.

"Gorweddwch fan'na a thynnwch eich traed at eich pen ôl."

Roedd Martha eisoes wedi diosg ei dillad isaf, a gwnaeth fel y gorchmynnodd y meddyg iddi ei wneud, gan ei bod wedi hen arfer bellach. Doedd hynny ddim yn gwneud pethau'n haws chwaith. Sylweddolai fod y profion hyn yn bwysig, a'u bod nhw'n achub bywydau, ond roedden nhw'n amhleserus ac yn oer. Wedi dweud hynny, doedden nhw ddim yn para'n hir, a'r ffordd orau o ymdopi oedd ymlacio orau y gellid a pheidio â meddwl gormod am y peth.

Oedd yr hysbysiad yn wir, tybed? Os oedd o, roedd o'n andros o gyd-ddigwyddiad. Dyna Lisi Ann Rees, dyna'r busnes seryddiaeth a dyna Heol Edward. Edward oedd enw'i thaid. Tybed a oedd y stryd honno yn bod hyd yn oed? Roedd y gwasanaeth i'r teulu'n unig, ond doedd dim sôn beth fyddai'n digwydd wedyn, nac ymhle. Claddu, amlosgi? Pwy a ŵyr? A gwasanaeth am bedwar. Pa sens oedd mewn cynnal angladd am bedwar? Chlywodd hi erioed am neb yn casglu rhoddion i'r Gymdeithas Seryddol o'r blaen chwaith. Ond roedd yr holl bethau hyn yn gwbwl bosib – dyna a wnâi'r hysbysiad mor gredadwy.

"Dyna chi, gewch chi wisgo rŵan. Bydd y canlyniadau yn cyrraedd yn y post yn y mis nesa."

Ar ei ffordd allan o'r syrjeri, pwy welodd hi yn aros ei thro ond Emma, yn edrych yn ddigon llwyd.

"Hei, dynes ddiarth! Ti'n ocê?"

Difarodd Martha iddi ofyn y fath gwestiwn dwl mewn ystafell aros doctor. Nodiodd Emma a gwenu'n fain arni, a'r un cwestiwn yn ei llygaid hithau.

"Dwi'n tsiampion. 'Mond 'di bod am dests dwi. Ti'n gwbod – y rhai arferol bob tair blynedd."

"Dyna ti. Rwbeth tebyg i fi, felly."

"Wil yn iawn?"

"Ydi, diolch."

Rhyfedd, doedd yna fawr o sgwrs i'w chael efo Emma. Roedd hi fel siampên fflat, ond dyna ni, nid syrjeri oedd y lle gorau, debyg. Byddai'n rhaid trefnu clonc iawn dros baned neu lymed cyn bo hir.

Pan gyrhaeddodd adre, ar ôl bod yn y siop bapur leol i brynu brechdanau i ginio, teimlai fel petai hanner y diwrnod eisoes wedi mynd a hithau heb wneud fawr o ddim. Roedd olion y gwaith ymchwil ar y tapiau ar hyd y lle, y gadair farddol yn ddarnau a rŵan roedd hi'n pendroni am ryw ddarn o bapur newydd. Iesgob, roedd rhaid iddi stopio meddwl fel hyn, gweld pethau dirgel ym mhopeth dan haul. Doedd hi ddim hanner call, wir. A dyna Josh wedyn. Rial dyn, yn landio fan'ma, meddyliodd, yn disgwyl ei foethau, ac yna'i heglu hi o 'ma efo'r wawr, gan adael pwt o nodyn sychlyd am ryw waith neu'i gilydd. Gwaith, wir! Mi gâi o waith pan welai o nesaf. Mi oedd arno fo swper iddi hefyd, erbyn meddwl.

Gwelodd gysgod yn mynd heibio'r ffenest, ac yna clywodd gnoc ar y drws. Dyna fo, ar y gair, meddyliodd. Wel, mi gâi o fynd i ganu. Aeth y cnocio'n daerach, ac yn uwch.

"Nefi wen! Ty'd i fewn, 'te!" gwaeddodd Martha. "Mae o'n 'gored!"

Prysurodd Martha o gwmpas ei phethau mor swnllyd ag y gallai, gan roi'r argraff ei bod hi'n andros o fisi, ac roedd hi wrthi'n llenwi'r sinc â llestri budron pan glywodd ddrws y gegin yn agor y tu ôl iddi.

"Dy gynffon di rhwng dy goesau, ydi hi?"

Pan drodd i wynebu'i hymwelydd, nid Josh oedd yno o gwbwl.

Eifion

"GOLWG FISI ARNA ti."

"Eifion! Ty'd i fewn. Dim byd ne arhosith. Heuls efo ti?"

"Ym… nêdi…"

Roedd Eifion yn andros o anghysurus. Nefi wen, rhaid bod rhywbeth mawr wedi digwydd.

"Sam? Ydi o…?"

"Ydi… ne, mae Sam yn tsiampion. Mi geith ddŵad adre wythnos nesa, medden nhw."

"Ew, de 'ndê? Ty'd, stedda. Mi welodd gythgiam o beth, yn do?"

Nodiodd Eifion.

"O'n i'n darllen yr hanes yn y papur bore 'ma. Blair Hamilton oedd ei enw o. Enw diarth ffor' hyn, yndê? Boi reit alluog, yn ôl y sôn. Dim mwy o niws gien yr heddlu, 'te?"

"Ne, dim byd wedyn. 'Den nhw damed callach."

"Pawb arall yn ocê? Gruff wedi meistroli'r trampolîn 'na erbyn hyn?"

Gwenodd Eifion.

"Ydi, diolch."

Doedd Martha fawr callach pam roedd o yno. Doedd o ddim fel arfer yn galw heibio heb Heulwen, ac roedd o hyd yn oed yn fwy dywedwst nag arfer.

"Gymri di baned?"

"Ne, dim diolch. Newydd giêl cinio."

Tawelwch. Iesgob, roedd hyn fel tynnu dannedd efo pliciwr blew.

"Dim rhagor o brobleme efo'r meline gwynt yna, gobeithio?"

"Meline gwynt?"

"Mae Heuls yn taeru bod 'na rywun wedi cymryd yn eich erbyn chi achos y felin wynt 'na sy' gynnoch chi, tydi… Ti'm yn gwbod?"

"Ne… ne…"

"Ne, ti ddim yn gwbod, neu ne, bod dim rhagor o brobleme?"

"Dio'm byd i neud efo meline gwynt!" Cododd Eifion yn wyllt a'i throi hi am y drws. "Ddylswn i ddim fod wedi dŵad. Anghofia bo' fi 'di bod 'ma."

"Hei, paid ti â mentro mynd o 'ma. Mae'n amlwg bod 'na rwbeth yn gwasgu arnat ti. Fyswn i ddim yn hapus taswn i'n gadael iti fynd heb drio helpu."

Gallai weld Eifion yn cloffi rhwng dau feddwl.

"Ty'd o 'na. Ti'n nabod fi'n o lew. Be bynnag sy' gen ti i ddeud, eith o ddim pellach na'r pedair wal yma, a'r blawd lli' sy' dan y mop gwellt 'ma!"

O leiaf mi gafodd hanner gwên ganddo.

"Dwi'm yn gwbod lle i ddechre. Mae'r holl beth yn fy myta fi'n fyw."

"Yli, stedda fan'na. Be bynnag sy'n bod, cei ddeud neu beidio, fel y gweli di ore."

Gollyngodd Eifion ei hun yn y gadair, gan blygu ymlaen a phwyso ar ei gluniau, ei ddwylo mawrion yn golchi'r gwynt rhwng ei bengliniau. Syllai ar ryw fan ar y llawr. Synhwyrai Martha mai taw piau hi; os oedd ganddo rywbeth i'w ddweud, mi ddywedai yn ei amser ei hun. Aeth i eistedd yn ei ymyl. Clywai suo gwybedyn yn rhywle o'i chwmpas, a thap dŵr yn diferu'r munudau. Er y gallai wrando'n ddigon bodlon ar dician cloc, roedd y tap dŵr yn mynd ar ei nerfau. Rhyfedd. Cododd i'w gau'n dynnach a rhoi swaden i'r gwybedyn yr un pryd.

"Dwi'n ciêl affêr."

"Be?!" Roedd ei lais mor gryg, nid oedd Martha'n siŵr a oedd hi wedi clywed yn iawn. Trodd i edrych arno. Roedd ei lygaid yn llawn dagrau, a rhyw olwg ynddyn nhw fel ci addfwyn wedi cael cic giaidd.

"Dwi'm yn gwbod be i neud."

Roedd meddwl Martha ar dân. Sut yffach oedd rhywun mor dawel a bodlon ei fyd ag Eifion yn cael affêr? Teimlodd ei hun yn berwi, a ffrynt y sinc yn galed yng ngwaelod ei chefn. O'r braidd y gallai siarad.

"Wel… ym… Heuls yn gwbod?"

Ysgydwodd Eifion ei ben.

"Nêdi, debyg. Fyse hi ddim yn poeni am y meline gwynt, tase hi'n…" Gwawriodd rhywbeth ar Martha. "Y ddynes ti'n cael affêr efo hi sy'n ffonio! Blydi hel, Eifion, mae Heuls wedi poeni'i henaid am y peth. Roedd hi hyd yn oed yn poeni bod y llofruddieth bwgan brain 'na yn rhan o'r un cynllun!"

Rhoddodd Eifion ei ben yn ei ddwylo.

"Sut allet ti adel iddi feddwl ffasiwn beth? Does 'na'm llawer er pan fuodd hi'n sterics i gyd ar y ffôn efo fi. Roedd sted y diawl arni, ac mi rwyt ti'n lwcus uffernol ned ydi hi ar ei hyd yn y 'sbyty 'cw efo dy ded!"

Roedd golwg mor dorcalonnus ar Eifion fel na allai Martha fod yn flin ag o yn hir iawn. Sylweddolodd ei fod yn igian crio. Aeth ar ei gliniau o'i flaen, a thynnu hances bapur o'i phoced.

"Yli, os wyt ti'n cael affêr, dy fusnes di ydi hynny, ond *rhaid* iti ddeud wrth Heuls. Dio'm yn deg arni ei bod hi'n poeni fel'na…"

"Dwi 'di trio…"

"… a be am y plant?"

Suddodd Eifion yn ddyfnach i'w grwman, a chydiodd Martha'n dyner yn ei ddwylo.

"Ai jest ffling ydi hwn, neu ydi o'n… 'sti? Eifion?"

"Dim ffling."

"Reit."

Gallai Martha weld y cymhlethdodau'n agor o'i blaen fel llyfr, ac roedd hi'n siŵr bod yna fersiwn o'r llyfr hwnnw ym meddwl Eifion hefyd. Sut roedd torri'r newydd i Heulwen, a pha effaith fyddai hyn yn ei chael ar y plant? Beth am y fferm? Pwy ofalai am honno? A fyddai Heulwen yn aros neu a fyddai hi'n mynd? Ble fyddai hi'n byw? Efallai na châi o fyth weld y plant eto. Doedd dim ateb hawdd. Ceisiodd feddwl a oedd hi wedi gweld Eifion yn closio at rywun yn ddiweddar, ym mhriodas Emma, efallai, ond allai hi ddim meddwl am neb.

"Pwy ydi hi, 'te? Ydw i'n ei nabod hi?"

Ysgydwodd Eifion ei ben. Neb lleol felly.

"Nid hi."

"Be?"

Cododd Eifion a sefyll wrth yr Aga, ei freichiau ymhleth ac yn gwasgu'n dynn ar ei frest, fel petai'n dal ei hun wrth ei gilydd.

"Dim dynes ydi o."

Roedd y gwybedyn yn ei ôl. Gallai Martha ei glywed y tu ôl iddi'n rhywle.

"Dwi'm yn gwbod pam dwi'n teimlo fel hyn, achos dwi'n meddwl y byd o Heuls a'r plant a phopeth, ond pan dwi efo Adrian mae popeth yn gneud sens, a dwi ddim isio gadael, a wedyn dwi'n dŵad adre, a dwi'n gweld wyneb Heuls, a Huw a Gruff bech, a dwi'n teimlo c'wilydd, a dwi'm isio teimlo c'wilydd achos dwi'n cyfri'r orie nes galla i weld Adrian eto." Chwythodd Eifion ei drwyn. "Dyn a ŵyr sut dwi'n mynd i ddeud wrth Dad."

"Eifion bech… ty'd yma. Paid ti byth â deud bod c'wilydd arnat ti, ti'n clywed? Dim ond un siot yden ni'n ei giêl ar y byd 'ma, 'sti, a waeth inni fod yn hapus ddim. Mi fydd 'na dipyn o siarad, wrth gwrs y bydd 'na, ond mi gei di lot fawr o gefnogeth hefyd. Fi'n un. Ond y cam cynta ydi siarad efo Heuls."

"Alli di…?"

"'Drycha i ar ôl y plant ichi os lici di, ichi gael llonydd. Mi gawn nhw ddod yma, neu mi af â nhw am dro i rwle. Mi wna i unrhyw beth wyt ti isio, ond dim ond ti all ddeud wrth Heuls. Ti'n gwbod hynna gystal â finne."

Lapiodd Martha ei breichiau amdano cyn dynned ag y gallai, a safodd y ddau yno'n hir, hir.

Margaret

Teimlai Margaret yn well o lawer. Roedd y trwmgwsg a'i meddiannodd ers dyddiau, wythnosau efallai – nid oedd Margaret yn siŵr – wedi hen fynd. Er mai yn ei gwely yr oedd hi o hyd, gallai godi ar ei heistedd o leiaf. Un diwrnod da, roedd hi wedi ceisio sefyll, ond roedd ei choesau'n rhy wan i'w chynnal a'i phen yn troi. Ni fedrai ddarllen odid ddim, ac roedd hynny'n peri loes iddi. Doedd dim gobaith ymarfer ysgrifennu na gwnïo. Crynai ei llaw fel hen wraig dim ond iddi gydio mewn llwy. Ni symudai fawr, ond gweddïai'n gyson. O leiaf gallai wneud hynny'n gymharol ddiymdrech. Wrth weddïo gallai estyn at rywbeth y tu hwnt i'w ffiniau hi. Wrth weddïo gallai beidio â meddwl am bethau. A phan fyddai'r cof yn bygwth ei threchu, estynnai am ei llaswyr ac âi drwy ei phaderau. Ond ambell waith, yng nghrombil y nos, pan fyddai dim ond marwydos yn y grât a'r siambr yn dawel, daliai gofid hi'n slei bach yn ei rwyd a'i thrywanu yn ei stumog nes byddai rhaid iddi godi'i choesau at ei gên yn un cwrcwd bychan, eiddil. Fel babi mewn croth. Bryd hynny, roedd ei Duw yn wrthun ganddi am iddo ddwyn oddi arni bopeth a garai. Ar yr adegau hynny, roedd yr oriau'n hir a'r cwsg a'i llethodd gynt ymhell o'i gafael. Cawsai ŵr, er nas dewisodd ef. Cawsai gariad, er nas ceisiodd ef. Ac wele hi ymhen misoedd a chyfrifoldeb yn feistr arni, a chydweithrediad yn dynn wrth ei gwt. Ond deued a ddêl, ni waeth ganddi a welai ddiwrnod arall.

Nes y daeth Lewys ei meddyg i'w siambr ryw fore yn amneidio ar un o'i llawforynion i'w ddilyn at erchwyn y gwely. Plygodd honno tuag ati gan roi bwndel bach gwyn, cynnes yn ei breichiau am ennyd. Ac meddai Lewys:

"Wele, f'Arglwyddes, dy fab Owain."

Martha

"BLE BARCIWN NI?" holodd Josh wrth wau ei ffordd yn
araf drwy'r strydoedd culion yng nghar Martha. Roedd
y ddau newydd gyrraedd Dinbych-y-pysgod, ac roedd y lle'n
orlawn er mai diwedd y prynhawn oedd hi. Roedd yr hysbyseb
wedi tanio chwilfrydedd Martha, a châi'r argraff bod rhywun yn
ceisio cysylltu â hi am ryw reswm. Roedd wedi chwilio'r we am
Heol Edward, ac, fel roedd hi'n digwydd, roedd honno'n bod.
Felly, mi allai'r hysbysiad fod yn un dilys. Serch hynny, roedd yr
holl beth yn chwarae ar ei meddwl, a doedd dim i'w wneud ond
ceisio cael at y gwir.

Doedd hi ddim yn awyddus iawn i fynd i'r angladd ar ei
phen ei hun, chwaith, gan nad oedd yn siŵr iawn beth i'w
ddisgwyl. Gofynnodd i Josh ddod efo hi, ac er ei bod yn
hanner tybio y byddai'n dweud bod ganddo ormod o waith,
roedd o wedi llwyddo i gael diwrnod o wyliau. Doedd o ddim
cweit yn deall beth oedd mor arwyddocaol am yr hysbyseb,
a fedrai Martha ddim esbonio'n iawn ei hun, ond roedd o'n
ddigon parod i ddod efo hi am joli bach i lan y môr, ac os oedd
hynny'n golygu treulio awren mewn angladd, wel, bydded
felly.

"Dwi'n siŵr 'mod i wedi gweld lle parcio tu allan i'r dre,"
atebodd Martha. "Efallai y bydd digon o le fan'no."

Pan sylweddolodd Martha mor bell oedd Dinbych-y-
pysgod, roedd hi'n falch bod Josh wedi awgrymu bwrw'r nos
yno, ond gan fod y lle mor llawn, a hwythau heb wneud unrhyw
drefniadau ymlaen llaw i'r perwyl hwnnw, heblaw pacio dau
fag, roedd Martha'n dechrau amau doethineb hynny.

"Ffeindiwn ni rywle, garantîd," sicrhaodd Josh hi, "hyd yn oed os mai cysgu yn y car fyddwn ni!"

Chwarddodd pan welodd wyneb Martha.

"Paid â phoeni am hynna rŵan. Newydd gyrraedd yden ni! Lle ddiawl mae'r maes parcio yna?"

Ar ôl cael lle i barcio, cerddodd y ddau i fyny'r rhiw tuag at y dre furiog, a rhyfeddu at yr olygfa o'r promenâd ar y copa dros y môr i gyfeiriad Ynys Catrin ac Ynys Bŷr.

"Mae yna fynachod ar Ynys Bŷr, 'sti," meddai Martha. "Mi alli di fynd drew ar gwch i'w gweld nhw."

"Pam fyddai rhywun eisiau mynd draw i weld mynachod? O'n i'n meddwl bo' nhw'n gweddïo drwy'r dydd ac yn dweud dim. Mi fyddai'n drip *boring* iawn."

"Ti ddim yn mynd drew jest i weld y mynachod! Mae hi'n ynys dlws ofnadwy, ac mae 'na draeth gwych yna. Mi fues i yno unwaith flynyddoedd yn ôl, a dwi'n cofio gweld y mynachod. Maen nhw'n neud siocled yna hefyd, a sent allan o flodau, er do'n i'm yn ffan mawr o'r un lafant brynes i – roedd o'n rhy gry."

"Diddorol iawn," meddai Josh mewn ffordd a awgrymai'r gwrthwyneb.

"Aros di," heriodd Martha, "mi awn ni yna rywbryd, ac mi fyddi di'n cianu clodydd y lle am byth wedyn!"

Erbyn iddyn nhw ddynesu at yr eglwys ynghanol y dre roedd hi'n tynnu am bedwar o'r gloch, ac roedd nifer yr ymwelwyr wedi teneuo'n arw. Doedd fawr o neb yng nghyffiniau'r eglwys ei hun. Agorodd Josh y drws yn betrusgar, a chamodd y ddau i'r cyntedd, ac yna i'r eglwys ei hun.

Yn wahanol i lawer o rai eraill, roedd hi'n eglwys olau, braf, ac erbyn deall, roedden nhw wedi mynd i mewn, nid drwy'r brif fynedfa, ond drwy'r fynedfa ogleddol, gan olygu eu bod yn edrych ar letraws ar yr eglwys. Roedd nifer o rannau amlwg iddi – dwy ystlys, corff a changell a chapeli bychain – ac ym mhob rhan, esgynnai'r nenfwd yn fwâu godidog. I'r dde o'r lle y safent, roedd bedyddfaen ysblennydd ar lwyfan pren, a rhyw bamffledi a llyfrau y tu ôl iddo, ac i'r chwith, ym mhen pellaf yr ystlys, y tu ôl i sgrin rwyllog, roedd encil bychan dan fwa o sgwariau glas.

Arweiniodd Martha'r ffordd at y seddau agosaf at y drws, gan ystyried y gallen nhw adael yn weddol handi pe bai angen, heb achosi embaras iddyn nhw eu hunain nac i deulu Lisi Ann o Heol Edward, pwy bynnag oedd honno. Roedd ambell ymwelydd yno, yn ymddiddori yn hynodion yr eglwys. Nid oedd arch nac offeiriad na galarwyr ar gyfyl y lle. Heblaw hwy eu dau, yr unig enaid byw arall oedd y dyn a eisteddai y tu ôl i'r sgrin yn y capel.

Roedd hi bellach wedi hen droi'n bedwar. Ymbalfalodd Martha yn ei phoced am yr hysbysiad a rwygodd o'r *Western Mail* yn y syrjeri, i'w sicrhau ei hun mai dyma'r lle a'r amser penodol ar gyfer yr angladd. Oedd, roedd hi'n iawn. Soniai'r hysbysiad am berson o'r enw Seimon. Tybed ai'r dyn yn y tu blaen oedd hwnnw? Os felly, sut roedd canfod hynny, heb ymddangos yn ddigywilydd? Darllenodd y pwt papur eto a chafodd fflach o ysbrydoliaeth. "Ty'd efo fi," gorchmynnodd.

Aeth Martha, a Josh yn dynn wrth ei chwt, draw at y dyn, a oedd erbyn hynny yn hanner troi i godi. Crwn oedd argraff gyntaf Martha ohono. Crwn a hen. Roedd o'n weddol fyr, ac roedd ei fol yn hongian dros ganol trowsus y siwt liain olau a wisgai, a honno'n grychau i gyd. Roedd yn un o'r bobol hynny a edrychai fel petaen nhw'n chwys stecs bob amser, hyd yn oed yn nhrymder gaeaf. Cariai fag brown ar draws ei gorff, digon tebyg i'r hen fagiau ysgol erstalwm. Prysurodd Martha ato ac estynnodd ei llaw.

"Seimon? Roedd yn ddrwg gen i glywed am eich modryb."

"Diolch i chi," atebodd yntau'n wrtais, gan adael i'r geiriau hongian yn lletchwith ac edrych arni'n llawn chwilfrydedd.

Treuliai dipyn o amser dramor, a barnu oddi wrth liw ei

wyneb, a oedd yr un mor grwn â'r gweddill ohono, ac aethai ei ên ar goll ers tro yn ei dagell helaeth, a grynai fel jeli gyda phob gair. Roedd o yn ei wythdegau o leiaf, tybiodd Martha, ond roedd cryfder a sicrwydd yn y llaw y cydiai ynddi.

"Martha ydw i," meddai hithau. "Martha Brennan," ychwanegodd. Gwelodd y geiniog yn disgyn a'i lygaid yn cymylu'n sydyn pan sylweddolodd nad oedd hi wrthi'i hun.

"A dyma Josh. Josh Chambers."

Am ryw reswm, teimlai Martha fod rhaid iddi gyfiawnhau pam roedd Josh yno. Ond pam ddylai hi, meddyliodd wedyn. Diolch byth ei fod wedi dod efo hi. Er mor glên oedd y dyn, doedd hi ddim yn gyffordus o bell ffordd, ac roedd ar fin ei hesgusodi ei hun a'i heglu hi am y drws, a golau dydd, pan giledrychodd Seimon o'i gwmpas ac amneidio arnyn nhw i'w ddilyn. Aeth Martha a Josh ar ei ôl at encil bach lle gellid cynnau cannwyll fechan ac offrymu gweddi. Roedd sawl cannwyll yn dal ynghyn, a phan estynnodd Seimon am un o'r rhai newydd a'i chynnau, gwnaeth Martha'r un modd, a Josh hefyd maes o law, wedi i Martha wgu arno. Symudodd Martha i roi'r gannwyll yn y man priodol, ond bachodd Seimon ei braich a'i rhwystro, gan ei thywys i'r cyfeiriad arall, heibio grisiau mawreddog yr allor ac at gapel Tomas Sant.

Pwyntiodd at gerfddelwau alabastr ar y chwith iddyn nhw, sef beddrod Thomas White a'i fab John, a oedd, yn ôl Seimon, yn farsiandïwyr cefnog iawn yn Ninbych-y-pysgod yn y bymthegfed ganrif. Doedd Martha ddim yn deall. Oedd Seimon wedi'u denu nhw yma i gynnig taith dywys o gwmpas yr eglwys? Roedd ar fin ei holi pan drodd at gofeb Robert Recorde ar y wal.

"Fo wnaeth ddyfeisio'r hafalnod, wyddoch chi," meddai Seimon. "Roedd o'n ddyn gwych iawn, yn ymddiddori mewn llawer o bethau, yn enwedig mathemateg a seryddiaeth. Merch o Fachynlleth oedd ei fam, Rose." Taflodd gipolwg slei ar Martha.

Seryddiaeth. A sut gwyddai o ble'r oedd hi'n byw? Cyd-ddigwyddiad efallai… ac eto… Aeth ias oer i lawr cefn Martha a rhoi ysgytwad iddi. Câi'r teimlad bod y lle'n mynd yn wacach gyda phob munud a âi heibio. Yn sydyn, cefnodd Seimon ar y gofeb a chamu'n bwrpasol at ddrws hen ffasiwn, cryf yr olwg, yn y wal gyferbyn. Agorodd y drws a hysiodd Martha a Josh drwyddo. Doedd dim amdani ond dilyn Seimon, er bod Martha'n poeni'n arw na wyddai neb ble'r oedd hi pe digwyddai rhywbeth iddi. Ond wedi iddi weld eu bod yn sefyll mewn cyntedd carreg bychan a arweiniai i ryw ran arall o'r eglwys, ymlaciodd ychydig, a chamodd ymlaen yn hyderus. Sylweddolodd yn sydyn nad oedd y lleill wrth ei chwt.

Roedd Josh yn gwylio Seimon yn cyfri cerrig yn y wal. Mawredd, meddyliodd Martha pan welodd Seimon yn rhoi ei bwysau ar ochr un o'r meini nadd, gallai hwn fod yn unrhyw un. Efallai ei fod yn colli arno'i hun a hwythau'n ei ganlyn fel petai'r dyn callaf ar wyneb y ddaear! Ond buan y trodd ei dirmyg yn syndod pan welodd y maen yn rhoi'n araf, a golau'r canhwyllau yn adlewyrchu'r cynnwys yn ôl ar eu hwynebau.

O flaen Martha roedd y peth mwyaf ysblennydd a welsai erioed. Croes drwchus o aur pur oedd yno, mor berffaith â'r dydd y'i crëwyd. Yn y lle blaenaf, lle'r oedd dwy fraich y groes yn cyfarfod, roedd saith cylch o betalau coch, ar siâp rhosyn, a symbolau cain ar bob un. Ynghanol y rhosyn roedd croes aur arall, un fechan, fechan, ac ynghanol honno roedd rhuddem.

"Wow!" rhyfeddodd Josh. "Mae hon yn haeddu bod yn yr eglwys i bawb ei gweld!"

Edrychodd Seimon arno'n ddiamynedd, ac amneidio arno i fod yn dawel, yna camodd ymlaen at y groes a phwyso saith petal yn eu trefn, a mwmial rhywbeth am blwm a haearn dan ei wynt. Ciledrychodd Josh ar Martha, a chodi'i aeliau. Yn sydyn, dechreuodd rhan o'r wal symud tuag i mewn a gadael adwy ddigon o faint i un person gamu drwodd ar y tro. Aeth

Seimon yn ei flaen fel petai'n mynd yno bob dydd, ac aros yr ochr draw am y ddau arall. Petrusodd Martha, ond cyn iddi gael cyfle i feddwl yn iawn aeth Josh drwy'r adwy ac estyn ei law er mwyn iddi ei ddilyn. Cyn gynted ag y croesodd y trothwy, gwthiodd Seimon ei ffordd y tu ôl iddi a rhoi hergwd i'r garreg drom i gau'r adwy. Dychrynodd Martha gymaint nes gollwng ei channwyll, a phlygodd Josh wrth reddf i'w chodi, ond roedd y tywyllwch eisoes wedi'i llyncu. Closiodd ato, ac at olau main ei damaid cannwyll ef, a theimlodd ei hun yn crynu wrth ei ochr. Estynnodd Seimon am un o'r pedair llusern ar silff fechan yn ymyl y drws a chyneuodd hi.

Roedden nhw mewn ystafell fechan wedi'i naddu o'r graig, a doedd braidd dim lle i'r tri ohonyn nhw gyda'i gilydd. Gallai Martha weld llwybr yn dirwyn ymlaen am ychydig lathenni, ac yna'n troi i rywle.

"Cymrwch bwyll," meddai Seimon, "mae'r llwybr yn gul ac yn gallu bod yn llithrig mewn ambell fan."

Ystyfnigodd Martha.

"Seimon, dwi ddim yn gwbod pwy ydech chi na pham rydech chi wedi dod â ni i fan'ma, ac mi rydech chi'n disgwyl i ni fynd lawr i ryw dwnnel yng nghrombil y ddaear efo chi?!"

Cododd Seimon y llusern at ymyl ei wyneb nes edrychai fel lleuad fedi.

"Hwn, 'ngeneth i, ydi un o'r twneli y dihangodd Harri Tudur – y brenin Harri'r Seithfed yn ddiweddarach – am ei fywyd drwyddo fo, gyda chymorth Siasbar, ei ewythr, a Thomas White."

Yna, cefnodd arni gan gyfeirio'i gamre tua'r tro yn y llwybr, ei lusern yn siglo'n rhythmig gyda phob cam. Doedd dim amdani ond ei ddilyn, oherwydd yr unig ddewis arall oedd sefyll yn y tywyllwch, ac roedd hynny'n ddewis gwaeth.

Ar ôl troi, gogwyddai'r llwybr tuag i lawr, ac fel y rhybuddiwyd hwy gan Seimon, roedd yn gul iawn, a'r nenfwd yn isel. Seimon oedd flaenaf, yna Martha, a Josh bron yn ei blyg, gam neu ddau y tu ôl iddi. Diolchodd Martha i'r drefn fod Josh wedi bod yn ddigon craff i fachu un o'r lanterni eraill. O leiaf gallai weld ble i roi ei thraed. Roedd graean yn crensian odanyn nhw, ac roedd hwnnw, ynghyd â'r llethr, yn gwneud y llawr yn debyg i sgri. Adleisiwyd eu canolbwyntio dwys yn sŵn eu hanadl ar hyd y waliau, ac yn eu mân lithriadau.

Cyn bo hir cyrhaeddwyd cyfres o risiau serth, a thro ynddyn nhw, fel grisiau tŵr, a bu'n rhaid i Martha ei sadio'i hun yn erbyn y graig wrth iddi fynd i lawr, a honno'n wlyb a seimllyd. Difarai nad oedd hi wedi dod â chôt neu gardigan efo hi. Roedd hi'n gythreulig o oer, a cheisiai beidio â meddwl am ystlumod 'mynd-yn-sownd-yn-dy-wallt-di', chwedl ei ffrindiau ysgol erstalwm. Collasai bob synnwyr cyfeiriad ers tro wrth fynd rownd a rownd, ac roedd hi'n dechrau blino a theimlo'n benysgafn. Cofiodd nad oedd hi wedi bwyta ers rhai oriau. Roedd ar fin protestio pan sylweddolodd ei bod wedi cyrraedd y gris olaf un, a bod Seimon bellach yn sefyll ynghanol ogof fechan.

Crogai'r llusern ar fachyn gerllaw, a thaflai ei golau ar fwrdd carreg. Ar y bwrdd roedd blwch aur.

Seimon

"MAE HI FAN'NA achos mai dyna lle wnaeth y Rhosgroesiaid ei rhoi hi."

"Sori?" meddai Josh gan edrych yn wirion ar Seimon.

"Y groes. Roeddech chi'n synnu ei bod yn y wal yn hytrach nag yn yr eglwys yng ngolwg pawb."

"O, reit."

Safai Martha a Josh ar gyrion yr ogof, gan gadw'n ddigon agos at y grisiau, fel petai rhyw chweched synnwyr yn eu rhybuddio y gallai fod angen iddyn nhw adael ar frys. Roedd ambell ddiferyn yn disgyn o'r nenfwd, ac ambell egin pibonwy yma ac acw.

"Dwi ddim yn gyfarwydd â'r rheini," meddai Martha, wedi iddi gael ei gwynt ati. Roedd hi'n falch iawn o gael cefnu ar y grisiau serth a medru sythu'n iawn unwaith eto.

"Urdd oedden nhw, sy'n mynd 'nôl i ddechrau'r bymthegfed ganrif o leiaf. Roedd y groes 'na'n un o'u symbole. Y 'rhosgroes' ydi hi. Croes efo rhosyn ar ei chanol. Does neb yn gwybod yn iawn pryd ddechreuon nhw, ond mae rhai'n dweud mai dyn o'r enw Rosenkreuz o'r Almaen oedd yn gyfrifol. Dim ond wyth o bobol oedd ym mhob cell, dynion i gyd. Roedd rhaid iddyn nhw fod yn fathemategwyr a seryddwyr neu'n ddoctoriaid. Does 'na neb yn gwybod pwy oedden nhw. Ond dwi'n licio meddwl bod Robert Recorde yn un."

"Rhyw Seiri Rhyddion go ffansi, felly?" meddai Martha'n ddilornus braidd.

Anwybyddodd Seimon hi.

"Bryd hynny roedd rhaid iddyn nhw fod yn ddibriod hefyd, ond mae pethe wedi newid erbyn hyn, wrth gwrs."

"Dyden nhw ddim i'w cael rŵan, does bosib?"

"Ddim i'r un gradde ag yn yr hen ddyddie. Mi fuodd 'na dipyn o fynd arnyn nhw yn y bedwaredd ganrif ar bymtheg, a hyd yn oed yn yr ugeinfed ganrif, ac mi ddaru nhw esgor ar sawl grŵp arall, fel y Wawr Euraidd. Mi roedd 'na lot o feirdd ac artistiaid yn aelodau o'r rheini. Roedd y bardd Yeats yn un ohonyn nhw."

"Weles i lot o symbole ar y groes ei hun," meddai Josh, "a glywes i chi'n sibrwd rhywbeth pan oeddech chi'n cyffwrdd â phetalau'r rhosyn."

"Ar y petale penodol yna, mae'r symbole yn golygu plwm, copr, haearn, tun, mercwri, arian ac aur," atebodd Seimon. "Y saith elfen. Ond dim ond hanner y stori ydi hynna. Does 'na ddim amser i esbonio popeth rŵan."

"Does dim brys arnon ni, siŵr iawn," meddai Martha, gan giledrych ar Josh.

"Dim brys o gwbwl," ategodd yntau.

Ysgydwodd Seimon ei ben. "Nid dim ond dysgu'r symbolau mae rhywun ond mynd drwy broses. Profiad ydi pob dim ac mae hynny'n cymryd blynyddoedd. Mi rydech chi'n dysgu sut mae newid rhywbeth cymharol ddi-werth yn aur pur."

"Does 'na neb 'di llwyddo felly, ers yr holl flynyddoedd, neu mi fydde 'na andros o lot o filiwnêrs o gwmpas y lle!" gwawdiodd Martha.

"Visita Interiora Terrae Rectificando Invenies Occultum Lapidem!" gwaeddodd Seimon yn sydyn, a'i eiriau'n atseinio o graig i graig. "Visita Interiora Terrae Rectificando Invenies Occultum Lapideeeem!"

Roedd hyd yn oed Josh wedi dychryn, a chiliodd ychydig i'r cysgodion.

"Welsoch chi'r garreg ynghanol y rhosyn? Y garreg goch

yna? Mae 'na symbol ar honno hefyd, ond fysech chi ddim wedi gweld hwnnw. 'Vitriol' ydi'r symbol yna, ac mae pob llythyren yn cynrychioli'r geiriau Lladin glywsoch chi rŵan."

"Ond be maen nhw'n ei feddwl?"

"Hwnna ydi cenadwri'r Rhosgroesiaid. Ewch i grombil y ddaear, ac wrth wneud hynny, mi ffeindiwch chi'r garreg gudd."

"Ocê," meddai Josh yn amheus. "Mae fan'ma'n edrych yn ddigon tebyg i grombil y ddaear i fi, felly dwi'n cymryd bod y garreg gudd yn y bocs yna draw fan'na?"

Edrychodd Seimon ar y blwch fel petai newydd gofio ei fod yno.

"Wrth i rosyn flodeuo, mae pob petal yn agor yn ei dro, yn tydi? Fel'na yden ninne'n datblygu. Rhaid inni fynd drwy broses o ddysgu, a rhaid i'r broses honno fod yn un raddol…"

Mwmialodd Josh rywbeth dan ei wynt. Tybiodd Martha iddi glywed y gair 'crap'.

"Twt, waeth i mi heb, mae'n amlwg. Does dim gobeth i chi ddeall."

Gwgodd Martha ar Josh.

"Peidiwch â stopio. Dwi wir isio gwbod," meddai wrth Seimon, yn teimlo'n flin drosto am ryw reswm, er ei bod yn ysu am fynd allan o'r twll lle.

"Mae canol y ddaear yn cyfeirio at yr hyn sydd y tu mewn i ni. Rhaid inni fynd ar daith i'n crombil ni ein hunain, ac wrth inni fynd ar y daith mi fydd pethe'n cael eu datgelu inni yn raddol bach, o betal i betal os liciwch chi. Yn y diwedd, mi fydd gynnon ni wybodaeth i ddeall ffyrdd y byd, a'r cysylltiad rhwng achos ac effaith. Mi fyddwn ni wedi gweld pwy yden ni, mi fyddwn ni wedi ffeindio'r garreg werthfawr y tu mewn inni, ac mi fyddwn ni'n gyflawn. Mae canol y rhosyn yn cynrychioli'r aur ysbrydol sydd wrth wraidd y natur ddynol."

Gorffwysodd Seimon ei gledrau ar y bwrdd llechen, fel petai

popeth yn ormod iddo, a phwysau'r byd ar ei ysgwyddau. Bron na allai Martha ei weld yn heneiddio o'i blaen. Tarodd rhywbeth hi'n sydyn.

"Os oedd y groes yna fan'na ar dop y grisie, mae'n rhaid mai fan hyn oedd y sect yn cwrdd." Edrychodd o'i chwmpas fel petai'n gweld y lle o'r newydd. "Nefi wen, maen nhw'n dal i gwrdd 'ma, yn tyden nhw?"

Cododd Seimon ei ben a dal ei llygad.

"O mei god… roeddech chi'n un ohonyn nhw… mi rydech chi'n un ohonyn nhw!"

Edrychodd ar y bwrdd llechen a meddyliodd mor debyg oedd o i allor. Cofiodd yn sydyn am yr erchyllbeth ar y Ffridd – y gath waedlyd – a chlywodd ruthr uchel yn ei chlustiau. Doedd bosib? Be ddiawl oedd y Rhos… pethe… 'ma? Roedd hi'n siŵr iddi ddarllen bod carfanau dewiniol i'w cael a oedd yn aberthu creaduriaid… a merched. Yn ei meddwl, rasiodd drwy gynnwys ei bag i weld a oedd ganddi rywbeth, unrhyw beth, i'w hamddiffyn ei hun petai raid, ond doedd ganddi ddim byd. Trodd at Josh, a gweld dryswch llwyr ar ei wyneb. O leiaf roedden nhw'n ddau, ac roedd Seimon mewn tipyn o oed, oni bai bod rhagor o'r sect 'ma'n rhywle. Yr het wirion. Pam yffach ddaeth hi yma o gwbwl?

Camodd Seimon draw ac estyn ei freichiau tuag ati.

"'Ngeneth aur i…"

"Peidiwch â mentro!"

Camodd Martha'n ôl yn wyllt, nes bwrw'i sodlau yn erbyn ochr yr ogof. Gwasgodd ei hun i'r graig. Diolch byth, roedd Josh bellach rhyngddi a'r dyn yna, ac yn ei ddal yn ôl gerfydd ei freichiau. Tarodd geiriau nesaf Seimon hi fel ergyd gwn.

"Roedd eich taid hefyd, wyddoch chi."

Os gallai Martha, drwy'i chefn, deimlo pob carreg anwastad yn y wal y tu ôl iddi, roedd y llawr yn mynd ymhellach ac ymhellach oddi wrthi, a rhyw wres yn codi i'w phen.

Gollyngodd ei hun ar ei heistedd. Diferodd dafn o ddŵr o rywle ar ei thalcen.

"Roedden ni'n bedwar, ac mi fuon ni'n bedwar am ganrifoedd."

"Siaradwch sens, ddyn."

"Tri nod gwreiddiol y Rhosgroesiaid oedd ymgeleddu cleifion yn ddi-dâl, cynnal brawdoliaeth gyfrin a ffeindio rhywun yn eu lle cyn iddyn nhw farw. Ymledodd y Rhosgroesiaid drwy Ewrop, ac mae rhai i'w cael yn America heddiw, er efallai nad ar yr un ffurf yn union."

Llifodd y dafn lleithder i lawr ochr trwyn a thop gwefus Martha. Roedd o'n oer, a blas pridd a mwynau arno.

"Ond yng Nghymru mi roedd yna bedwar – aelodau uwch os liciwch chi – a oedd yn cynnal brawdoliaeth gyfrin o fewn brawdoliaeth. Dim ond y pedwar yna oedd yn nabod ei gilydd, doedd neb arall yn gwybod pwy oedden nhw. Roedd rhaid iddyn nhw fod yn ddynion yr oedd modd ymddiried yn llwyr ynddyn nhw. Petase 'na gofnodion – a does 'na ddim – dwi'n siŵr y byddech chi'n gallu olrhain enwau'r pedwar yn ôl yn ddi-fwlch i'r bymthegfed ganrif. Tan rŵan."

Cododd Martha a mentro draw at y bwrdd llechen.

"Bob tro fyddai rhywun o'r pedwar yn marw, a ninnau'n paratoi i urddo rhywun newydd, mi fyddai'r bocs yma'n cael ei agor. Ar ôl i Edward – eich taid – farw mi ddaeth y tri ohonon ni lawr fan'ma yn union cyn y seremoni, ond…"

Ymbalfalodd Seimon â'r blwch, a llwyddo i'w agor. Roedd y tu mewn yr un mor euraid â'r tu allan, ac yn edrych yn fwy moethus fyth yng ngolau'r llusern. Nid oedd ynddo ond gwynt. Cydiodd Josh ynddo, a sylwodd Martha ar rosyn coch ac aur ar y clawr.

"Mae'r bocs 'ma'n werth lot ar ei ben ei hun. Rhaid bod yr hyn oedd ynddo fo yn fwy gwerthfawr fyth," meddai Josh. "Be oedd o?"

"Rholyn o femrwn."

"Papur? Be ddiawl 'di'r pwynt creu bocs bendigedig i ddal pishyn o bapur?"

"Rhaid bod rhwbeth andros o bwysig ar y rholyn memrwn 'na, 'te," meddai Martha'n dawel, yn synhwyro arwyddocâd y sefyllfa, heb wybod pam.

"Wn i ddim."

"Blydi hel!"

Nid oedd Martha wedi gweld tymer wyllt Josh o'r blaen, ac roedd 'na ran fach ohoni'n teimlo'n anesmwyth, ac yn cael ei hatgoffa o Neil pan oedd o wedi bod yn yfed, ac roedd hynny'n ddigwyddiad dyddiol erbyn y diwedd. O leiaf nid arni hi roedd y dwylo'r tro hwn.

"Rydech chi wedi dod â ni i lawr fan'ma i ddangos ffyc ôl inni, heblaw blydi bocs, oedd *supposedly* yn cynnwys pishyn o bapur."

Roedd Josh wedi cydio yn Seimon gerfydd llabedi ei siaced ac yn ei wthio'n ôl yn erbyn y bwrdd. Clywodd Martha sŵn rhwygo.

"A rŵan dydech chi ddim yn gwbod ble mae'r ffycin papur!"

Taflodd Seimon i'r neilltu, a chwympodd hwnnw dros gornel y llechen.

"Ddwedais i mo hynna," meddai Seimon mewn llais main, a'i law ar ei ystlys, yn amlwg wedi brifo. "Dweud 'mod i ddim yn gwybod beth oedd arno fo wnes i."

Gwelodd yr olwg anghrediniol ar wyneb Josh.

"Mae'n anodd deall, rwy'n gwybod. Ond dyna'r drefn. Roedd eich taid yn sâl, Martha, fel y gwyddoch chi, ac mi ddaeth ata i ryw ddiwrnod – roedden ni'n trio peidio cwrdd yn amal iawn, rhag i bobol amau rhywbeth; synnech chi faint o bobol sy'n gwylio…"

"Get on with it, for God's sake."

Anwybyddodd Seimon ef.

"Fel ddwedes i gynne, roedd rhaid i bob aelod ffeindio rhywun yn ei le cyn iddo farw. Doedd y gweddill ddim yn fodlon efo dewis Edward, a doedd Edward ddim yn fodlon newid ei feddwl, ac mi ddaru'r lleill fygwth enwebu ar ei ran. Beth bynnag, mi ddaeth ata i a dweud fod 'na rywbeth yn y gwynt. Roedd o'n methu rhoi ei fys arno fo, ond roedd o'n ame bod 'na rywun yn trio cael gafael ar gynnwys y bocs. Roedd o'n sylweddoli bod ei amser o bron ar ben, ac y byddai angen llenwi'r bwlch, ac roedd o'n poeni pwy fyddai'r person hwnnw, a sut allen ni ei drystio."

"Ond roedd y grŵp wedi llwyddo i ffeindio pobol go sownd ers canrifoedd," meddai Martha. "Be oedd yn wahanol tro 'ma?"

"Chi oedd dewis Edward, Martha."

Teimlodd Martha'r balchder yn chwyddo ynddi, a hwnnw, yr un pryd, yn cael ei wasgu gan y cyfrifoldeb yr oedd ei thaid wedi'i fwriadu ar ei chyfer.

"Dim ond chi oedd o'n ei drystio…"

Roedd y dagrau'n pigo erbyn hyn, ond hoeliodd ei sylw ar eiriau nesaf Seimon.

"… ond heblaw hynny, roedd 'na rywbeth arall yn ei boeni o, ond beth yn union, wyddai o ddim. Roedd o'n teimlo ym mêr ei esgyrn bod rhywbeth o'i le. Mi ddaeth y ddau ohonon ni i lawr fan'ma, agor y bocs, a symud y rholyn memrwn i rywle arall. Felly, pan ddaeth y tri oedd yn weddill i lawr yma wedyn ar ôl dyddie Edward, ac agor y bocs, roedd o'n wag, a fi oedd yr unig un a wyddai pam. Dyna pam wnes i drio'ch cael chi yma, Martha, i esbonio."

"Mi roedd Taid a finne'n agos iawn, ac mi fyswn i wedi neud unrhyw beth iddo fo, ond pam bod y lleill ddim yn fodlon? Ai achos…?"

"Ie, dyna chi. Dim ond dynion ydi'r pedwar wedi bod erioed."

"Ble mae'r papur rŵan, 'te?" arthiodd Josh.

Cerddodd Seimon at hollt gul yn y graig, estynnodd i mewn, ac allan ohoni tynnodd flwch hirgul pren, digon di-nod yr olwg. "Pan ges i fy newis yn un o'r pedwar, roedd yn rhaid imi dyngu llw na faswn i'n darllen y memrwn. Roedd y lleill wedi tyngu'r un llw hefyd. Mae pethe wedi newid yn arw ers hynny, rwy'n cyfadde, ond wna i ddim torri 'ngair, hyd yn oed rŵan."

"Be 'di o bwys am hynna?! Agorwch —"

"Shhhh!"

Rhewodd Seimon ac edrych i gyfeiriad y grisiau. Roedd Martha wedi clywed rhywbeth hefyd, sŵn crensian. Doedd o ddim yn eglur iawn. Gwrandawodd y tri'n astud.

Roedd rhywun yn y twnnel ac yn mesur ei gamre'n ofalus, ofalus.

Martha

"**D**EWCH!"

Bachodd Seimon y llusern a'r bocs pren a brasgamu i ben draw'r ogof. Yn y cysgodion, roedd adwy isel yn y graig, a gwthiodd ei hun drwyddi, gan amneidio'n wyllt arnyn nhwythau i'w ddilyn.

Arweiniai'r hollt at dwnnel arall, un hyd yn oed yn gulach ac is na'r un y daethon nhw ar ei hyd yn gynharach. Nid oedd gan Martha'r syniad lleiaf faint oedd ers hynny; munudau, oriau, wyddai hi ddim. Mewn ambell fan, roedd ei hysgwyddau yn cyffwrdd â'r ochrau, ac roedd y nenfwd – neu rywbeth – yn cosi ei gwallt. Ceisiodd rwystro'r panig a gronnai yn ei stumog rhag gorlifo a'i meddiannu'n llwyr, a chadwai ei llygaid yn dynn ar Seimon, a oedd, o dro i dro, yn gorfod cerdded wysg ei ochr. Clywai gerddediad trwm Josh y tu ôl iddi a gwyddai, er na allai ei weld, ei fod yn cerdded yn ei grwman. Druan ag o. Mi fyddai ganddo gric yn ei war am ddyddiau.

Os oedd y twnnel yn cynnig ymwared iddyn nhw, doedd hwnnw ddim yn ymwared tawel iawn. Câi pob cam a llithriad – yn wir, pob smic – ei chwyddo ganwaith drosodd. Yr unig obaith oedd ganddyn nhw oedd eu bod wedi achub y blaen digon i ddianc rhag y sawl a'u herlidiai. Neu a *oedd* rhywun yn eu herlid? Doedd Martha ddim mor siŵr erbyn hyn. Efallai mai warden yr eglwys oedd yno, wedi dod i gadw llygad ar y lle. Yn y bôn, doedd Martha ddim yn credu hynny chwaith. Fyddai Seimon ddim wedi'i heglu hi mor gyflym petai'n arfer gweld y warden yn dod i lawr yno, ac roedd hithau'n weddol siŵr mai aelodau'r frawdoliaeth gyfrin yn unig a wyddai am fodolaeth yr ogof, a'r groes yn y wal. Pwy oedd o, felly? A sut y gwyddai ble'r oedd y groes, a pha rai o betalau'r rhosyn i'w pwyso i agor y maen? Erbyn meddwl, heblaw Seimon, roedd dau aelod arall wedi eu hurddo i'r sect, ac o bosib un newydd yn lle ei thaid. Ble'r oedd y rheini, a phwy oedden nhw?

Berwai ei phen hefyd gyda'r hyn a ddatgelwyd gan Seimon, ond fentrai hi ddim meddwl gormod am y rheini rŵan. Er nad oedd y twnnel hwn mor droellog â'r llall, roedd yn fwy llaith a serth, ac roedd drewdod annifyr ynddo, fel hen bysgod. Ofnai Martha gwympo a llithro ar ei hyd i gefn coesau Seimon. Os oedd yna fan gorau i gael anaf, nid hwn oedd o, yn sicr, a doedd o ddim chwaith y lle gorau i'r llusern ddiffodd. Ceisiodd beidio â meddwl am hynny.

Cyn hir, synhwyrodd newid bychan yn aer mwll y twnnel. Roedd yn fwy ffres, ac roedd y llawr, er ei fod yn fwy caregog, bellach yn fwy gwastad. Roedd yno fwy o olau hefyd.

"Gwyliwch y stepan," siarsiodd Seimon, gan gamu'n bwyllog drosti i ategu ei rybudd. Diolchodd Martha ei fod wedi dweud, oherwydd roedd y gris yn disgyn yn serth, ac yn wyrdd gan lysnafedd. Cydiodd Seimon yn ei llaw i'w helpu, a chyn gynted ag y gwelodd ei bod ar dir diogel, cerddodd ymlaen gan adael i Josh ymorol amdano'i hun. O'u hôl, clywsant dwrw mawr, tawelwch sydyn ac yna lif o regfeydd, a Josh yn hercian tuag atyn nhw. Tybiodd Martha iddi weld cysgod gwên ar wyneb Seimon.

Roedden nhw mewn ogof arall, ond roedd hon yn agored i'r môr, ac mor olau ar ôl caddug y twnnel fel y bu raid i Martha grychu ei llygaid. Chwaraeai gwynt â'i gwallt, a llifai gronynnau garw i'w hesgidiau gan gripio bodiau ei thraed. Cam neu ddau arall a byddai allan ar y traeth, yn un o'r miloedd o ymwelwyr a heidiai yma bob blwyddyn. Mi fyddai'n ddiogel, ac mi fyddai yna le i gael rhywbeth i'w fwyta, a chyfle i gael ei gwynt ati, a phaned. Roedd ei cheg yn sych grimp, ac mi roesai'r byd am baned o de, ond roedd hi'n stido bwrw a'r traeth yn wag, a rhyngddi a'i phaned roedd gât haearn, ac arni gadwyn fawr ddu a chlo clap.

Cydiodd yn y bariau a'u hysgwyd, ond nid oedd y gât yn ildio modfedd. Yn ei siom, ciciodd ei godre, a throi ei chefn ar yr olygfa y tu hwnt iddi. Yna gwelodd fod gan Seimon allwedd, ac erbyn i Josh ddod i'r golwg roedd Martha a Seimon wedi cyrraedd yr ochr draw, a rhyddid.

Daethai'r twnnel â'r tri at wal garreg enfawr a ymestynnai'n rhuban llwyd hyd odre'r dre, ac uwch ei phen swagrai adeiladau hynafol ac aml-lygeidiog linc lonc mewn gwisgoedd hufen iâ a hetiau llechi. Yn y pen pellaf roedd bryn glas, ac o dan hwnnw gallai Martha weld caban y bad achub a'i lithrfa hir i'r môr. Yn y bae nesaf ati gorweddai clwstwr o gychod hanner meddw, a thu hwnt i'r rheini roedd dau neu dri arall yn cysgu dan darpowlin. Rhwng y bryn a'r cychod roedd mur uchel o garreg, fel tafod hir, ac ambell dryc a cherbyd yma ac acw ar ei gopa, ac ym môn y tafod, yn y man lle tyfai o geg yr harbwr, roedd capel bychan. Os cofiai Martha'n iawn, capel i bysgotwyr a morwyr oedd o, ac roedd yn llawn geriach perthnasol fel potiau a rhwydi. Yn y pen blaen, wrth yr allor, crogai rhwyd bysgota ac arni grancod a rhai o greaduriaid eraill y môr.

"Ffordd yma. Dewch, dewch!" Lled-redodd Seimon ar draws y traeth fel gwylan dew i gyfeiriad y capel, a'r gwynt yn chwipio coesau'i drowsus ac yn codi godre'i siaced. Oedd angen y ffasiwn frys, gofynnodd Martha iddi ei hun, oherwydd roedd wedi gofalu cloi'r gât ar ei ôl, ac felly, oni fyddai'r sawl a oedd yn dod ar eu holau bellach yn gaeth yn y twnnel? Fodd bynnag, dilyn Seimon a wnaethon nhw at y capel bach, ond yn hytrach na mynd i mewn arweiniodd hwy heibio iddo at res o warysau ac iddynt byrth bwaog a drysau pren dau hanner. Cilagorodd hanner un o'r drysau a'u hysio i mewn yn wlyb at eu crwyn, a thynnu'r drws yn glep ar eu hôl.

Am yr eildro'r diwrnod hwnnw, bu'n rhaid i lygaid Martha gynefino â'r gwyll. Safent o dan nenfwd crwm, mewn warws weddol lydan. Yma ac acw roedd rhaffau a bwiau llongau, rhwydi pysgota a chewyll cimychiaid, ac yn y canol, a hwnnw wedi gweld dyddiau gwell, roedd cwch rhwyfo bychan. Camodd Martha iddo, a gollwng ei hun ar damaid o glustog fudr yng ngwaelod y cwch. Tarodd ei llaw hyd ei thalcen a thros ei gwallt i geisio sychu tipyn arni'i hun. Fu hi erioed mor flinedig. Dringodd Josh i mewn ati, er bod ei ben-glin yn amlwg yn ei boeni, lapiodd ei fraich amdani a chaeodd hithau ei llygaid am eiliad, yn gyfforddus wlyb yn ei gesail. Gwyddai y gallai gysgu yno'n fodlon ei byd am weddill y dydd.

Roedd Seimon yn stwna wrth y wal bellaf o'r drws, yn lluchio cewyll a rhaffau i'r naill ochr ac yn tuchan ac ochneidio yn yr ymdrech. Be ddiawl oedd yn gyrru hwnna, meddyliodd Martha yn biwis. Oedd dim posib iddo fod yn llonydd am funud fach? Roedd o'n andros o ffit i ddyn yn ei wythdegau.

"Seimon! Be 'dech chi'n neud? Steddwch am funud, er mwyn dyn!"

"Ond does 'na ddim amser! Rhaid imi'i ffeindio fo…"

"Blydi hel!" ebychodd Josh. "Mae hwn yn ffycin boncyrs."

Cododd Martha'n anfoddog ac aeth draw at Seimon.

"Ffeindio beth, Seimon? Does 'na neb ar ein holau ni rŵan."

Trodd Seimon ati, a chydio yn ei dwylo.

"Martha fach, does gynnoch chi ddim syniad, nag oes? Glywsoch chi am ddyn o'r enw James Wright?"

Roedd yr olwg ar wyneb Martha'n ddigon.

"A Blair Hamilton?"

O mam bach. James Wright oedd wedi galw heibio'r Neuadd Lwyd adeg parti ieir Emma, a Blair Hamilton oedd yr enw a welodd hi yn y *Western Mail* pan oedd yn aros ei thro yn y syrjeri. Y bwgan brain. Gwyddai'n union beth oedd yn dod nesaf.

"Roedd James a Blair ymhlith y pedwar oedd yn gofalu am y bocs aur."

Aeth Martha'n wan.

"Felly, chi…"

"Ie, fi ydi'r unig un sydd ar ôl. Pan fuodd James farw, mi es i ffwrdd i Sbaen. Roeddwn i wedi trefnu i gwrdd â Blair yn y maes awyr, ac mi wnes ei rybuddio, ond wrandawodd o ddim. Roedd Edward yn llygad ei le i amau. Mae'n amlwg fod y tamaid papur yna yn werthfawr iawn."

"Ond beth am yr un ddaeth yn lle Taid? Mi ddaru chi sôn eich bod chi wedi dewis rhywun ar ei ran."

"Does gen i ddim syniad pwy oedd o. Roeddwn i'n cytuno efo Edward, ac wedi imi gael cyfle i gwrdd â chi, rwy'n difaru na fyddwn i wedi bod yn gryfach fy nghefnogaeth. Mae grym traddodiad yn beth rhyfedd, ond dyna ni, felly y mae hi. Beth bynnag, chafodd yr un newydd mo'i urddo, achos mi welson ni bod y bocs yn wag, a dyna'i diwedd hi wedyn."

Felly, pwy ddaeth i lawr y twnnel ar eu holau, a sut, meddyliodd Martha. Roedd Seimon yma efo hi, a'r tri arall yn eu beddau, ac os oedd coel ar Seimon, doedd yr un o'r pedwar wedi cael cyfle i ddangos beth oedd beth i'r aelod newydd. Aeth ias i lawr ei chefn, ac nid oherwydd y gwlybaniaeth a'r oerfel.

"Be sy'n bod rŵan?" Daethai Josh draw atyn nhw yn synhwyro rhyw newid yn y gwynt.

"Dyma fo!" gwaeddodd Seimon yn fuddugoliaethus cyn y gallai Martha ateb Josh. "Roeddwn i'n iawn!"

Gwelsai Seimon ddrws pren yn y graig, a dolen haearn yn ei ganol, ac roedd wrthi'n ei thynnu â'i holl nerth. Aeth Josh draw i'w helpu ond er i'r ddau dynnu am y gorau, doedd dim symud ar y drws.

"Rhaid eu bod nhw wedi'i gau." Gollyngodd Seimon ei hun i'r llawr fel petai'n ddoli glwt. "Mi roedd 'na dwnnel y tu ôl i'r drws 'na oedd yn dod allan ar y stryd fawr – mewn siop cemist."

"Wel, wrth gwrs eu bod nhw wedi'i gau o!" chwarddodd Josh yn nawddoglyd. "Mi fyddai pob jynci yn heidio 'ma!"

Ond nid oedd Seimon yn chwerthin.

Robin

CERDDAI ROBIN YN sigledig ar hyd strydoedd Penfro. Roedd ei fol yn dynn a blas y gwin yn dal ar ei wefusau. Dawnsiai ei galon. Ha! Ei alw o'n gelwyddog? Gwae nhw am ei ddrwgdybio. Mi ganai gywyddau, o gwnâi. Mi gâi'r Siambrlen wybod am hyn, ac mi fyddai'n bleser gan Robin ddweud wrtho. Ei daflu i'r carchar, wir! Fo, o bawb – y bardd a'r proffwyd Robin Ddu ap Siencyn Bledrydd!

Anffodus iddyn nhw golli Iarll Ritsmwnd hefyd, bendith ar ei ben o, ond diolch byth ei fod o wedi hwpo'i wialen yn yr eneth fach oedd yn wraig iddo fo cyn darfod.

"Beth wyt ti'n ei feddwl rŵan, Wiliam ap Gruffydd, f'Arglwydd Siambrlen? Y?" gwaeddodd dros y lle. "Ha! Mi gollaist dy wennol, ond mi gafodd gyw. Mae 'na siawns am frenin o linach y Tuduriaid wedi'r cyfan. A phwy oedd wedi dweud hynna wrthot ti? Y?"

Yn ei orfoledd bu bron iddo faglu ar ei hyd, a disgynnodd ei het. Cododd hi'n drwsgl a dwstio'r baw a'r llwch oddi arni.

A beth fyddai gan Dafydd Llwyd i'w ddweud? Roedd hwnnw'n gallu bod yn ddigon rhyfedd ar brydiau, ond roedd Robin yn meddwl mai rhyw gastiau ceiliog oedd hynny. Eisiau bod yn frenin ar ei domen frudiau ei hun, debyg.

Myn Mair, fe ddeuai ei broffwydoliaeth am y frenhiniaeth yn wir, a myn Mair, mi gâi'r Siambrlen wybod rhag blaen am y babi newydd ym Mhenfro.

O'i flaen, gwelodd silwét tywyll, ac wrth iddo fynd heibio dechreuodd y silwét gydgerdded ag ef, gan estyn braich o blygion ei glogyn brown a'i lapio am ei ysgwyddau.

Roedd Lewys yntau mewn hwyliau da y noson honno.

Martha

ROEDD SEIMON YR un lliw â'i siwt, a'i wynt yn fyr. Daliodd Martha lygad Josh.

"Dewch, awn ni am baned, a rhwbeth i'w fwyta," cynigiodd.

"Na… alla i ddim… maen nhw allan fan'na… yn dod ar fy ôl i."

"Pwy?"

Ysgydwodd Seimon ei ben, a chaeodd ei lygaid. Gallai Martha daeru ei fod yn dioddef o baranoia. Ac eto…

"Arhoswch chi fan'na," meddai Josh. "Mi af i nôl y car."

Agorodd Seimon ei lygaid mewn panig.

"Mi fydda i'n iawn. Does neb yn fy nabod i, nag oes? Geith Martha aros efo chi."

Nodiodd Martha.

"Os cei di gyfle, ty'd â dŵr a brechdane neu rwbeth i ni i gyd. Dwi jest â chlemio."

"Pwy oedd dy was dwytha di?" heriodd Josh, ond roedd o wedi cau'r drws ar ei ôl cyn i Martha feddwl am ateb.

Eisteddodd ar y llawr yn y llwydolau ag oglau gwymon yn dew o'i chwmpas, yn gwrando ar y glaw y tu allan. Wrth ei hymyl, lled-orweddai Seimon, strapen ei fag dros ei gorff a'i law yn dynn am y bag ei hun. Crwydrodd ei meddwl at ddigwyddiadau'r oriau diwethaf, yn enwedig y newydd bod ei thaid yn aelod o'r criw cyfrin rhyfedd yna, y Rhosgroesiaid. Nage, nid y Rhosgroesiaid yn benodol, ond y pedwar hynny a warchodai'r memrwn, beth bynnag oedd hwnnw. Erbyn meddwl, roedd yr holl beth yn ffitio – hoffter ei thaid o godau ac ymdeimlad cryf o degwch a ffyddlondeb. Beth oedd Seimon wedi'i ddweud am y rhosyn?

Rhywbeth am newid plwm yn aur, ein bod ni'n agor ein hunain fesul petal ac yn y diwedd yn dod o hyd i'r peth gwerthfawr y tu mewn. Roedd dweud peth felly yn ei hatgoffa o'i thaid a'i storïau.

"Seimon? Be oedd yr enw Lladin 'na am fynd i ganol y ddaear a ffeindio'r garreg?"

"*Vitriol*. Mae o'n gysylltiedig ag alcemi, sef y broses o droi un peth yn rhywbeth arall. Yn ôl y stori, mi ofynnodd 'na ddisgybl i'w athro be oedd cyfrinach alcemi, a'r ateb oedd 'in Vitriol'. Mae pob llythyren yn cynrychioli gair arall, a'r cyfan yn golygu, yn y bôn, eich bod chi, wrth chwilio am rywbeth, yn cael rhywbeth arall ac yn newid eich hunan yn y broses. Hynny yw, rydech chi'n cyflawni alcemi y tu fewn i chi'ch hunan."

"Ond allwn ni ddim gwneud hynna ein hunain, siŵr? Mae'n rhaid ein bod ni, ar ein taith, yn effeithio ar bobol eraill?"

"Wrth gwrs. Dyna sy'n gwneud taith pawb yn unigryw, oherwydd mae'n dibynnu ar gynifer o ffactorau. Meddyliwch am gêm o griced, er enghraifft, neu unrhyw gêm arall. Mae 'na reolau pendant, a phawb yn eu deall nhw, ond fedrwch chi fyth ragweld canlyniad gêm. A pham? Oherwydd bod 'na bethau fel cyfeiriad y gwynt, sgìl y bowliwr, y math o fat sy' gan y batiwr, cyflwr y tir, a nifer fawr o bethau eraill, yn effeithio ar y gêm. Achos ac effaith, dyna ydi o."

Rhyfedd fel roedd y geiriau Lladin 'ma'n codi eu pennau dro ar ôl tro, meddyliodd Martha. Dyna hwn rŵan – y *vitriol* – a dyna'r geiriau Lladin ar gofeb Syr Christopher Wren. Synnai hi ddim nad oedd hwnnw hefyd, yn ei ddydd, yn aelod o'r Rhosgroesiaid. A dyna gân y dyn yna ar y trampolîn, 'Nulla in mundo'.

"Ydech chi wedi digwydd cl'wed y geiriau *in tenebris lux* o'r blaen?" holodd.

"Lawer gwaith." Roedd Seimon erbyn hyn wedi bywiogi drwyddo, a'i lygaid yn dangos craffter nad oedd ynddyn nhw rai munudau'n ôl. "*Lux in tenebris* sy' fwya cyffredin, ac mae'n dod o'r fersiwn Ladin o efengyl Ioan: 'A'r goleuni sydd yn llewyrchu yn y tywyllwch; a'r tywyllwch nid oedd yn ei amgyffred.' Os cofia i'n iawn, mae hefyd yn deitl un o ddramâu Brecht. Pam?"

Esboniodd Martha hanes y gadair farddol, a sut y daeth o hyd i'r sbŵl, a'i bod wedi dod i ddeall bod rhai o eiriau'r gân wedi'u cyfnewid.

"Ond mi allai fod yn fersiwn wahanol, wrth gwrs. Roedd y geiriau'n gwneud rhyw fath o sens, hyd yn oed a minne'n diall dim Lladin. Yr un am y golau yn y twllwch ydi'r unig un dwi'n ei gofio."

"*Causa scientae, veritas lux mea* a *vires veritas.*"

"Ie! Dyna nhw! Roedd Lowri'n llygad ei lle, felly!"

"Lowri?"

"Sut oeddech chi'n gwbod mai'r geiriau yna oedden nhw?" gofynnodd Martha.

"Pan oedden ni'n cael ein hurddo i'r Rhosgroesiaid, roedden ni'n cael enwau newydd. Yr un enwau â'r rhai oedd yn aelodau ymhell cyn ein hamser ni. Fydden ni byth yn cyfarch ein gilydd wrth ein henwau bedydd. Fi ydi'r Brawd CS, *Causa scientae*, 'er mwyn gwybodaeth'; James Wright oedd TL, y 'golau yn y tywyllwch'; y Brawd VLM, *Veritas lux mea*, oedd Blair Hamilton, 'y gwirionedd yw fy ngoleuni'…"

"… a Taid oedd *Vires veritas!*"

"Ie, dyna chi. Y Brawd VV, 'mewn gwirionedd mae grym.'"

Cofiodd Martha am y llythyrau yr arferai hi a'i thaid eu hysgrifennu.

"Petai Edward wedi cael ei ffordd, y chi fyddai VV rŵan am wn i, ond *soror*, 'chwaer', fyddech chi, wrth gwrs. Roedd Edward wrth ei fodd efo'r ddwy lythyren am eu bod nhw'n edrych, o'u hysgrifennu, fel y rhif pump ddwywaith. Mae'r rhif pump yn bwysig i'r Rhosgroesiaid, wyddoch chi, mae'n cynrychioli'r ysbryd ynghyd â'r pedair elfen: daear, dŵr, awyr a thân. Yn ogystal â hynny, mae pob math o bethau'n gysylltiedig â'r rhif, o bentagram Pythagoras i rifau cysefin, o gysylltiadau crefyddol i gysylltiadau Celtaidd."

Heblaw bod iddo ystyr cyfrin mewn perthynas â'r Rhosgroesiaid, byddai ceisio esbonio'r holl gysylltiadau eraill, a'r geiriau Lladin, y tu hwnt i amgyffred Martha yn wyth oed.

"Doedd 'na'r un fodryb o'r enw Lisi Ann, nag oedd?"

Ysgydwodd Seimon ei ben.

"Pam na fysech chi wedi dod ata i i Fallwyd, neu ffonio? Mi roedd hi'n dipyn o risg ichi roi'r darn 'na yn y papur. Doedd 'na ddim sicrwydd y byswn i'n ei weld o, heb sôn am ei ddiall o, na gwneud dim yn ei gylch o."

"Roedd trefniant y byddai'r hysbysiad yn y papur am rai dyddie. Mi fyddwn i wedi meddwl am ffordd arall o gysylltu â chi petai angen. Ond dyma chi." Gwenodd yn garedig arni. "Mae 'na fwy o'ch taid ynoch chi nag ydech chi'n ei feddwl."

"Ond dydi hynna ddim yn esbonio pam fod angen yr holl ystryw yn y lle cynta!"

"Fel y gwyddoch chi, tri ohonon ni oedd ar ôl pan fu farw Edward. Mi roedd y ddau arall yn amau ei fod o wedi cymryd y memrwn o'r bocs aur yn yr ogof. Aeth TL – James – i chwilio amdanoch chi."

"Mi ofynnodd imi oeddwn i wedi cael rhwbeth ar ôl Taid," cytunodd Martha. "Mi fues i'n reit siort efo fo, mwya'r cywilydd."

"Ar ei ffordd atoch chi yr oedd Blair hefyd."

Meddyliodd am Heulwen yn poeni'i henaid am y melinau gwynt, am Eifion a'i gyfaddefiad, am Sam druan, a dyma hi, Martha, yn rhannol gyfrifol am ddwy lofruddiaeth. Aeth yn oer drosti. Cofiodd fel roedd hi wedi amau i rywun fod yn y tŷ. Ai chwilio am y memrwn oedd bellach ym mag Seimon oedden nhw? Pam roedd o mor bwysig?

Clywodd gorn car y tu allan. Sgrialodd ar ei thraed a rhoddodd help llaw i Seimon yntau a'i hysio tua'r drws. Doedd hi ddim yn teimlo'n saff iawn, mwyaf sydyn.

NAW WFFT I droi plwm yn aur, meddyliodd Martha. Roedd y dŵr ffres, oer a gawsai gan Josh gystal â llond trol o unrhyw beth o Beriw. Llarpiodd Seimon a hithau'r brechdanau bob briwsionyn, a gallasai Martha yn hawdd fod wedi bwyta pecyn arall. Teimlai'n llawer tawelach ei meddwl a hwythau wedi cefnu ar Ddinbych-y-pysgod a'r ogofâu bondigrybwyll. Doedden nhw ddim yn mynd i fwrw'r nos yno bellach, hyd yn oed pe bydden nhw wedi dod o hyd i rywle. Âi hi ddim yno eto am beth amser.

Roedd y siwrnai hyd yma'n hesb o sgwrs. Cysgai Seimon a'i gorff yn hongian dros hanner y sedd gefn a'i ben ar y ffenest yn gorffwys ar y bag lledr. Roedd Martha wedi penderfynu y byddai'n mynnu, y cyfle cyntaf a gâi, ei fod yn agor y bocs bach pren. Llw neu beidio, rhaid oedd datgelu cynnwys y memrwn a rhoi gwybod i'r heddlu, neu dyn a ŵyr pwy fyddai'r nesaf ar lechen corffdy. Ond doedd hi ddim am feddwl am hynny rŵan. Teimlai'n ddioglyd lawn ar ôl cael rhywbeth yn ei stumog, ac roedd hi'n falch mai Josh oedd yn gyrru, ac yn gyrru'n eithaf hamddenol hefyd, am unwaith. Roedd yntau wedi blino, debyg. Wedi'r cyfan, roedd hi'n dipyn o siwrnai mewn diwrnod. Gorffwysodd yn ôl yn sedd y teithiwr, a chaeodd ei llygaid.

Byddai wedi cysgu'r holl ffordd, oni bai iddi gael ei bownsio o un lle i'r llall a tharo'i phen yn erbyn y ffenest. Edrychodd Martha o'i chwmpas a sylweddoli eu bod yr ochr uchaf i Aberystwyth, ac roedd Josh erbyn hynny'n lluchio'r car rownd y corneli, a golwg wyllt arno. Y tu ôl iddi, roedd Seimon bellach yn eistedd i fyny ac wedi gwisgo'i wregys. Roedd o wedi gwthio'i hun mor dynn ag y gallai i gefn ei sedd ac edrychai fel petai newydd gael cynnig trip gyda'r hen gychwr du, a bod arno hanner awydd derbyn y gwahoddiad. Poenai Martha na fyddai'i char yn dal y fath driniaeth.

"Josh! Arafa, 'nei di!"

Anwybyddodd Josh hi, gan yrru drwy Dal-y-bont fel petai mewn rali. Roedd ceir wedi'u parcio ar hyd ochr y ffordd, ac roedd un o lorïau Mansel yn dod i'w cwrdd. Rhoddodd Josh ei droed ar y sbardun a suddodd Martha'n ddyfnach i'w sedd a'i thraed yn gwasgu hyd yr eithaf ar frêcs dychmygol.

"JOSH!"

Caeodd Martha ei llygaid yn dynn, dynn, gan ddisgwyl yr ergyd, a difancoll. Ond pasio o drwch blewyn wnaeth y car bach, bron ar ddwy olwyn.

"Josh! Be ddiawl wyt ti'n neud? Arafa!"

"Dwi'n credu 'mod i wedi'i golli o rŵan. Ond rhaid inni ddal i fynd neu mi ddalith i fyny."

"JOSH!"

"Mae 'na gar wedi bod yn ein dilyn ni ers sbel. Dwi wedi rhoi digon o gyfle iddo basio, ond mae o tu ôl inni o hyd."

Seimon, a rŵan Josh. Oedd paranoia yn heintus, tybed? Edrychodd Martha allan drwy'r ffenest gefn, ond welai hi neb.

"Callia, 'nei di! Does 'na neb y tu ôl inni rŵan!"

"Mi fuo raid iddo fo stopio i'r lori yna basio. Ond mae o'n dal yna yn rhywle."

Roedd Josh yn swnio mor bendant nes dychrynodd Martha. Pwy yffach oedd y bobol 'ma? Sut oedden nhw wedi gallu dod o hyd iddyn nhw, a hwythau, yn ôl fel y tybiai Martha, wedi dianc rhagddyn nhw ar lan y môr? Ar ôl hynny, welson nhw neb yn Ninbych-y-pysgod. Cododd blas sur i'w llwnc a gorfododd ef yn ôl i'w stumog. Gwasgodd handlen y drws nes roedd ei migyrnau'n wyn.

Yn lle troi i'r dde wrth y cloc ym Machynlleth, fel y dylsai ei wneud, saethodd Josh yn ei flaen i gyfeiriad yr afon, a Phont ar Ddyfi.

"Ti 'di methu'r tro! Dim ffor' 'ma mae Mallwyd!"

"Dwi'n gwbod! Dwi am drio mynd ffor' arall. Mi fydda i'n saff na ffeindith y car yna mohonon ni wedyn!"

Ar ôl sgrialu dros y bont, aeth ymlaen i gyfeiriad Corris am ychydig, yna trodd lyw y car i'r eithaf i'r dde i gyfeiriad Llanwrin. Cymerodd Martha gipolwg sydyn arall drwy'r ffenest gefn, ond roedd y ffordd yn glir. Mewn rhai mannau, dim ond lle i un car oedd yno, a diolchai fod Josh erbyn hynny wedi dechrau ymlacio, a challio.

Cyn hir cyrhaeddwyd darn o ffordd lle'r oedd coed trwchus, a thynnodd Josh i'r ochr a stopio. Agorodd ddrws y car a chamu allan.

"Sori, mae'n rhaid i fi fynd."

"Be rŵan?"

"Mynd am slash!" gwaeddodd, ac i ffwrdd â fo o'r golwg i ganol y coed.

"'Dech chi'n ôl-reit?" gofynnodd Martha.

Nodiodd Seimon, ond roedd ei lygaid fel dwy seren fawr, a chofleidiai ei fag yn dynn. Estynnodd Martha botel o ddŵr iddo.

"Sut oeddech chi'n nabod Taid?" holodd, er mwyn ei gael i ymlacio yn anad dim. "Dwi'n cael yr argraff eich bod chi'n reit agos ato."

"Roedd Edward a finne'n gydnabod ers blynyddoedd, ond dim ond adeg y rhyfel y cefais i gyfle i'w adnabod yn iawn."

"O? Soniodd o erioed wrtha i am y cyfnod hwnnw."

"Soniais innau ddim. Dyna'r drefn. Fentrai neb ddweud gair. Siaradais i ddim am y peth efo fo wedi hynny chwaith." Anadlodd Seimon yn ddwfn. "Dydi hi ddim yn hawdd imi siarad am y lle hyd yn oed rŵan."

"Peidiwch â theimlo bod rhaid ichi esbonio pethe wrtha i,"

cysurodd Martha ef. Er ei bod hi ar bigau eisiau gwybod, doedd hi ddim am ychwanegu at faich Seimon. Cododd haid o frain swnllyd o ganol y coed. Doedd dim golwg o Josh.

"Yn Milton Keynes oedden ni," meddai Seimon. "Bletchley Park."

"Dim...?"

Amneidiodd Seimon, gan edrych fel petai'n disgwyl cwrt marsial unrhyw funud am ddatgelu'r fath beth.

"Roedd y lle'n gwbwl gyfrinachol ac roedden ni wedi cael ein siarsio i beidio â sôn wrth neb, ac felly y bu hi am ddegawdau. Ond mae pawb yn gwybod amdano bellach, a miloedd yn heidio yno."

Rhyfeddodd Martha. Ond pa ryfedd chwaith, syniodd, a chodau'n gymaint rhan o fywyd ei thaid. Bu ganddo ran allweddol yn y rhyfel, felly, yn datrys y codau milwrol. Gwenodd. Roedd o'n fwy o enigma na'r Enigma ei hun! Dysgasai fwy am ei thaid y diwrnod hwnnw nag a wnaethai yn yr holl flynyddoedd y bu'n byw gydag o.

Clywodd Seimon yn ymbalfalu yn ei fag, ac yn estyn rhywbeth iddi'n frysiog mewn papur sidan.

"Cymrwch hwn. Peidiwch ag edrych arno fo rŵan, a chofiwch, dim gair!" meddai, gan amneidio i gyfeiriad Josh, a oedd ar ei ffordd 'nôl, ac yn gloff. Roedd yn amlwg iddo frifo mwy yn y twnnel nag a dybiwyd ar y pryd. Cydiodd Martha yn y parsel bychan, gan feddwl ei fod yn ymwneud â Bletchley Park efallai, a'i wthio i waelod ei bag, o dan ei holl drugareddau eraill.

"Fyse ots gen ti ddreifio?" gofynnodd Josh. "Mae 'mhen-glin i'n brifo."

Symudodd Martha y tu ôl i'r llyw, gan daflu cipolwg y tu ôl iddi yr un pryd rhag ofn bod gyrrwr y car a oedd yn eu herlid wedi'u canfod, a suddodd Josh i sedd y teithiwr. Roedd pentre Llanwrin fel y bedd, a'r eglwys lle bu priodas Emma ar y diwrnod hyfryd hwnnw yn llwyd a di-liw. Teimlai hynny'n bell, bell yn ôl erbyn hyn, ac roedd cymaint wedi newid. Rhaid iddi gael sgwrs iawn efo hi rywbryd yn y dyddiau nesaf, meddyliodd, unwaith y byddai'r holl fusnes erchyll 'ma drosodd.

"Mathafarn," meddai Seimon, gan bwyso 'mlaen rhwng y seddau ffrynt.

"Be?"

"Draw fan'cw. Mathafarn. Mi stopiodd Harri Tudur yno ar ei ffordd o Sir Benfro i Bosworth i frwydro am goron Rhisiart y Trydydd."

"Ie, dwi'n cofio rŵan. Rhyw fardd oedd yn byw yna, yndê?"

"Dafydd Llwyd. Roedd bri mawr arno fel proffwyd hefyd…"

"Cwac."

Edrychodd Martha yn filain ar Josh.

"Yn ôl y stori, mi ofynnodd Harri Tudur iddo fo oedd o'n mynd i ennill y frwydr. Wel, wydde Dafydd Llwyd ddim be i ddeud, felly mi ofynnodd i'w wraig —"

"Fel ddwedes i… cwac!"

"… a chyngor honno iddo fo oedd i ddeud wrth Harri Tudur y byddai'n fuddugol. Tase fo'n colli, fyddai o ddim o gwmpas i edliw hynny i 'rhen Ddafydd. Ond ennill ddaru o, fel 'den ni'n gwbod, wrth gwrs."

Roedd gan Martha frith gof iddi glywed y stori pan oedd hi'n yr ysgol, ac roedd hi'n amau iddi fod â rhan mewn rhyw ddrama neu'i gilydd am y peth tua adeg yr Eisteddfod Genedlaethol yn '81. Yn ôl yr hanes, taflwyd corff Rhisiart III yn noeth dros geffyl a'i baredio (er nad oedd hynny'n rhan o'r ddrama chwaith), ac mae'n debyg na chafodd ei gladdu fel gŵr o dras. Roedd hi'n siŵr ei bod wedi darllen bod yna rai yn chwilio am ei gorff er mwyn iddo gael angladd anrhydeddus.

"… ac mae 'na sôn bod twnnel yr holl ffordd o Fathafarn

i Lanwrin. Dyna sut roedd cefnogwyr y brenin yn dianc adeg gwrthryfel Cromwell." Roedd Seimon wedi cael y gwynt i'w hwyliau.

"'Den ni 'di ciêl digon o dwneli am un diwrnod, diolch yn fawr," meddai Martha.

"Cer i'r chwith ar y tro nesa," gorchmynnodd Josh.

"Allwn ni ddim mynd adre ffor'na!"

"Jest gwranda am unwaith, 'nei di?"

"Josh, yli… dydi honna ddim yn mynd i unlle…"

"Mae'n mynd drwy'r fforestri… gallwn ni fynd rownd ffor'na."

"Ond does 'na ddim pwynt…!" Anelodd Martha drwyn y car heibio'r tro. Gwyddai mai hi oedd yn iawn. Doedd Josh ddim hyd yn oed yn byw yn yr ardal bellach!

"Ffycin hel, ddynes!"

Cydiodd Josh yn y llyw'n wyllt a'i dynnu tuag ato, i droi'r car rownd y tro. Nadreddodd y car o ochr i ochr, a chafodd Martha drafferth i'w reoli. Breciodd yn wyllt a swingiodd pen ôl y cerbyd ymlaen, gan fwrw Seimon yn erbyn y drws. Gallai Martha weld y clawdd yn rhuthro tuag ati, a'r car yn dal i droi. Yna stopiodd. Chwyrlïodd aderyn bychan allan o'r gwrych, a setlodd y dail yn ôl i'w lle, fel pe na bu yno erioed. Yn y drych, gwelodd gysgod Seimon yn sythu'n ofalus. Gollyngodd Martha ei hun dros y llyw mewn rhyddhad.

"Sytha'r car 'ma, a cher yn dy flaen."

Cawsai Martha ddigon o fwlio pan oedd hi'n byw efo Neil, a dyma hwn wrthi eto. Wel, doedd hi ddim yn mynd i dderbyn hynna. Ei char hi oedd o.

"Allet ti fod wedi'n lledd ni i gyd, y bastad. Gei di neud be lici di, ond dwi'n mynd adre."

Trodd y goriad, a rhoi'r car mewn gêr yn barod i facio'n ôl. Pan gododd ei golygon wedyn, roedd hi'n edrych ar faril gwn. Yn yr eiliad honno, teimlai fel petai ganddi beiriant peli loteri yn ei phen, a hwnnw ar sbin cyflym. Josh. Gwn. Be? Ffrind. Gwn. Jôc? Car. Gwn. Pam? Cariad. GWN. Blydi hel!

"Yn dy flaen," amneidiodd Josh arni. Roedd ei lygaid mor dywyll â'r baril. Edrychodd ar Seimon yn y drych. Nodiodd hwnnw, gystal â dweud wrthi am wrando. Edrychodd Martha ar y ffordd.

"Na."

Teimlodd y metel yn oer ar ei gwar. Baciodd y car yn araf bach, bach yn ei ôl, a throi'r llyw.

"Ffordd arall," mynnodd Josh, a'i lais fel dur.

Anwybyddodd Martha ef, a diflannodd y gwn. Teimlodd Martha'r cwlwm tyn yn ei stumog yn llacio ychydig a gwres yn codi i'w hwyneb. Cydiodd yn hyderus yn y llyw.

"Mi geith y lwmpyn hufen 'ma hi, 'te. Pa goes ti isio imi 'i saethu gynta?"

Clywodd gri fechan o enau Seimon, a sylweddolodd Martha fod y gwn bellach yn pwyntio tua chefn y car.

Yn ei blaen yr aeth Martha, a'i byd i gyd yn rhacs.

43

DALIODD JOSH Y gwn ar Seimon yr holl ffordd, a'r holl ffordd roedd meddwl Martha'n chwyrlïo yn ceisio dyfeisio pob ystryw posib i gael gwared arno. Aethai mor bell â meddwl gyrru'r car ar ei ben i ffos, ond roedd llawn cymaint o berygl yn hynny iddi hi ag oedd i'r lleill. A dyna Seimon. Roedd presenoldeb hwnnw'n cymhlethu pethau. Daliai ei lygaid yn y drych o bryd i'w gilydd, ac roedd golwg dyn wedi'i drechu ynddyn nhw. Petai neb ond Josh a hithau yno, efallai y byddai wedi ei mentro hi. A dyna'r gwn. Teimlodd y llyw yn sliddro'n wlyb dan ei dwylo. Roedd hi'n ei chael yn anodd credu bod gan Josh – ei Josh hi – wn. Fyddai o wedi'i danio? Cofiodd am y caledwch yn ei wyneb, am linell dynn ei geg, a gwyddai.

Ymhen rhyw dair milltir roedd y lôn yn fforchio, a phompren fechan o'u blaenau. Amneidiodd Josh arni i yrru drosti, a throi i'r chwith. Roedd y lôn hon yn garegog ac anwastad, a bu'n rhaid i Martha arafu. O boptu iddi, cyn belled ag y gallai ei weld, roedd coed pin, ac o'r herwydd roedd hi'n dywyllach yno nag mewn mannau eraill. Dyn a ŵyr i ble'r oedden nhw'n mynd, a beth fyddai'n digwydd pan gyrhaedden nhw. Yna, gwelodd rywbeth a achosodd i'w chalon gyflymu.

Mewn cilfan ar ochr y ffordd roedd car. Wrth iddyn nhw ddynesu, daeth rhywun allan ohono, a sefyll wrth ei ochr. Stwcyn byr oedd o, un llydan ei ysgwyddau, a chraffodd Martha arno. Welodd hi mohono yn ei byw, ond y foment honno gallai ei gusanu'n frwd. Byddai'n rhaid i Josh symud y gwn o'r golwg! Fentrai hi agor y ffenest a gweiddi arno, tybed? Roedd Josh yn edrych ar Seimon. Symudodd ei law dde mor ddidaro ag y gallai at y botymau ar y drws a reolai'r ffenestri. Ystyriodd a allai hi frecio'n sydyn, taro'r gwn ymaith, a neidio allan. Roedden nhw bron â chyrraedd y dyn. Eiliad fach eto. Gallai deimlo swits y ffenest yn gweiddi arni dan ei bys. Roedd Josh yn edrych i'r chwith. Rŵan!

"Stopia!"

Dychrynodd gymaint nes y gollyngodd ei gafael ar swits y ffenest fel petai'n wynias boeth, a phwyso'r brêc heb y clytsh. Herciodd yr injan, a nogio. Cyn iddi allu ei hel ei hun at ei gilydd, roedd y dyn diarth wedi agor y drws cefn ac wedi'i setlo'i hun ar y sedd wrth ymyl Seimon. Gwthiodd hwnnw ei hun yn nes at y drws, gan dynnu ei fag yn dynnach ato. Edrychodd Martha ar y dyn diarth mewn rhyfeddod ac ar Josh yn rhoi'r gwn iddo. Gwenodd ei chariad arni. Aeth Martha'n wan.

"Dreifia!" arthiodd Josh.

Plygodd ymlaen i aildanio'r car, a chrynai ei dwylo gymaint nes y dawnsiai'r bwnsied goriadau yn erbyn ei gilydd.

"Found the place then, did you?"

"Aye. Thought you were a goner when that lorry came at you, mind."

Lori? Hwn oedd yn eu dilyn? Ond roedd Josh wedi trio dianc rhag hwnnw! Neu a oedd o? Wyddai Martha ddim beth i'w feddwl bellach. Ymlafniodd i gael trefn ar yr holl beth. Ai ystryw oedd y cyfan? A beth bynnag, sut roedd o wedi dod o hyd iddyn nhw, ac wedi cyrraedd o'u blaenau? Yna, cofiodd fod Josh wedi mynnu eu bod yn dilyn y ffordd heibio cloc Machynlleth, a mynd y ffordd hiraf dros yr afon ac i lawr drwy Lanwrin, yn lle troi i'r dde wrth y cloc ac i lawr y stryd fawr fel y dylai. Roedd o wedi arafu ar ôl troi am Lanwrin, a hyd yn oed wedi stopio i fynd i'r toiled. Rhaid bod y dyn yma, pwy bynnag oedd o, wedi mynd y ffordd arall. Arglwydd mawr, meddyliodd, pwy oedd y rhain?

Roedd y lôn y teithient ar hyd-ddi yn mynd yn gulach a garwach, ac yn dirwyn tuag i fyny, ac âi Martha'n fwy anesmwyth fesul eiliad. Maes o law, teneuodd y coed pin, a rhyw ganllath ar ôl hynny daeth y lôn i ben yn llwyr. O'u blaenau, roedd awyr glir, i'r chwith disgynnai'r ddaear yn serth, ac i'r dde roedd bryn dan orchudd trwchus o redyn.

Ag un cam bron, neidiodd Josh allan o'r car a hyrddio'r drws ar ei ôl, gan beri i'r cerbyd ysgwyd yn wyllt. Yr eiliad nesaf roedd o wedi agor drws Martha ac yn ei thynnu gerfydd ei braich, ond roedd hi'n sownd yn ei gwregys. Plygodd drosti'n ddiamynedd i'w rhyddhau, a'i llusgo allan fel sachaid o datws.

"Get him out, Phil!" sgyrnygodd ar y dyn diarth, a hysiodd hwnnw Seimon allan o'i flaen yn drwsgl.

Arweiniodd Josh hwy i fyny'r bryn; Seimon wrth ei gwt yn tuchan yn arw, ei fag ar draws ei gorff, ac yn llusgo'i draed, Martha wedyn, ac yna'r dyn diarth – Phil – a'r gwn yn olaf.

Cyn hir, daethant at goedlan, ac ar ôl cerdded drwy honno gwelodd Martha adfail bychan. Roedd y waliau'n sefyll, ac roedd iddo do, a ffenestri ac adwy yn fynedfa, ond nid oedd wydr na drws o fath yn y byd. Nid oedd yno ddodrefn chwaith, ond yn y gornel glydaf o'r pedair, y bellaf o'r drws, roedd hen fatres, sach gysgu a lamp fatri bwerus. Yn eu hymyl roedd stof nwy, debyg i stof wersylla, ac o'i chwmpas roedd tuniau a bocsys bwyd gwag, a hen focsys cardbord mawr.

"Dewch i mewn, dewch i mewn," meddai Josh, gan ffug-foesymgrymu.

Sylweddolodd Martha nad oedd erioed wedi dweud wrthi ble'r oedd o'n byw, dim ond ei fod o'n rhentu bwthyn yma ac acw. Beth arall nad oedd o wedi'i ddweud wrthi?

"Does dim amser i baned, mae arna i ofn," meddai Josh, gan amneidio ar Phil.

Mewn dau gam, roedd hwnnw y tu cefn i Seimon ac yn tynnu ei freichiau tuag yn ôl nes roedd Seimon yn gwingo. Camodd Martha ymlaen yn ei hyll.

"Paid ti mentro!" sgyrnygodd Josh, gan chwifio'r gwn i'w chyfeiriad. Trodd at Seimon. "Ble mae o, 'te? Y?"

Edrychodd Seimon ar y llawr.

"Wedi colli dy dafod? Wel, dyna biti. Paid â phoeni, mi ffeindia i hi iti rŵan!" Cydiodd Josh ym maril y gwn, a tharodd Seimon ar draws ei wyneb gyda'r carn.

"JOSH! Gad o fod!"

Brasgamodd Josh ati, ei gwthio i'r llawr ac anelu cic at ei hochr.

"Cau dy ben, bitsh."

O'r braidd y gallai Martha anadlu, cymaint oedd y boen. Am eiliad roedd hi'n ôl yn y fflat yn Llundain, a Neil yn stompio o'i chwmpas. Bitsh, slap, bitsh, slap, cic. Bryd hynny, byddai'n cyrlio'n belen a gadael i'r hyrddiau ei bwrw. Doedden nhw fyth yn para'n hir iawn, a rywsut roedd yr ymosodiadau wedi dod yn rhan o'i bywyd, ac roedd hi'n ei esgusodi drwy ddweud nad Neil oedd yn gyfrifol, yr alcohol oedd yn gyfrifol. Yn sobor, roedd Neil y dyn clenia, neisia'n fyw – am ryw hyd.

Roedd hyn yn wahanol, ac yn brifo'n waeth; i raddau am fod Josh yn gallu gwneud hyn yn sobor, ac i raddau am ei fod wedi'i thwyllo yn y fath fodd. Roedd o wedi mynd ati'n fwriadol i ennyn ei chyfeillgarwch, ennyn ei chariad hyd yn oed, ac roedd hi wedi agor y drws led y pen iddo, wedi'i groesawu i'w gwely. Roedd yntau wedi troi arni fel hyn yn y ffordd fwyaf ciaidd. Ac i beth?

Roedd golwg fel drychiolaeth ar Seimon. Gwyliodd Martha'r gwaed yn llifo o'i arlais ac yn diferu ar ei siwt olau. Roedd o'n dal i gario'r bag. Cydiodd Josh yn y strapen ledr oedd am ei ysgwydd a thynnu'r bag yn filain dros ei ben a'r clwyf agored nes roedd Seimon yn griddfan mewn poen, a pheri i Phil ollwng ei afael ynddo. Ceisiodd Seimon ailafael yn ei fag, ond roedd Josh yn rhy chwim. Lluchiodd y bag i Phil, cydiodd yng ngholer Seimon a'i hyrddio i'r gornel i gyfeiriad Martha. Baglodd yntau a disgyn ar ei hyd ar y llawr carreg.

"Seimon!" Aeth Martha ato ar ei phedwar a'i helpu i eistedd

a'i gefn yn erbyn wal yr hen adfail. Yn ei phoced cafodd afael ar hances, a gwnaeth ei gorau i lanhau dipyn ar y clwyf ac i atal y gwaedu. Roedd gwynt Seimon yn fyr a'i groen fel hen bapur. Gwenodd yn wan arni, a theimlodd Martha'r dagrau'n cronni. Roedd o'n ei hatgoffa o'i thaid yn ei ddyddiau olaf.

Erbyn hynny roedd Josh wedi troi'r bag a'i ben i waered ac roedd ei gynnwys yn siwrwd ar y llawr. Hoeliodd ei sylw ar y bocs hirsgwar pren y daeth Seimon ag ef o'r ogof, y bocs a gynhwysai'r memrwn o'r bymthegfed ganrif, ac a warchodwyd mor ofalus gan y frawdoliaeth gyfrin. Cydiodd ynddo, a mynd ag ef draw at y lamp i'w weld yn well. Aeth Phil ar ei ôl fel gwyfyn at olau. Am eiliad, roedd eu cefnau at Martha, a'r ystafell ychydig yn dywyllach. Edrychodd o'i chwmpas. Tybed? Pe bai hi'n symud yn ddigon sydyn, gallai fod allan yn y tywyllwch cyn iddyn nhw sylweddoli. Tasai hi ond yn gallu cyrraedd y coed... Ond beth am Seimon? Edrychodd arno a gwyddai nad oedd obaith iddo gerdded, heb sôn am redeg. Ac yna, roedd y foment drosodd, a Josh yn anelu atyn nhw a rholyn o femrwn yn ei law.

"Be 'di hwn?"

Anwybyddodd Seimon ef gan osgoi edrych ar y memrwn. Plygodd Josh ato a chydio ynddo gerfydd ei wddf, a gwasgu. Gwelodd Martha'r panig yn ei lygaid wrth i Seimon ymbalfalu am ei wynt.

"Ateb fi!"

"Chei di ddim ateb gynno fo wrth hanner 'i ledd o! Seimon, mi newch chi ateb Josh, yn newch? Plis?" erfyniodd Martha.

Llaciodd Josh ei afael, a llowciodd Seimon hynny a fedrai o wynt. Roedd ei wefusau'n las. Closiodd Martha ato, a mwytho'i fraich.

"Dwi'n gwbod eich bod chi wedi tyngu llw i beidio â darllen y memrwn, Seimon," meddai'n dyner. "Ond dio'm bwys am hynny rŵan. Gore po gynta yr edrychwch chi arno fo, gore po gynta yr awn ni o 'ma." Estynnodd ei llaw i gyfeiriad Josh, gan geisio peidio â chrynu. Roedd Josh yn gyndyn iawn i roi'r papur iddi, ond daliodd Martha'i thir.

Nid oedd Martha wedi cydio mewn memrwn o'r blaen. Roedd yn felyn ac yn drwchus a mynnai fynd yn ôl yn rholyn, fel petai'n benderfynol o guddio'i gynnwys. Brwsiodd y llwch o'r llechen fwyaf gwastad ar y llawr, a datsgroliodd y memrwn arni, gan roi un o'r tuniau bwyd ar y pen uchaf, a dal ei llaw ar y pen isaf.

"Golau?" gofynnodd i Josh.

Amneidiodd hwnnw ar Phil, a daeth â'r lamp draw a'i sodro yn ei hymyl.

Ar y memrwn roedd map bras mewn inc du. Gallai Martha weld strydoedd, coed, caeau, afon a thri mynach. Nid nepell oddi wrth y tri mynach roedd anifail a edrychai fel y Twrch Trwyth o'r Mabinogion. Ar wahân i hynny, ni allai Martha wneud na phen na chynffon ohono. Ar frig y map roedd brawddeg Ladin.

"Seimon, sbïwch ar hwn."

Llusgodd Seimon ei hun yn drwsgl at y memrwn, a'i frest yn gwichian. Bu'n hir iawn yn ateb, ac ofnai Martha lach Josh unrhyw funud.

"Sbectol," mwmialodd.

Pwysodd Josh ymlaen.

"Be ddedodd o?"

"Mae o isio sbectol."

"Blydi hel! Phil?"

Deallodd hwnnw'r angen ac aeth i chwilio ymhlith cynnwys y bag, a dychwelyd gyda chês bach du. Gwnaeth Seimon sioe o roi'r sbectol ar ei drwyn, a gallai Martha weld bod Josh bron â ffrwydro.

"Map ydi o," meddai'n y diwedd.

"Ffycin hel, ddyn, mae pob idiot yn gallu gweld hynna!"

Gollyngodd Martha ei gafael ar y memrwn, a sbonciodd hwnnw'n ôl ar hyd ei blygion cyfarwydd tuag at y tun bwyd.

Gwyliodd y llwch yn esgyn a disgyn o'i blaen wrth i'r esgidiau stompio o'i chwmpas. Closiodd yn reddfol at Seimon. Doedd dim dewis bellach. Gwasgodd ei law'n dyner i'w annog. Tynnodd Seimon ei sbectol.

"Ystyr y geiriau Lladin ydi 'Dyma ei orffwysfan olaf. Gorffwysed mewn hedd.'"

Edrychodd Martha arno'n chwilfrydig, ond roedd Josh yn gwenu'n fodlon, ei holl gynddaredd wedi darfod.

"Map o Gaerlŷr ydi o," meddai Seimon gan gau'i lygaid. "Y baedd gwyn ydi symbol Rhisiart y Trydydd, ac mae'r mynachod yn cyfeirio at Urdd y Brodyr Llwydion."

Nodiodd Josh.

"O'r diwedd!" meddai.

Gallai Martha weld y cyffro'n berwi. Synhwyrodd fod Seimon yntau wedi bywiogi.

"Cymdeithas Rhisiart y Trydydd, ie?" holodd Seimon.

Lledodd y wên smala ar wyneb Josh, a phlygodd i godi'r memrwn. Amneidiodd ar Phil, a swagrodd hwnnw draw.

"Maen nhw'n meddwl bod Harri Tudur wedi dwyn coron Rhisiart," esboniodd Seimon wrth Martha, "a bod 'na ymgyrch wedi bod i'w bardduo. Un reit lwyddiannus hefyd. Maen nhw'n awyddus iawn i ddod o hyd i'w sgerbwd o, ac mae 'na lot o bres y tu cefn iddyn nhw."

"Mi glywson nhw si y gallai fod 'na wybodaeth yn cael ei gwarchod gan sect arbennig, a bod honno wedi'i phasio o un i'r llall ers y bymthegfed ganrif…" ychwanegodd Josh.

"Felly, mi roedd Taid yn iawn i beidio â thrystio neb!"

"… ac roedden nhw isio i mi fod yn aelod…"

"Chi?" ebychodd Seimon. "Chi oedd y pedwerydd newydd?"

"Ie, ond weithiodd hynny ddim. Felly, yr unig opsiwn wedyn oedd Martha."

Teimlodd Martha fysedd yr oerfel yn y llawr yn gafael ynddi. Cofiodd y noson y cyfarfu â Josh am y tro cyntaf ers dyddiau ysgol. Roedd hi wedi mynd i'r Wern ar ei hald o Aberystwyth, ar noson wlyb eithriadol, ac mi gafodd bynctsiar ar ei ffordd adre. Mi ddaeth Josh o rywle, a'i helpu. Cyd-ddigwyddiad? Lapiodd ei breichiau am ei chanol i geisio atal y cryndod yn ei chorff. Cofiodd fod rhywbeth wedi tarfu'n arw ar y cŵn y noson honno yn y Wern.

"Be am James Wright a Blair Hamilton?" gofynnodd.

Clipiodd Josh yr awyr fel petai'n chwipio cleren.

"*Collateral damage.* Be tasen nhw wedi siarad efo ti, neu dy rybuddio di, neu gwaeth fyth, gael gafael ar yr wybodaeth…?"

"Ond doedd gen i ddim gwybodaeth!" protestiodd.

"Doeddwn i ddim yn gwbod hynny. Mi alle dy daid fod wedi rhoi rhywbeth iti. Aeth Phil i'r tŷ i chwilio y diwrnod 'na fuon ni'n cerdded."

Felly, roedd hi'n iawn am y platiau glas. Mi *oedd* rhywun wedi eu symud.

"A'r gath 'na'n hongian o'r goeden ar ben y Ffridd? Ti oedd yn gyfrifol am honno hefyd?"

"Phil. *Nice touch,* ti'm yn meddwl? Roedd rhaid i ti fy nhrystio i, a dechrau deud pethau wrtha i, ac mi wnest ti – fel caneri."

"Y bastad."

"Ond bastad cyfoethog iawn rŵan!" chwarddodd yntau, a Phil gydag ef. "A waeth iti ddeud," ychwanegodd gan fwytho'i boch a sibrwd yn ei chlust, "mi gawson ni hwyl iawn, yn do?"

Poerodd Martha arno. Y peth olaf a deimlodd oedd carn y gwn yn disgyn arni fel gordd.

Deffrodd Martha mewn tywyllwch dudew a'i cheg yn grimp. Roedd ei thraed fel talp o rew. Fuodd hi erioed yn medru cysgu efo traed oer, ac ar adegau felly doedd dim amdani ond codi a llenwi potel dŵr poeth. Ceisiodd ymorol am y swits golau, yn ôl ei harfer, ond ni allai symud. Ceisiodd eto, a methu. Cododd ei phen, a tharo rhywbeth. Dychrynodd ei pherfedd. Symudodd ei llygaid o'r naill ochr i'r llall, gan obeithio gweld rhywbeth – cysgod, rhith o olau llwyd – unrhyw beth. Ond roedd hi cyn ddued â bol buwch. Ai cael hunllef roedd hi? Ond roedd ei llygaid ar agor. Sut gallai hi gael hunllef a'i llygaid ar agor? Neu a oedden nhw? Ceisiodd godi'i llaw dde at ei hwyneb i wneud yn siŵr, a methu. Ceisiodd eto, ond doedd dim yn tycio. Rhoddodd gynnig ar ei llaw chwith wedyn, ond roedd rhywbeth yn ei rhwystro rhag codi'i breichiau yn y ffordd arferol.

Teimlodd y panig yn ei meddiannu, a'r oerfel yn lledu drwyddi. Gorfododd y panig yn ôl drwy ddweud wrthi'i hun bod rhywun yn siŵr o fod o gwmpas. Rhywun a wyddai ble'r oedd hi ac a oedd, efallai, yn cadw llygad arni. Dim ond galw, a byddai rhywun yn siŵr o ddod. Ceisiodd weiddi, ond ddaeth dim allan ond ebychiad croch. Llyncodd ei phoer, a cheisiodd eto, a dychrynodd fwy fyth pan glywodd ei llais ei hun, yn uchel ac yn bŵl yr un pryd. Ceisiodd eto, ac arhosodd. Dim byd. Affliw o ddim. Nid oedd sŵn yn unman, dim ond ei hanadl ei hun yn morthwylio yn ei chlustiau. Erbyn hynny roedd hi'n teimlo'n sâl gan ofn a phanig. Roedd ei brest yn dynn, a'i gwynt yn fyr. Roedd hi eisiau cicio a strancio, eisiau rhedeg oddi yno, eisiau deffro, eisiau i rywun ddod, plis allai rhywun ddod… plis… Teimlodd wlybaniaeth rhwng ei choesau ac oglau pi-pi yn cyrraedd ei ffroenau. Dechreuodd igian crio.

Meddyliodd am Heulwen ac Emma a Lowri. Fyddai neb yn gwybod ble'r oedd hi. Meddyliodd am Eifion, a'i haddewid i helpu. Meddyliodd am Josh. Josh a'r caru addfwyn, Josh y ffrind, Josh yn dal gwn. Gwn. Josh. Yna cofiodd. Gorfododd ei hun i gofio. Gwelodd Josh a hithau'n cerdded yn rhywle. Dolgellau. Nage. Twnnel. Oedd hi mewn twnnel? Nid dim ond hwy eu dau, roedd rhywun arall yn cydgerdded â nhw hefyd. Seimon. Seimon y Rhosgroesiad. Rhyfedd, wyddai hi ddim beth oedd ei gyfenw, neu doedd hi ddim yn cofio. Roedd pethau'n dechrau mynd yn niwlog a'i brest yn dynnach fyth.

Gwyddai eisoes ei bod yn gallu symud ei bysedd a'i dwylo, ond na allai symud ei breichiau'n rhwydd. Gallai symud ei thraed hefyd, a chodi'i choesau, ond ddim llawer. Gallai eu tynnu tuag ati ychydig bach, a'u symud fodfedd neu ddwy i'r naill ochr. Estynnodd ei throed chwith cyn belled ag y gallai, a doedd hynny'n ddim llawer. Cododd ei phen eto, y tro hwn yn syth i fyny. Cyffyrddodd ei thrwyn â rhywbeth, ond wyddai hi ddim beth. Ceisiodd symud ei braich dde eto, y tro hwn drwy gadw'i rhan uchaf mor agos at ei chorff â phosib. Drwy wneud hynny, a thrwy gerdded ei bysedd yn araf bach at ei phen, llwyddodd i deimlo'i gên, yna'i cheg a'i thrwyn a'i llygaid. Gallai deimlo'i hamrannau'n ysgubo'i bysedd. Gwnaeth yr un peth gyda'i braich chwith, a chyrraedd ei harlais. Sgyrnygodd poen drwyddi a thynnodd ei gwynt ati'n sydyn. Gallai deimlo rhywbeth hanner gwlyb a sych fel croen cwstard, a symudodd ei bysedd i lawr fymryn i'w arogleuo. Gwaed. O'r mawredd! Bu bron iddi lewygu, ond caeodd ei llygaid yn dynn, a gorfodi'i hun i anadlu'n ddwfn.

Roedd hi ar ei chefn yn rhywle a oedd yr un hyd a'r un lled â hi. Roedd aroglau rhyfedd o'i chwmpas, fel lleithder, ond bod y lleithder yn gymysg â rhywbeth arall. Yna, sylweddolodd, ac yn ei sioc bu bron iddi ddefnyddio'r ychydig anadl a oedd ar ôl ganddi. Arogl pridd oedd yn ei ffroenau. Doedd bosib? Anadlodd yn fyr ac yn fuan i geisio rheoli'r ofn a'r panig. Roedd y niwl yn ei phen yn gwaethygu, ac roedd arni ofn llewygu neu gyfogi.

Yn raddol bach, drwy'r niwl, cofiodd fod ei thrwyn wedi cyffwrdd â rhywbeth caled, ac estynnodd ei phen unwaith eto tua nenfwd ei chell. Fel cynt, cyffyrddodd â rhywbeth nad oedd mor galed ag y tybiodd y tro cyntaf, ac roedd arogl cyfarwydd iddo, fel mwtrin papur. Chwiliodd ei chof amdano, ond doedd dim yn tycio. Roedd hi'n rhy flinedig. Tybed ai'r un peth oedd o boptu iddi? Byseddodd yn betrus. Yna ychydig yn gryfach. Ie, roedd hi'n iawn. Roedd hi'n gorwedd mewn rhywbeth. Ceisiodd grafu'r ochr, a theimlodd rywbeth yn rhoi yn ei llaw. Clywodd ei hewinedd yn gwneud sŵn cyfarwydd wrth grafu a chysylltodd hynny â'r aroglau mwll. Cardbord oedd o! Roedd hi'n gorwedd mewn bocs cardbord. Calonogwyd hi. Fyddai hi fawr o dro yn dod allan rŵan! Crafodd a chrafodd nes gwneud twll bach gyferbyn â'i chlun. Roedd hi'n chwys domen erbyn hyn a'i gwynt yn fratiog. Pe gallai fachu'r ochr, gallai rwygo'r cardbord, a byddai yn yr awyr agored eto. Dychmygodd yr awel yn oer ar ei hwyneb a lond ei hysgyfaint, faint liciai hi ohoni, a gwthiodd ei hun ymlaen, o anadl dynn i anadl dynn. Cyn bo hir roedd y twll yn ddigon o faint iddi allu gwthio'i llaw drwyddo, ond y cyfan a deimlodd oedd pridd.

Rhoddodd ei stumog dro milain, a bu bron iddi golli arni'i hun. Heblaw ei bod mewn bocs cardbord, roedd hi mewn bocs cardbord dan ddaear. Doedd hi ddim am feddwl faint o ddaear oedd rhyngddi hi a'r dydd. Fentrai hi ddim, byddai'r panig yn drech na hi. Hwnnw oedd ei gelyn pennaf rŵan, hwnnw a'r niwl yn ei phen. Roedd ei hanadl yn fyr, fyr erbyn hyn, a gwyddai nad oedd ganddi lawer o ocsigen ar ôl, ond roedd hi'n benderfynol o wneud rhywbeth, unrhyw beth, i ddianc. Petai ond yn gallu cael mwy o ocsigen, gallai brynu rhagor o amser iddi'i hun. Meddyliodd am gnoi tipyn ar y cardbord uwch ei phen, gan obeithio y gallai wthio'i phen i fyny drwyddo, a thrwy'r pridd. Ond hyd yn oed pe byddai ganddi ddigon o nerth i wneud hynny, beth petai'r pridd yn disgyn arni? Byddai'n ei mygu. Doedd ganddi ddim dewis ond parhau â'r hyn a ddechreuodd eisoes.

Ceisiodd ddychmygu ymhle y gallai hi fod. Cofiodd rywbeth am redyn ac adfail. Bryn, roedden nhw wedi cerdded i fyny ochr bryn. Yna roedd hi ar y llawr wrth ochr Seimon, a'r memrwn o'i blaen. Cofiodd y map, a'r mynachod a'r baedd, ac yna rywbeth yn ei tharo, ac wedyn… dim byd. Oedd hi'n dal ar y mynydd? Fyddai Josh ddim wedi gallu ei chario ymhell iawn heb gerbyd, na fyddai? Byddai am fod yn ofalus na châi ei weld, ac felly roedd yn annhebygol o fod wedi'i chladdu yn rhywle agored. Y map oedd bwysicaf iddo fo. Byddai am ei heglu hi oddi yno cyn gynted ag y gallai gyda'r map, a doedd bosib felly bod y twll yr oedd hi ynddo yn ddwfn iawn. Roedd hi'n bosib, felly, bod y pridd yn hawdd ei drin, nid y pridd trwm dan dyweirch mynydd, ond deilbridd brau a ffrwythlon yr hen goedlannau collddail. Os gallodd Josh dyrchu'r pridd, siawns na allai hithau hefyd. Phil. Nid dim ond Josh, ond Phil hefyd. Dau ohonyn nhw. Un ohoni hi.

Gwthiodd ei bysedd eto drwy'r twll bach. Gweddïai ei bod yn iawn ac nad pridd cleiog, gwlyb oedd o'i chwmpas. Roedd hi'n stryffaglu i gael ei gwynt erbyn hyn, a gwyddai fod amser yn brin. Gwthiodd y twll bach tuag i lawr, cyn belled ag y gallai, yna rhoddodd y dasg i'w phen-glin, ac yna i'w throed. Ceisiodd beidio â meddwl am y pridd a oedd yn bochio ochr y bocs, ac o bosib yn llifo i mewn eisoes. Gwthiodd big ei phenelin drwy'r twll, gan ei droi rownd a rownd, fel petai'n fynawyd.

Roedd hi eisiau cysgu. Mor hawdd fyddai cysgu a gollwng gafael. Doedd dim na ddeisyfai'n fwy na hynny. Dychmygodd ei horganau'n rhoi'r ffidil yn y to, y drysau'n cau o un i un, ac am ryw reswm roedd hi'n ddigon bodlon. Caeodd ei llygaid, gwenodd, a gadawodd ei hun i fynd.

ROEDD HI'N DAL yn dywyll. Roedd hi'n dal yn ei chell. Neu a oedd hi? Wyddai hi ddim beth oedd y gwirionedd erbyn hyn. Efallai ei bod hi wedi marw, ac mai dyma sut le oedd y byd arall. Nid nefoedd, oherwydd allai hwn fyth fod yn nefoedd. O leiaf nid yr argraff roedd hi wedi'i chael o'r nefoedd. Roedd nefoedd i fod yn lle golau a hapus, yn llawn angylion a thelynau. Allai hi ddim clywed telynau, ond gallai glywed sŵn rheolaidd a dwfn. Roedd o'n sŵn cysurus iawn. Erbyn meddwl, roedd rhywbeth yn symud yn y gell gyda hi. Doedd hi ddim mor siŵr a oedd hi mor fodlon â hynny, chwaith.

Maes o law, pan gliriodd y niwl yn ei phen, sylweddolodd ei bod hi'n gwrando ar ei chalon ei hun, ac yn teimlo'i hysgyfaint yn esgyn a disgyn yn rhythmig. Gorweddodd yno yn cymathu'r wybodaeth honno. Os oedd ei chalon yn curo, roedd hi'n fyw. Os oedd hi'n anadlu, rhaid ei bod yn cael ocsigen. Os oedd hi'n cael ocsigen, rhaid bod aer yn dod i mewn i'r gell.

Cofiodd ei bod wedi dod i'r casgliad ei bod yn gorwedd mewn bocs cardbord, a hwnnw dan ddaear. Cofiodd ei bod wedi ceisio gwneud twll yn y bocs. Teimlodd o'i chwmpas. Roedd ei hochr yn bridd i gyd. Symudodd ei phenelin i'r dde yn betrus, ac yna ychydig ymhellach, ac ymhellach. Os nad oedd hi'n dychmygu pethau, roedd ei phenelin yn teimlo'n oerach na'r gweddill ohoni, ac roedd yr aer yn y gell yn llawer mwy ffres, a'i brest hithau'n llawer llai tyn. Tynnodd ei phenelin yn ôl a mentrodd wthio'i llaw, ac yna'i braich gyfan, drwy'r twll. Roedd yr awel oer yn iachusol, a sbardunodd hynny hi.

Wyddai hi ddim am ba hyd y bu wrthi, oherwydd brwydrai'n gyson yn erbyn blinder a gwendid, ac effaith y clwyf ar ei harlais, ond maes o law gwnaethai ddigon o dwll i fedru'i gwthio'i hun allan o'r ochr. Anadlodd yn ddwfn. Fu gwynt y nos erioed mor felys. Gorffwysodd yno ar ei breichiau am ennyd, ei hanner isaf yn dal yn y ddaear, ac efallai fod cwsg wedi'i goddiweddyd, wyddai hi ddim, ond pan gododd ei phen roedd yn yr amser diamser hwnnw a'r Aradr yn wincio yn nenfwd y nos. Roedd Seren y Gogledd yno, fel erioed.

Edrychodd o'i chwmpas. Doedd hi ddim yn y goedlan fel y tybiai, ond ar ei chyrion, ac roedd y bedd a fwriadwyd iddi'n eithaf bas, fel petai Josh neu Phil, neu'r ddau, ar ras wyllt i fynd oddi yno. Nid nepell oddi wrthi roedd yr hen adfail, yn llonydd a thywyll yng ngolau'r lleuad. Ceisiodd beidio ag edrych arno. Hyd yma, roedd hi wedi cymryd yn ganiataol eu bod wedi'i heglu hi efo'r map. Ond beth petaen nhw'n dal yno? Doedd hi'n sicr ddim am aros i weld. Ag un ymdrech nerthol, cododd ei hun o'r twll, yn griddfan gan y boen yn ei hystlys lle'r oedd Josh wedi'i chicio. Arhosodd yno yn ei chwrcwd am eiliad, ei phen yn troi, yna gorfododd ei hun i godi, a rhedeg a baglu am yn ail tuag at y coed. Pe daliai i fynd byddai'n cyrraedd y ffordd, a gallai ddod o hyd i dŷ a ffôn, neu pe byddai'n lwcus efallai fod ei char yn dal yno.

Yna sylweddolodd. Goriadau. Bag. Llithrodd ei bag oddi wrthi pan hyrddiodd Josh hi ar y llawr. Roedd ei goriadau yn hwnnw. O wel, doedd hi ddim am fynd yn ôl i'r lle yna am bris yn y byd. Câi'r car – os oedd o yno – aros lle'r oedd o. Roedd hi bron â chyrraedd ochr arall y goedlan pan gofiodd am Seimon.

Be oedden nhw wedi'i wneud ag o? Oedd yntau mewn rhyw fedd yn y coed? Go brin rywsut, oherwydd roedd o'n ddyn o gorffolaeth solet. Os oedden nhw wedi brysio i'w chladdu hi, fydden nhw'n sicr ddim wedi cael amser i'w gladdu yntau hefyd, ac am yr un rheswm fydden nhw ddim wedi mynd ag o efo nhw. Efallai ei fod yn dal yn yr adfail, yn fyr ei wynt ac yn methu symud. Brwydrodd Martha â hi'i hun. Roedd y reddf i ddianc oddi yno cyn gynted fyth ag y gallai yn gryf, ac eto roedd y reddf i wneud y peth iawn yr un mor gryf. Edrychodd ar Seren y Gogledd, a gwyddai pa lwybr i'w ddilyn.

O'i safle ar gyrion y goedlan gallai weld bod y murddun yr un mor dywyll a thawel â chynt. Roedd cysgodion yn cyhwfan yn ei ffenestri noeth a thros ei drothwy, a pho fwyaf y syllai Martha, tebycaf yr aent i bobol, a chreaduriaid. Ond pan gaeodd ei llygaid ac edrych eto, doedd yno ddim byd. Cleciodd rhywbeth dan ei hesgid, a neidiodd. Doedd dim amdani ond mynd i weld.

Gwyddai nad oedd ffenest yn y talcen i'r chwith iddi, oherwydd yng nghornel y talcen hwnnw roedd y matres a'r sach gysgu. Dilynodd gyrion y coed mor bell ag y gallai cyn dringo'n uwch a dynesu at y murddun o'r cyfeiriad hwnnw, rhag i unrhyw un a ddigwyddai fod yno ei gweld. Roedd hi bron wrth y wal pan ganodd gwdihŵ yn rhywle. Dychrynodd hithau gan lithro a disgyn yn drwsgl ar ei hystlys boenus. Crensiodd ei dannedd, ac anadlu'n drwm. Roedd y boen yn annioddefol. Gwthiodd ei hun ar ei heistedd, a gwrando, drwy'r boen, am unrhyw arwydd o symudiadau yn y murddun, ond roedd fel y bedd. Roedd hynny'n arwydd da. Roedd hi'n saff bod y twrw a wnaeth wrth lithro yn ddigon i godi'r meirw. Mentrodd sefyll, a cherdded yn ei phlyg at y ffenest, a chymryd cipolwg sydyn, ond roedd hi'n rhy dywyll i weld dim. Aeth ar ei phedwar, a chropian o dan y lintel nes cyrhaeddodd y drws. Anadlodd yn ddwfn, a chamodd i mewn.

Clywodd dwrw anniddig, a rhyw fflap-fflapian heibio'i chlust. Gwaeddodd – allai hi mo'r help. Wrth iddi ddal ei gwynt, synhwyrodd y murddun yn setlo'n ôl yn raddol bach i'r distawrwydd blaenorol. Cyn hir, cynefinodd ei llygaid â'r lled-dywyllwch, a gallai weld ambell siâp cyfarwydd yma ac acw, y bocsys cardbord mawr, y matres. O'r ffenest agosaf ati deuai saeth o olau lleuad, a lle disgynnai ar y llawr, gwelodd Martha gornel y lamp fatri. Gan ei bod wedi dod mor bell, tybiodd y gallai chwilio am ei bag, o leiaf, hyd yn oed os nad oedd Seimon yno. Cydiodd yn y lamp a'i chynnau.

Roedd y matres yno fel y tybiodd, a'r tuniau a'r bocsys bwyd, ond roedd y sach gysgu wedi diflannu. Doedd dim golwg o Seimon. O wel, o leiaf roedd hi wedi trio. Efallai ei fod wedi dod ato'i hun ac wedi dechrau cerdded am y ffordd, fel hithau. Erbyn meddwl, doedd ei fag o ddim yno, er bod ei gynhwysion, ac eithrio'r map, yn y fan lle'u harllwyswyd gan Phil. Doedd dim golwg o'i bag hithau chwaith.

Ceisiodd feddwl ble'r oedd hi pan wthiodd Josh hi a'i chicio. Dyna pryd yr oedd y bag wedi llithro o'i gafael. Ysgubodd yr ystafell gyda chymorth y lamp, a hoeliodd ei sylw ar damaid o strapen yn nadreddu o'r tu ôl i'r bocsys cardbord. Prysurodd draw, a thynnodd y strapen yn wyllt tuag ati, gan hanner troi i ymadael, ond wrth iddi wneud hynny, simsanodd un o'r bocsys a chwympo. Y tu ôl iddo roedd bag Seimon, ac o dan y bag, yn lled-orwedd ac wedi'i orchuddio'n flêr gan y sach gysgu, roedd Seimon ei hun. Roedd y clwyf ar ei wyneb wedi ceulo, ac roedd ei lygaid yn agored led y pen.

Josh

"IF THIS MAP'S correct, I can tell you exactly where it is," meddai Josh ar y ffôn. "I'm even prepared to mark it for you."

Gwgodd. Doedd o ddim yn hoffi'r hyn glywodd o ar ben arall y ffôn.

"I know we shook hands on half a million, but the price just doubled. Let me know when you want to talk."

Roedd Josh wedi gorfodi Phil allan o'r car filltiroedd yn ôl, yn rhywle rhwng Caersws a Llanidloes, ac wedi talu iddo gyfran o'r chwarter miliwn roedd eisoes wedi'i gael am ei waith. Lle da oedd yr hen ffermdy i guddio pethau. Brwsiodd ychydig o bridd oddi ar ei siaced, a theimlodd onglau caled y memrwn yn ei boced. Byddai'n rhoi'r map mewn seff ar y cyfle cyntaf hyd nes byddai'r tri chwarter miliwn arall yn ei gyfri. Gwyddai na fyddai angen iddo aros yn hir. Roedd hon yn Gymdeithas gefnog iawn.

Gwenodd, a phrysurodd am y maes awyr.

Martha

C EISIODD MARTHA GODI'I llaw at ei hwyneb, a methu. Ceisiodd eto, ond doedd dim yn tycio. Roedd rhywbeth yn ei rhwystro rhag symud yn y ffordd arferol. Roedd rhywbeth dros ei hwyneb. Teimlodd y panig yn ei meddiannu. Ceisiodd weiddi, ond allai hi ddim. Roedd ei brest yn dynn, a'i gwynt yn fyr. Roedd hi eisiau deffro... eisiau deffro...

"Martha?"

Roedd rhywbeth yn bod ar ei llygaid. Fedrai hi ddim ffocysu'n iawn. Gwelodd wyneb heb gorff yn hofran o'i blaen, fel petai'n edrych arni drwy waelod pot jam. Roedd hi wedi blino'n ofnadwy, ac roedd ei chorff yn boenau drosto. Caeodd ei llygaid a gadael i'r diamser ei goddiweddyd.

Pan ddeffrodd wedyn, roedd hi mewn ystafell olau, braf, ac roedd masg ocsigen am ei thrwyn a'i cheg. Yn ei llaw roedd tiwb tryloyw a hwnnw'n arwain at gwdyn plastig ar fachyn yn ei hymyl. Yn ôl y meddyg, roedd ganddi niwmonia, a achoswyd i raddau gan y crac yn un o'i hasennau. Yn ôl y nyrs, roedd hi'n dipyn o ddirgelwch, ac roedd golwg y diawl arni pan gyrhaeddodd yr ysbyty. Roedd hi'n fwd o'i chorun i'w sawdl ac yn waed i gyd, ac roedd ei hystlys yn ddu-las. Daliai ei bag yn dynn wrth ei chorff, ac roedden nhw wedi cael tipyn o drafferth i'w gymryd oddi arni. Parablai rywbeth am ryw ddyn, a rhyw fap, ond doedd dim synnwyr i'w gael ganddi. Wyddai neb pwy oedd hi nes iddyn nhw chwilio cynnwys ei bag.

Pan oedd hi'n well, holodd am y bag, a dywedwyd wrthi fod un o'r merched – Heulwen? – wedi mynd ag ef adre gyda hi i'w lanhau, ond roedd ei gynnwys yn ddiogel yn y cwpwrdd bach yn ei hymyl. Gofynnodd Martha am gael gweld, ond doedd y parsel bychan o bapur sidan ddim yno. Gwelodd y nyrs y siom ar ei hwyneb a deallodd.

"Mae o yn y seff efo'ch pwrs chi," meddai. "Roedd o'n edrych yn werthfawr."

Rhyw ddiwrnod, holodd Martha sut y cyrhaeddodd hi'r ysbyty. Roedd gŵr a gwraig wedi dod o hyd iddi mewn ffos yng nghyffiniau Llanwrin, mae'n debyg. Doedd dim modd ei gweld o'r ffordd, a bydden nhw wedi mynd heibio heb sylweddoli ei bod hi yno oni bai bod dynes mewn ffrog hir wen wedi sefyll ar ganol y ffordd a'u gorfodi i stopio. Roedd y ddynes wedi gwenu arnyn nhw, ond pan edrychon nhw amdani wedyn doedd dim golwg ohoni.

GANOL MEDI, EISTEDDAI Martha yng nghegin y Neuadd Lwyd, pan dynnwyd ei sylw gan ddwy eitem o newyddion ar y teledu. Yr eitem gyntaf oedd bod Phillip Wynne wedi pledio'n euog i ddau achos o lofruddio, ac un achos o ymgais fwriadol i lofruddio. Roedd yr heddlu yn dal i chwilio am Joshua Michael Chambers.

Doedd Martha ddim wedi deall o hyd sut y llwyddodd Phil i ddod i lawr y twnnel. Rhaid bod Josh wedi'i helpu mewn rhyw fodd, ond hyd y cofiai Martha roedd Josh gyda hi a Seimon gydol yr adeg. Hyd y gwelai, yr unig gyfle posib a gafodd oedd yr eiliad honno pan gollodd Martha'i channwyll wrth y drws a arweiniai at y twnnel. Roedd Josh wedi bod yn ymbalfalu amdani ar y llawr. Efallai ei fod wedi llwyddo, rywsut, i atal y drws rhag cau'n dynn. Châi hi fyth wybod, debyg.

Doedd ganddi ddim syniad pwy oedd y ddynes yn y ffrog wen chwaith. Doedd neb wedi llwyddo i ddod o hyd iddi, er bod y pâr bach hyfryd a achubodd Martha o'r ffos yn mynnu iddyn nhw ei gweld. Fydden nhw ddim wedi stopio fel arall, medden nhw. Allai Martha ddim peidio â meddwl am y ddynes a welsai ar y Ffridd y diwrnod y daeth o hyd i gorff y gath. Ffrog wen oedd gan honno hefyd.

Teimlodd Martha'r croen gŵydd yn cripian drosti, a thynnodd ei chardigan yn dynnach amdani. Yn raddol bach, roedd hi'n dechrau dygymod â bod wrthi'i hun eto, er na allai ddiffodd y golau wrth erchwyn ei gwely am bris yn y byd. Roedd Lasi'n help garw. Heulwen oedd wedi'i rhoi iddi, un o'r torllwyth del o gŵn defaid glas a anwyd ar y fferm yn ystod yr haf. Chwarae teg i Heulwen, roedd pethau'n ddigon anodd rhyngddi ac Eifion, heb ddechrau tendio ar Martha hefyd. Roedd Lasi'n ifanc rŵan, wrth gwrs, yn fol pinc ac yn gêm i gyd, yn dal i geisio mesur hyd a lled y byd rhyfedd hwn y'i ganwyd iddo. Edrychai Martha ymlaen yn fawr at fynd â hi am dro, ond câi'r Ffridd aros ychydig yn hwy.

Roedd Emma'n disgwyl. Synnodd Martha ati'i hun na fyddai wedi sylweddoli hynny ynghynt, yn lle poeni bod rhywbeth mawr o'i le arni. Argol, roedd hi'n gallu bod yn dwp weithiau. Newydd briodi, ddim yn yfed, yn gweld doctor, y teimlad ei bod yn dal rhywbeth yn ôl... Helooo! Roedd hi'n gallu dehongli codau papur yn eithaf ond iesgob, mi fuodd hi'n slo yn gweld honna. Y bat.

Yr ail eitem o newyddion o bwys oedd bod arbenigwyr wedi canfod corff Rhisiart III. Roedd Cymdeithas Rhisiart III, gyda chymorth y brifysgol leol, wedi bod yn cloddio maes parcio yng Nghaerlŷr, ac wedi canfod sgerbwd â chefn crwca yn fuan ar ôl dechrau cloddio. Canfuwyd y sgerbwd ar safle'r cyngor lleol a adeiladwyd, mae'n debyg, lle safai Mynachlog y Brodyr Llwydion yn y bymthegfed ganrif. Ym mis Awst y daeth y sgerbwd i'r fei, yr un mis ag y lladdwyd Rhisiart ar faes Bosworth yn 1485. Yr hyn a wnâi'r stori'n fwy rhyfeddol oedd bod yr archaeolegwyr wedi dod o hyd i'r esgyrn, a hynny'n gymharol rwydd, o dan lain barcio lle'r oedd rhywun wedi peintio'r llythyren 'R'. I'r anghyfarwydd roedd hi'n stori ddiddorol ar y naw, yn enwedig wrth i aelod blaenllaw o'r tîm liwio'r stori fwy fyth gyda honiadau bod y ffurfafen, a fu'n ddigwmwl cynt, wedi duo mwyaf sydyn a gollwng llifeiriant o law pan agorwyd y bedd. Llain gadw, 'Reserved', oedd ystyr yr 'R', meddai'r sgeptics; ysbryd Rhisiart oedd wedi'i roi o yno, honnai'r ysbrydegwyr a'r rhamanteiddwyr. Gwyddai Martha'n amgenach.

Yn ei chwilfrydedd, yn fuan ar ôl gadael yr ysbyty, roedd hi wedi chwilota'r we am y Gymdeithas hynod hon. Cenadwri'r Gymdeithas oedd bod hanes wedi gwneud cam â Rhisiart

III a'i bod hi am unioni'r cam hwnnw yn y gred bod enw da rhywun yn werth brwydro drosto, a bod gwirionedd yn drech na chelwydd. Digon teg, ond roedd y ffin rhwng gwir a gau, fel y gwyddai Martha'n dda, yn gallu bod yn denau iawn hyd yn oed ar ôl ychydig wythnosau, heb sôn am bum canrif a rhagor. Y Gymdeithas hon fyddai'r gyntaf i wadu bod ganddi unrhyw gysylltiad â Josh a'i anfadwaith. Y peth olaf oedd ei angen arni rŵan yn awr ei buddugoliaeth, a hithau wrthi ffwl pelt yn gwyngalchu'i harwr mawr, oedd rhagor o barddduo, a'r frenhiniaeth, ym mlwyddyn y Jiwbilî, ar i fyny. Cyfle arall i 'ddathlu' Prydeindod, myn diain i, meddai Martha wrthi'i hun. A fyddai'r un dathlu a'r un sioe dros y ffin pe byddai sgerbwd Owain Glyndŵr yn dod i'r fei, tybed? Go brin.

Clywodd rywbeth yn cael ei lusgo ar y llawr, a thagodd ei hanadl yn ei gwddf. Lasi oedd yno, wedi bachu'i dannedd bach main yng nghornel darn o bren ddwywaith ei maint ac yn llusgo hwnnw mor browd â pheunes hyd lawr y gegin, gan ollwng darnau o risgl yma ac acw.

"Be sy' gen ti fan'na, Lasi fech?" meddai gan blygu i gael gwared â'r tegan newydd cyn iddo friwsioni rhagor. Tybiodd Lasi fod hyn yn eithaf gêm a phan welodd gadwyn Martha'n siglo o flaen ei hwyneb, neidiodd tuag ati. "O... Lasi!" ebychodd Martha, wrth i ddarnau'r gadwyn sgrialu i bob man fel marblis, ac i Lasi brancio ar eu holau. Cododd Martha hi a'i chau yn y cyntedd rhag ofn iddi lyncu un ohonyn nhw.

Hon oedd y gadwyn a gafodd gan Seimon, wedi'i lapio mewn papur sidan. Ar y gadwyn roedd tri darn arian ar siâp triongl am yn ail â rhes o berlau. Cornelodd y perlau strae a'r tri darn arian a'u pentyrru mewn dysgl wydr ar y bwrdd. Estynnodd am un o'r darnau a'i fwytho, a theimlodd ei lyfnder yn cynhesu yng nghledr ei llaw.

Seimon druan. Yn ôl y post-mortem, marw o drawiad ar y galon a wnaeth Seimon Evans, a achoswyd i raddau gan wendid ynddi a chan yr ymosodiadau arno. Roedd y byd yn dal i ddihuno a huno gyda phob gwawr a machlud, a phawb yn mynd o gwmpas eu pethau fel erioed. O'r holl bobol ar y ddaear y foment honno, hi a llofrudd yn unig a wyddai'r hanes ac a wyddai fod llw a dyngwyd bron bum canrif a hanner yn ôl wedi darfod. Thalai hi ddim iddi sôn wrth neb bellach. Chredai neb mohoni. Beth bynnag, roedd y gath allan o'r cwd, y sgerbwd wedi'i atgyfodi, a'r peiriant propaganda eisoes yn ffustio'i orau.

Edrychodd ar y pentwr perlau. Gresynai'n fawr fod y gadwyn wedi chwalu, ond doedd bosib nad oedd modd ei rhoi'n ôl at ei gilydd? Waeth iddi roi cynnig arni ddim, meddyliodd, ac aeth i'r twll dan staer i chwilio am nodwydd fain a llathen o edau blastig yn hen focs gwnïo ei nain.

Roedd dwy haen i'r bocs. Yn yr haen uchaf y cedwid manion fel nodwyddau a phinau, bachau dillad a botymau, ac yn yr haen isaf roedd rhiliau pren yn cario cordeddau o edau o bob lliw a llun, beindin a rhuban a lastig. Fu Martha fawr o dro'n taro'i llaw ar nodwydd addas, ond er mawr siom nid oedd edau blastig i'w chael. Roedd hi ar fin cadw'r bocs a mynd i chwilio am hen riliau pysgota ei thaid pan hoeliodd ei llygad ar rywbeth yng ngwaelod y bocs.

Hetbin oedd wedi tynnu ei sylw, ac nid hetbin cyffredin chwaith, ond un â phìn anarferol o hir. Ar ei gopa roedd addurn arian crand y gallai Martha daeru ei fod o'r un siâp â'r tri darn a orweddai'n amddifad yn y ddysgl wydr. Estynnodd amdano'n ofalus, ofalus. Doedd hi ddim yn ffansïo pigiad gan beth mor fileinig yr olwg, er na fyddai'n meddwl ddwywaith cyn ei sticio rhwng coesau Josh. Ie, fwy nag unwaith hefyd, y bastad.

Wedi cymharu'r pedwar darn, gwelodd ei bod yn hollol iawn. Roedd y pedwar yn union yr un fath, heblaw wrth gwrs bod un ar bìn dur. Edrychodd yn fanylach arno, a cheisiodd wahanu'r addurn oddi wrth y pìn, ond doedd dim yn tycio, a fentrai hi ddim tynnu gormod rhag difrodi'r darn arian. Ceisiodd droi'r pìn yn erbyn y cloc, ac yna fel arall, ac yn sydyn teimlodd rywbeth yn dod yn rhydd. Munud arall, ac roedd ganddi bedwar triongl arian o'i blaen.

Roedd greddf yn dweud wrthi bod y rhain yn golygu rhywbeth. Pam fyddai Seimon wedi rhoi'r gadwyn iddi fel arall? Doedd bosib mai cyd-ddigwyddiad oedd bod yr un darn yn union yn y bocs gwnïo, a hwnnw'n focs gwnïo, cofiodd yn sydyn, a oedd ymhlith y pethau yn llythyr ei thaid. Pedwar mis yn unig a aethai heibio ers iddi bendroni am ystyr y marciau ar ei ymyl, ond teimlai fel oes.

Meddyliodd y gallai fod marciau ar y rhain hefyd, ond er iddi edrych yn ofalus roedden nhw mor ddi-fefl â phen ôl babi. Gosododd y darnau ochr yn ochr o'i blaen fel rhes o ddannedd, ond doedd hi ddim callach. Sylwodd wedyn nad oedden nhw'n drionglau perffaith, er bod pob darn o'r un maint yn union. Ym mhob darn, roedd rhigol yn un o'r ochrau a slot o'r un maint yn yr ochr gyferbyn ac fe'u gosododd â'r ochrau yn cyffwrdd ei gilydd, fel bod y pedwar triongl yn creu sgwâr. Ddigwyddodd dim byd, affliw o ddim. O wel. Ei dychymyg yn gorweithio eto, mae'n rhaid.

Yn sydyn, clywodd sŵn chwyrlïo, a chlicied yn rhoi, a gwelodd haen uchaf y sgwâr yn codi fel ffenics o'i blaen. Am funud, wyddai Martha ddim beth i'w wneud, ai cyffwrdd ag o neu adael llonydd iddo rhag ofn bod proses arall ar y gweill, ond wedi iddi graffu arno gwelodd rôl pitw o femrwn ym mhob triongl wedi'i glymu â'r mymryn lleiaf o ruban coch. Cododd un ohonyn nhw'n betrusgar rhwng bys a bawd, yn hanner ofni i'r clawr gau amdani fel feis. Wedi iddi gael gafael ar un, estynnodd yn frysiog am y lleill, a'u gosod yn rhes o'i blaen. Cydiodd yn un o'r rholiau bychan a thynnu ar y rhuban i'w ddatod, ond dadfeiliodd hwnnw'n llwch yn ei llaw. Agorodd y tamaid memrwn.

Y cyfan y gallai ei weld oedd y rhif tri mewn rhifau Rhufeinig ar gopa'r memrwn a'r rhosyn coch lleiaf un ar ei waelod. Roedd gweddill yr ysgrifen yn rhy fân o lawer iddi allu'i darllen, a chofiodd fod chwyddwydr yn un o'r droriau yn rhywle. Wedi iddi gael gafael arno, a chraffu drwyddo, gwelodd ysgrifen goeth ond gwaetha'r modd ni allai wneud pen na chynffon ohoni. Roedd y cyfan yn Lladin. Agorodd y tri rholyn arall, ond heblaw'r rhifau un, dau a phedwar, ac ambell air fel *lux* a *veritas* a ddysgodd eisoes wrth wrando ar y tâp ar y peiriant Grundig, doedd hi fawr callach. Mi fyddai Seimon wedi medru darllen hwn ar unwaith, meddyliodd. Gosododd y darnau memrwn yn eu trefn, ac agorodd offer cyfieithu ar ei laptop a theipio'r geiriau iddo'n llafurus fesul un. Gwyddai na fyddai'n gyfieithiad perffaith ond dylai o leiaf gael syniad beth a olygai'r geiriau.

Wedi iddi deipio'r gair olaf un, edrychodd ar y cyfieithiad a gynigiwyd iddi, a gwenodd.

Dynion

YNG NGŴYDD YR hollalluog Dduw a Mair Fendigaid, yr ydym ni, sydd wedi gosod ein sêl yma, yn tyngu i gadw'r wybodaeth a ganlyn hyd y dydd na ddaw.

Ar yr 28ain o Ionawr 1457, darfu i Margaret, Iarlles Penfro, fwrw ffrwyth ei chroth, ac yr oedd y ffrwyth hwnnw'n afiach, a heb ei dynghedu'n hir i'r fuchedd hon. Gosodwyd un arall ar ei bron, er mwyn iddi ei fagu fel y maga mam ei phlentyn. Yr oedd yr arall hwnnw yntau o dras, er rhyngu bodd Duw, ac yn or-ŵyr i'r un a elwir yma Owain Glyndŵr.

Os niferus gelynion y Lancastriaid, mae gelynion y Tuduriaid yn lluosog a gelynion Cymru yn lleng, ond y rhai olaf a fyddant flaenaf, a'r rhai blaenaf yn olaf oherwydd yn y tywyllwch mae golau, ac mewn gwirionedd mae grym.

Gosodwyd ein sêl y dydd hwn o'r flwyddyn 1457.

Lewys Caerllion	Tomas Gwyn
Siasbar Tudur	Robin Ddu

Margaret

SAFAI MARGARET GER y drws. Roedd y lle yn fawr, fawr. Adeilad ydoedd, er nad adeilad y gallai llygad fesur ei hyd a'i led mohono ychwaith. Ni welai do, ond synhwyrai fod y nenfwd yn codi i entrychion tywyll uwch ei phen. Roedd ochrau'r lle yn ymestyn i ddüwch nas gwelai ac a oedd, yr un pryd, yn cau amdani ac yn gwasgu arni. Gwyddai – er na wyddai sut na pham – fod yr angenfilod hyll, y gargoeliau, yn crechwenu arni o'u crwman esgyrnog, eu cegau'n agored a'u tafodau tewion yn glafoerio cerrig a syrthiai'n araf, araf bach. Doedd dim sŵn o gwbwl pan gyrhaeddent y llawr. Doedd dim smic yn unman. Gwyddai Margaret y dylai hyn oll ei brawychu, ond nid oedd arni ronyn o ofn. Roedd y llwybr o'i blaen yn hir, ac yn gwbwl, gwbwl glir. Ym mhen pellaf y llwybr roedd dau fwndel claerwyn.

Roedd y ddau ar eu cefnau ar y llawr carreg. Gwisgent ddillad sidan gwyn, wedi'u haddurno â les. Am eu pennau roedd cap bach wedi'i glymu dan yr ên ac roedd cwrls golau yn mwytho'u bochau bach gwelw. Cysgai'r ddau'n ddisymud. Doedd dim i wahaniaethu rhyngddynt, ond gwyddai Margaret yn iawn pa un yr oedd arni hi ei eisiau. Estynnodd amdano a'i godi'n dyner yn ei breichiau. Wrth iddi ei gofleidio, agorodd ei lygaid, a gwelodd Margaret y dieithrwch ynddynt. Dyna ryfedd iddi godi'r un anghywir, a hithau mor siŵr. Rhoddodd ef yn ôl ar y llawr, er mwyn codi'r llall, ond cyn gynted ag y rhoddodd ei dwylo amdano, diflannodd. Gwelodd ef eto, ychydig yn nes draw, a llamodd ei chalon. Gwnaeth yn siŵr y tro hwn ei bod yn gafael ynddo'n ofalus. Gwelodd ei dwy law yn fawr, fawr yn symud yn union yr un pryd yn araf ofalus, i lawr ac i lawr ac o dan y bwndel gwyn, dim ond i afael mewn dim oll. Doedd hi ddim yn deall. Roedd yr un yr oedd arni hi ei eisiau, ei angen, yno, ac eto fedrai hi ddim cyffwrdd ag o. Ceisiodd eto, ac eto ac eto.

O'i blaen gwelodd allor, a phlentyn yn sefyll arni. Yn ei law, roedd croes. Wrth i Margaret syllu arno, gwelodd haul euraidd yn codi o'r tu ôl iddo nes roedd y plentyn a'r groes yn loyw yn y tywyllwch. Ni oleuid dim arall gan yr haul. Gwenodd y plentyn arni, ac er nad adnabyddai Margaret mo'r wên mwy nag yr adnabyddai'r llygaid ennyd faith ynghynt, llanwyd hi â llawenydd mawr. Yr un pryd, synhwyrai fod y bwndel gwyn arall y bu'n ysu cymaint amdano wedi mynd yn llwyr o'i golwg.

Roedd hi'n glawio pan ddeffrodd ond teimlai Margaret yn gynnes braf. Gwyddai beth i'w wneud. Pan ddaeth ei llawforwyn â'r babi iddi, estynnodd amdano'n eiddgar.

"Nid yw tannau dy galon di'n canu yn fy nghalon i," meddai wrtho. "Ni welaf ddim ohonof ynot. Ond gyda mi yr wyt ti, serch hynny. Maen nhw wedi dy enwi di'n Owain, wyddost ti. Pa fath o enw yw hwnnw ar frenin, dwed?"

Gwenodd y babi ac edrych i fyw llygaid Margaret.

"Ie, 'machgen i, gwena di. Ond mi fyddi di'n frenin, cred ti fi. Mae Duw wedi dangos dy haul i mi, a bydd dy haul yn sefyll yn y tywyllwch. Myn Mair, fe ddaw y dydd. Rhaid inni roi enw mwy teilwng arnat ti. Edmwnd, fel dy dad? Na, wneith hynny mo'r tro."

Dechreuodd y babi anesmwytho, ac amneidiodd Margaret ar y forwyn fagu i ddod i'w nôl. Estynnodd y babi iddi, ond cyn ei ollwng yn llwyr, sibrydodd yn ei glust:

"Cysga di'r un bach. Mae brwydrau mawr o dy flaen di. Cysga di, Harri Tudur bach, ssshhhh."

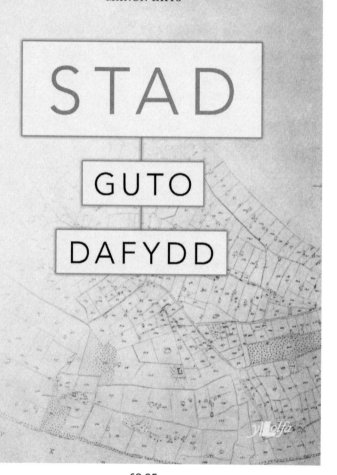

'Fe'n synnir yn gyson gan droadau annisgwyl y stori.
Parsel amlhaenog o alegori a dychan, doniolwch a thristwch.'

MANON RHYS

STAD

GUTO

DAFYDD

£8.95

MARED LEWIS

Rhwng dau fyd

y olfa

£8.95

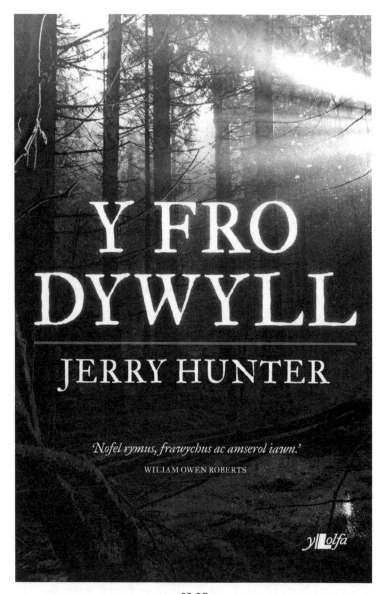

Y FRO DYWYLL

JERRY HUNTER

'Nofel rymus, frawychus ac amserol iawn.'
WILIAM OWEN ROBERTS

y Lolfa

£9.95

LLŶR
GWYN
LEWIS

RHYW
FLODAU
RHYFEL

yL**olfa**

£8.95

Am restr gyflawn o lyfrau'r Lolfa, mynnwch
gopi am ddim o'n catalog
neu hwyliwch i mewn i'n gwefan

www.ylolfa.com

lle gallwch archebu llyfrau ar-lein.

TALYBONT CEREDIGION CYMRU SY24 5HE
ebost ylolfa@ylolfa.com
gwefan www.ylolfa.com
ffôn 01970 832 304
ffacs 832 782